Miss en Place

Sarah Satt

Miss en Place

Roman

CSV

Jede Geschichte hat ihren Soundtrack.
Viel Vergnügen mit der Playlist zum Buch:
www.sarahsatt.com/miss-en-place-playlist

Für Mama und Christoph

„Mise en Place" is French for
„get your shit together".
— *Anthony LeDonne*

When music writers grow up,
they become food writers.
— *Drew Tewksbury*

1

Sachen, die mich in den letzten drei Jahren zum Weinen gebracht haben (in beliebiger Reihenfolge, ohne Anspruch auf Vollständigkeit):

- Der Tod von Chris Cornell (*Nearly Forgot My Broken Heart* – der Songtitel ein leeres Versprechen –, jedes einzelne seiner Lieder ist und bleibt eine schmerzliche Erinnerung).
- Das Ziehen meines Weisheitszahns rechts unten (hartnäckiger Bastard!).
- Patrick nach seinem Autounfall regungslos im Krankenhausbett liegen zu sehen.
- Das Ende von *Extrem laut und unglaublich nah*.
- Mit Grippe das Bett zu hüten, während HIM ihr Abschiedskonzert gaben.
- Als ich das erste Mal Julien Bakers *Turn Out The Lights* gehört habe (bei Minute 2:22 ging's los).
- Schokokekse mit Zuckergusssternen ...

Gibt es einen traurigeren Ort als einen 24-Stunden-Supermarkt nach elf Uhr nachts? Ein sonst lebendiger und geschäftiger Mikrokosmos, der so tut, als wäre alles ganz normal, obwohl sich in seinen Gängen gerade eine Zombie-Apokalypse abspielt. Die betrunkenen, wahrscheinlich eingerauchten Halbstarken, die sich am Snackregal zu schaffen machen, um ihren Heißhunger auf etwas zu stillen, das noch besser funktioniert als Chips und Wasabinüsse. Die blutleeren Workaholics, die mechanisch Smoothies, Fertigsalate und Rohkostriegel hamstern, in Gedanken schon bei der Nachtschicht, mit der sie morgen vor ihren Kollegen prahlen werden, das eigene Schlafdefizit wie einen Mitarbeiter-des-Monats-Orden stolz zur Schau gestellt. Dazwischen die Stadtstreicher, die ziellos zwischen Schildern mit *Backwaren, Zahnpflege* und *Spirituosen* umherstreifen.

Gilt man eigentlich auch als obdachlos, wenn man zwar einen Wohnsitz, zu diesem aber gerade keinen Zugang hat? Bescheuerte Sicherheitstür! Und das ausgerechnet heute. Es ist ja nicht so, dass ich mich das erste Mal in meinem Leben irgendwo ausgesperrt hätte – aber doch nicht mitten in der Nacht und ohne Handy! Das liegt jetzt in trauter Zweisamkeit mit meinem Schlüsselbund am Küchentisch.

Wäre ich MacGyver, hätte ich aus dem Inhalt meines Portemonnaies, das Gott sei Dank noch in der Jackentasche steckte, und den vor sich hin gammelnden Resten im Müllsack, den ich nur schnell nach unten bringen wollte, bestimmt eine improvisierte Vorrichtung zum Schlossknacken basteln können. Vorausgesetzt natürlich, ich wäre nicht vorher vom Gestank der zwei Wochen alten Asianudelreste ohnmächtig geworden.

Dass Patrick und ich gegenseitig unsere Ersatzschlüssel verwahren, hat sich schon öfters bezahlt gemacht. Da seine Schicht aber mindestens bis drei Uhr morgens geht, sich der Ersatzschlüssel für seine Wohnung in meiner befindet und ich als Millennial zwar schockierenderweise alle Strophen aus *NSYNCS *Bye, Bye, Bye,* aber gerade mal drei Telefonnummern auswendig weiß (von Polizei, Feuerwehr und Rettung), erschien mir die Redaktion als beste Zufluchtsoption. Das gesamte Gebäude war vor zwei Jahren auf ein Schlüsselkartensystem umgestellt worden, weshalb sich der Schlüssel dazu jetzt in meinem Portemonnaie und nicht am Schlüsselbund in meiner Wohnung befindet. In einer Nachtschicht vor ein paar Wochen hatten Foto-Konstantin und ich noch gewitzelt, dass es angesichts der unzähligen Stunden, die wir in der Redaktion verbrachten, doch einfacher wäre, sie zwischen Arbeitsschluss und -beginn gar nicht erst zu verlassen. Morgen früh steht zweifellos eine Premiere ins Haus: Ich werde die Erste im Büro sein. Auf halbem Weg zu meinem Schlaf-, pardon, Arbeitsplatz ist mir aufgefallen, dass ich seit den zwei Brötchen auf dieser albtraumhaften Weinverkostung nichts mehr gegessen habe. Einer der Vorteile in einer Großstadt: Falls du die Nacht statt mit Partymachen lieber mit Shopping oder U-Bahn-Fahren zum Tag machen willst, kein Problem. Auf den Supermarkt beim Franz-Josefs-Bahnhof ist Verlass.

Im zahnarzthell ausgeleuchteten Inneren untermalt muntere Hintergrundbeschallung das triste Treiben. Willkommen im Fahrstuhl zum Weltuntergang! Und es kommt noch besser: *Italienwochen!* verkündet ein Werbebanner mit dynamisch wehender Grün-Weiß-Rot-Flagge. Schon habe ich Horvath wieder vor Augen, wie sie ihre Haare zu einem losen Knoten zusammenbindet und dabei eine perfekt gezupfte Augenbraue über der schwarzen Brille nach oben zieht: „Außerdem bist du doch Italienerin! Ist Essen nicht so was wie eure zweite Muttersprache?"

Nur weil ihr Urgroßvater Ungar war, geh ich doch auch nicht davon aus, dass mir meine Chefredakteurin ein Zahnimplantat zu einem unschlagbaren Preis einsetzen kann! Ich habe das Gefühl, keinen Deut italienischer zu sein als die über meinem Kopf ausgelobten Angebotswochen.

Den Großteil meiner Kindheit war Italien in unserem Zuhause ungefähr so präsent wie Autotune in einem Song von Freddie Mercury. Meine Mutter, eine Kalabresin aus der Kleinstadt Rossano, war dermaßen unermüdlich damit beschäftigt, alles echt Wienerische zu verinnerlichen, dass man hätte meinen können, mein Vater wäre in der Familie der mit den italienischen Wurzeln. Nach jahrelangem Perfektionieren und Hinterherrufen hinter ihrem Leo war es ihr sogar gelungen, das L, das ihm im zwölften Wiener Bezirk in die Wiege gelegt worden war, meidlingerischer auszusprechen als er. Hätte meine Großmutter mütterlicherseits nicht dermaßen unermüdlich dagegen gewettert, würde mein Name nicht Sofia Sabato, sondern Sofia Brunner lauten. Was mich nicht nur um eine klangschöne Alliteration, sondern auch um die dreiminütige Galgenfrist bei der alphabetischen Anwesenheitsüberprüfung im Klassenbuch gebracht hätte. Während in den Freundebüchern jede zweite meiner Volksschulfreundinnen unter Lieblingsspeise „Spaghetti" oder „Pizza" anführte, war bei mir feinsäuberlich „Schinkenfleckerl" zu lesen. Ein Rezept, das Mama aus einem dicken Wälzer namens *Die gute Küche* hatte, der stets auf ihrem Nachtkästchen lag, wenn er nicht gerade in der Küche gebraucht wurde. Nach den Sommerferien schwärmte die halbe Klasse vom Strand in Grado, dem Luna Park in Jesolo oder den *Sale Giochi* in Lignano. Ich erzählte vom Strandbad Gänsehäufel und dem Wurstelprater.

Nur einmal im Jahr kam die Südländerin in meiner Mama durch. Anfang November, wenn die Sonne den Anschein machte, sich morgens ähnlich aufs Firmament quälen zu müssen wie unsereins aus dem Bett, hielten leuchtende Zitronen und Orangen Einzug in unsere kleine Wohnung. Zum ersten Advent war jede freie Fläche mit Kartons voller duftender Tarocco Blutorangen, Mandarinen, Cedri und Einmachgläsern verstellt, sodass man bei der Suche nach einem Platz zum Zeitunglesen oder Hausaufgabenmachen kreativ werden und ausweichen musste – ins Schlafzimmer oder, wie ich bevorzugte, in die Badewanne. Am besten gelaunt war Mama aber im Jänner, wenn sie Bergamotten aus Kalabrien geschickt bekam. Mir machten die Blutorangen wesentlich mehr Spaß, vor allem, weil ich meinen Klassenkameraden absurde Horrorgeschichten über die Provenienz des namensgebenden Blutes auftischte. Wenn ich am Ende meiner Ausführungen beherzt in mein Kipferl mit Blutorangenmarmelade biss, hoben selbst die coolen Jungs aus der letzten Reihe anerkennend die Augenbrauen.

Der Einkaufsroutenplaner hat seine Arbeit gut gemacht. Der Weg zur Sandwichvitrine führt geradewegs durch Italien. Durch ein Spalier von apulischem Olivenöl, Aceto Balsamico aus Modena, Salami aus der Emilia Romagna. Vorbei an Stapeln von Antipasti und Gläsern mit Sugo, flankiert von Teigwaren für alle geometrischen Neigungen und einem Wall aus Rotweinflaschen. Beim Gedanken an den Wein von heute Vormittag oder vielmehr die damit verbundene Serie an Fettnäpfchen, in die ich gleich beim ersten Termin in meiner neuen Position beherzt gesprungen bin, macht mein leerer Magen einen Salto. Gespräche mit ein paar Winzerinnen und Winzern führen, ihre Statements zum aktuellen Jahrgang einholen und mir die überzeugendsten Tropfen notieren – ein Kinderspiel, hatte ich mir beim Hinaufsteigen der Treppe zur Jahrgangspräsentation in der Hofburg gesagt. Keine zehn Minuten später war meine Zuversicht auf „Wenigstens ist der Spucknapf halb voll" zurückgeschrumpft.

Drei Dinge, die du auf einer Weinverkostung unterlassen solltest:

1. Dort mit einem Coffee-to-go-Becher in der Hand aufkreuzen – Kaffee macht deine Geschmacksnerven offenbar schwerhörig und dich als Banausin kenntlich.

2. Mit einer Deo-Wolke kaschieren, dass du verschlafen und deshalb nicht geduscht hast – Noten von Katzenpisse können im Bukett eines Sauvignon Blanc durchaus erwünscht sein, Anklänge von Rexona sind es nicht.

3. Dein Glas ohne Übung mit vollem Enthusiasmus schwenken – das Farbspiel lässt sich zwar am besten vor weißem Hintergrund betrachten, aber nicht unbedingt auf der Tischdecke des Präsentationstisches.

Heute Abend also lieber kein Wein. Bleibt mehr für die Zombie-Jugend. Die drei Jungs, dem Oberlippen-Bartflaum nach allesamt um die sechzehn, haben es geschafft, sich von Chips und Co loszureißen, und schlendern mit ihrer salzigen Beute und einer Dopplerflasche Richtung Kassa. Einer von ihnen bleibt neben mir kurz stehen und mustert mich. „He Baby, hast an Tschick für mich?" Kein Baby. Keine Zigarette. Keine Lust zu antworten. Nach einem zweiten, lauteren „He!" lässt er es gut sein und versucht, seine Kumpels an der Kassa einzuholen. Ich habe es fast bis zu den Sandwiches geschafft, da schiebt sich eine vertraute dunkelbraune Packung in mein Blickfeld und wirft mich 24 Jahre zurück.

Der Sommer 1994 war ein ganz besonderer. Ich durfte ihn erstmals nicht im überhitzten Wien, sondern bei meiner Nonna Elisa in Rossano verbringen. Meine Eltern waren neben der Arbeit mit dem Umzug in eine größere Wohnung beschäftigt und dachten wohl, sie könnten auf meine Hilfe genauso gut verzichten wie ich auf Ferien zwischen Siedlungskartons. Von den Geschichten und Urlaubsfotos meiner Klassenkameraden beflügelt, sah ich mich bereits unter blau-gelben Sonnenschirmen Eis schlecken und mit anderen Kindern spektakuläre Wasserrutschen hinuntersausen. Nach meiner Ankunft stellte ich fest, dass es in Rossano zwar keine Strandpromenade, dafür aber Kirchen wie Sand am Meer gab. Die Tatsache, dass das Provinzstädtchen einmal eine der bedeutendsten Städte im Byzantinischen Reich war, lässt eine Achtjährige nicht gerade in Freudengeschrei ausbrechen. Angesichts der Cattedrale im Centro Storico, der Chiesa Panaghia, der Chiesa San Marco, der Chiesa San Nilo, der Chiesa Bernardino und der Kapellen wie der des San Francesco, des San Giacomo und San Domenico könnten die Bewohner gut und gerne jeden Tag der Woche ein anderes Gotteshaus aufsuchen. Glücklicherweise beließ es Nonna meist bei der Sonntagsmesse und einem sporadischen Gottesdienst unter der Woche, zu dem ich sie nur deshalb ohne Widerworte begleitete, weil wir am Heimweg im Caffè Tagliaferri einkehrten. Während sie ihren *caffè al banco* trank, bekam ich eine gefüllte Schoko-Cremerolle oder eine dieser aus Hunderten knusprigen Teigblättern bestehenden Vanille-Taschen serviert – meine zweitliebste Süßigkeit während dieses Sommers. Die wahre Delikatesse bewahrte Nonna in der obersten Lade ihres Nachtkästchens auf. Jeden Morgen, wenn es meiner kindlichen inneren Uhr zufolge höchste Zeit zum Aufstehen war, kam ich zu ihr ins knarrende Bett gekrochen, um sie dann bei ihrem Morgenritual zu beobachten. Nachdem ihre Finger vom Kreuz ausgehend die einzelnen Perlen ihres zartrosa Rosenkranzes abgewandert waren, griffen sie hinüber zur Nachtkästchenlade und förderten eine dunkelbraune Packung mit fein säuberlich eingerolltem oberem Ende und der weißen Aufschrift *Pan di Stelle* zutage. Mit fast zeremonieller Andacht und einem verschwörerischen Lächeln nahm sie einen Keks für sich und einen für mich heraus, wohlwissend, dass meine Mutter so eine Nascherei vor dem Frühstück nicht erlauben würde. Statt meinen Anteil sofort zu verschlingen, zählte ich zunächst gewissenhaft die weißen Zuckergusssterne ab, die den Schokoladenkeks zierten. Es waren immer exakt elf Stück.

„Wenn einer fehlt, ist er als Sternschnuppe vom Himmel gefallen. *Significa: puoi esprimere un desiderio"* – dann darfst du dir etwas wünschen, hatte mir Nonna bei meiner ersten Begegnung mit der fremden Nascherei erklärt. Sternschnuppen waren selten und ich hatte noch nie eine mit eigenen Augen gesehen, weshalb es mich nicht weiter verwunderte, dass wir weder in dieser noch in einer der folgenden Packungen ein Exemplar mit zehn Sternen vorfinden sollten. Noch Jahre später brachte mir Nonna, wenn sie uns einen ihrer seltenen Besuche in Wien abstattete, *Pan di Stelle* mit und betonte in Mamas Hörweite: „*Ma solo a fine pasto!"* – aber erst nach dem Essen, wobei sie mir heimlich zuzwinkerte.

Als sie vor vier Jahren gestorben war, fuhren Mama und Papa allein zur Beerdigung nach Rossano. Ich war gerade in Helsinki, um eine Reportage über Tuska, ein mehrtägiges Metal-Festival, zu schreiben. Der finnische Name der Veranstaltung in einem ehemaligen Stromkraftwerk bedeutet so viel wie „Schmerz" –

eine unbarmherzige Pointe, die mir erst nach meiner Rückkehr bewusst wurde. Für die Reportage waren eine Doppelseite in der Printausgabe und ein erweitertes Online-Feature eingeplant. Ich hatte seit meiner Ankunft noch nicht mit dem Veranstalter gesprochen, noch keinen Hauptact gesehen und erst zwei der fünf Bands auf meiner Liste interviewt. Ich hatte meinen Job zu erledigen. Was hätte es auch geändert, wenn ich die Zelte frühzeitig abgebrochen hätte (buchstäblich, denn damals erschien mir ein Einmannzelt noch als passable Schlafgelegenheit) und nach Kalabrien geflogen wäre? Nonna war nicht mehr da. Und ich war inzwischen zu alt, um alle Kekspackungen der Welt nach einem fehlenden Zuckergussstern zu durchsuchen, um mir dann wünschen zu dürfen, dass sie es noch wäre.

Meine Augen brennen. Meine Hand, die Finger fest um die Packung *Pan di Stelle* geschlossen, zittert. Mühsam unterdrücke ich ein Schluchzen. Dann kommen die Tränen, sie schießen mir unkontrolliert in die Augen und laufen, vermischt mit Mascara, über meine Wangen. Ich bemühe mich mit den Ärmeln meiner Jeansjacke um Schadensbegrenzung. Schwarz wie die meisten meiner Sachen verschlucken sie die Mascaraflecken. Könnte sich bitte ein Loch im Boden auftun und dasselbe mit mir machen? Im Vorbeigehen schnappe ich das erstbeste Sandwich aus der Vitrine, das ich zu fassen bekomme, und lasse es neben die Kekse aufs Kassaband fallen. Die Kassiererin meint es gut mit mir, sie erspart mir Blickkontakt und jeglichen Small Talk. Vielleicht ist sie solche mitternächtlichen Gefühlsausbrüche gewohnt. Ohne eine Miene zu verziehen, überreicht sie mir mein Rückgeld. „Wiederschaun!"

Die Schlüsselkarte erfüllt sowohl am Haupttor in der Porzellangasse als auch im vierten Stock ihren Zweck und gewährt mir Einlass in das, was unter uns Mitarbeitern nur „die Brücke" heißt. Im offenen Altbaubüro laufen alle Ressorts zusammen. Von hier aus werden große und kleine Geschichten navigiert. So wie in *Star Trek,* nur mit dem Unterschied, dass unser Lift alles andere als „turbo" ist und das größte Fenster nicht in den Weltraum, sondern auf den alten Jüdischen Friedhof hinausgeht, der sich auf 2000 Quadratmetern im Innenhof erstreckt. Dass der einzige Zugang zum Friedhof über das gegenüberliegende Pensionistenheim führt, ist Horvaths liebste Pointe, wenn sie Partner und Gäste durch die Redaktion führt.

Wie friedlich die Brücke wirkt, in dieser absoluten Stille und beinahe völliger Dunkelheit. Das schwache Mondlicht spiegelt sich in Horvaths Glaskubus. An den in Sechsergruppen angeordneten Schreibtischen künden grüne Standby-Lichter von der ständigen Einsatzbereitschaft der Bildschirme. Mein Ziel liegt am anderen Ende des Raumes, aber ich denke nicht daran, das Licht einzuschalten. Mitten in der Nacht hier zu sein, ist schon schlimm genug, ich muss meine Misere nicht auch noch ausleuchten. Außerdem würde ich mich selbst mit Augenbinde und Kopfhörern auf der Brücke zurechtfinden. Im Besprechungszimmer stehen bereits Wasserflaschen und Gläser für die morgige Redaktionssitzung bereit. Die Neue vom Empfang muss sie vorsorglich hinübergetragen habe, bevor sie gegangen ist. Direkt dahinter befindet sich der Think-Tank – ein mit Whiteboards getäfelter fensterloser Raum mit zwei großen Sofas und drei vernachlässigten Gymnastikbällen für ergonomisches Sitzen. Ursprünglich wurde der Raum als IT-Kämmerchen genutzt. Nachdem die wachsende Abteilung in den oberen Stock übersiedelt war, standen plötzlich die Sofas drin und der Raum sollte zum Brainstormen und für Yoga genutzt werden – wie unvereinbar die beiden Aktivitäten sind, war der Geschäftsführung wohl entgangen. Ich schlage mein Lager auf dem größeren Sofa auf und begutachte mein in Plastik eingeschweißtes Sandwich. Tofu und Gemüse. War ja klar! Ich hätte mir einfach eine Käsekrainer am Würstelstand holen sollen, denke ich, während ich die Kekspackung aufreiße. Die Schokokekse verfehlen ihre tröstliche Wirkung und drücken erneut auf meine Tränendrüse. Sie schmecken wie früher. Ich mümmle und krümle mich durch die halbe Packung. Sternschnuppe hin oder her, ich wünschte, ich wäre zum Begräbnis nach Italien gefahren. Ich wünschte, alles wäre wieder wie vor einer Woche. Ich wünschte, Horvath würde einsehen, dass sie einen großen Fehler macht.

Marmellata di Arance Rosse

*Diese fruchtige Marmelade aus Tarocco Orangen, die sich
Mama jeden Winter direkt aus Kalabrien liefern lässt, zaubert
in den grauen Wintermonaten das leuchtende Abendrot des Südens
aufs Butterbrot, ins Kipferl – oder auch in die Biskuitroulade.*

(Ergibt 5 Gläser à 250 Milliliter)
10–12 unbehandelte Blutorangen
(ungeschält ca. 1,8 kg, geschält ca. 1 kg)

1–2 Zitronen (für ca. 50 ml Saft)
350 g Gelierzucker 2:1

1. Zwei Blutorangen mit heißem Wasser abwaschen, gründlich abtrocknen und mit einem Sparschäler die Schale in feinen Streifen entfernen (ergibt ca. 30 Gramm Schale). Falls auf der Innenseite der Schalen noch weiße Haut (Albedo) zu sehen ist, mit einem Teelöffel abschaben, damit die Marmelade nicht zu bitter wird. Die Schalen blanchieren und in feine Streifen schneiden.

2. Alle Orangen sorgfältig schälen und die Schalen entsorgen. Die Orangen in Scheiben schneiden und alle Kerne entfernen. Die Zitronen auspressen. Die Orangenscheiben in einen Topf geben, mit dem Pürierstab pürieren und anschließend aufkochen.

3. Den Gelierzucker in das warme Orangenpüree einrieseln lassen – das verhindert, dass der Zucker karamellisiert und so den Geschmack verfälscht. Gut umrühren, bis sich der Zucker vollständig aufgelöst hat.

Die Orangenschalenstreifen hinzufügen. Die Masse 6 bis 8 Minuten unter Rühren köcheln lassen, den dabei entstehenden Schaum immer wieder abschöpfen. Kurz vor Ende der Kochzeit den Saft der Zitronen hinzufügen.

4. Eine Gelierprobe durchführen. Die Marmelade vor dem Abfüllen 5 Minuten stehen lassen, damit sich die Schalen gleichmäßig darin verteilen. Mit einem Krug oder mithilfe eines Trichters in sterile Gläser abfüllen. Die Gläser verschließen und auf dem Kopf stehend abkühlen lassen.

Tipp: Falls die Marmelade eine besonders feine Textur haben soll, das aufgekochte Orangenpüree vor der Zuckerzugabe durch ein Haarsieb passieren. Wer auf die Schalenstücke in der Marmelade lieber verzichtet, püriert die blanchierte Schale mit den Orangenscheiben. In diesem Fall verringert sich die Einkochzeit auf etwa 3 Minuten.

2

Für die meisten Menschen sieht der Himmel auf Erden aus wie ein Postkartenmotiv aus der Südsee. Füße im weißen Sand, dahinter der türkisblaue Pazifik, ein exotischer Cocktail in Griffweite und keine Menschenseele, so weit das Auge reicht. Denk dir statt des Sandstrands wahlweise ein staubtrockenes oder ein schlammiges Feld (wer häufiger Festivals besucht, weiß, dass ein Zustand zwischen diesen beiden Extremen nicht existiert), ersetz den Ozean durch ein zwanzig Meter hohes, mit Technik aufmunitioniertes Bühnenkonstrukt und tausch den Schirmchen-Drink gegen ein Bier im Plastikbecher – willkommen in meiner Wohlfühlzone!

Mit rund Tausend Liveacts auf sechzig Bühnen kommt das Sziget Festival in Budapest meiner Vorstellung vom Paradies ziemlich nahe. Gut, auf den nur mit kniehohen Gummistiefeln bezwingbaren Matsch und den überfüllten, in kürzester Zeit zugemüllten Zeltdschungel kann ich inzwischen prima verzichten. Zu behaupten, dass ich die Dosenravioli à la Gaskocher und den Instantkaffee aus meiner Studienzeit vermisse, wäre ebenfalls gelogen. Ob mich mein studentisches Ich wohl für abgebrüht und versnobt halten würde, wenn es mir heute über den Weg liefe, hier, wo alles angefangen hat?

Damals konnte ich es kaum fassen, dass ich mir den ganzen Tag meine musikalischen Helden ansehen und meiner Begeisterung *(Niemand rockt um vier Uhr nachmittags wie 3 Feet Smaller!)* oder aber Enttäuschung *(Keine Zugabe von Jimmy Eat*

World!) schriftlich Ausdruck verleihen durfte und dafür auch noch bezahlt wurde. Das Honorar deckte zwar gerade einmal die Kosten für die Busfahrt hin und zurück und eine halbe Leberkäsesemmel, aber immerhin. Der wahre Lohn war das überwältigende Gefühl, meinen ersten Konzertbericht mit dem Vermerk „von Sofia Sabato" in Österreichs größtem Magazin für Popkultur veröffentlicht zu sehen.

Würden sich die Bewohner von Wiener Mietshäusern für ihre Nachbarn interessieren, hätten mich meine damals wahrscheinlich für einen hoffnungslosen Nikotinjunkie gehalten. Gleich als Erstes nach dem Aufstehen (was in Anbetracht des studentischen Tagesablaufs ungefähr am frühen Nachmittag gewesen sein muss) war ich im Laufschritt zur Trafik an der Straßenecke geeilt, um mir die neueste Ausgabe des Magazins zu holen. So müssen sich Promis inkognito fühlen, hatte ich mir gedacht, als mir der Trafikant die Zeitschrift über den Tresen zuschob, ahnungslos, dass er eine der publizierten Autorinnen dieses Mediums vor sich hatte. Am ganzen Heimweg hatte ich es nicht gewagt, auch nur einen Blick auf die Anreißer auf der Titelseite zu werfen, geschweige denn einen ins Innere zu riskieren. Erst als ich die Tür meines WG-Zimmers hinter mir geschlossen hatte und im Schneidersitz am Boden kauerte, begann ich, eine Seite nach der anderen umzublättern, so vorsichtig, als wären es Schmetterlingsflügel. Ohne wirklich etwas zu lesen, ließ ich meinen Blick aus Respekt vor meinen Mitverfassern einige Sekunden auf jedem Artikel ruhen, bis zwischen Mutmaßungen über Britney Spears' Schwangerschaft und Stylingtipps zum Bling-Bling-Look von Rapper 50 Cent endlich der Artikel mit meinem Namen zum Vorschein kam. Nachdem ich den Text Wort für Wort gewissenhaft durchgelesen hatte, fing ich wieder von vorne an – dabei hatte ich so lange daran gefeilt, dass ich inzwischen jeden Satz auswendig kannte. Der *Sound-Sampler*, der meine ersten Gehversuche als Musikjournalistin abgedruckt hat, ist bereits vor Jahren eingestellt worden. Heute sind alle im Publikum Chronisten, nehmen die Berichterstattung selbst in die Hand und stellen ihre Konzerterlebnisse in Echtzeit auf Blogs, Instagram und YouTube.

Damals hatte ich mich über die verwöhnten Ignoranten im VIP-Bereich lustig gemacht, inzwischen würde ich aber nur ungern auf seine Annehmlichkeiten verzichten. Konstantin scheint das ähnlich zu sehen. Mit zerzausten blonden Haaren und vorgeschobenem Nacken, von dem die Kamera baumelt, umkreist er seit fünfzehn Minuten das üppige Catering-Buffet wie ein wählerischer Geier. Konstantin ist in etwa so lange bei der Zeitung wie ich und ein angenehmer Zeitgenosse. Wie jeder gute Fotograf besitzt er das Talent, sich in beliebige Umgebungen, Situationen und Runden einzufügen, als gehöre er schon immer dazu. Selbst angespannte Interviewpartner scheinen nach wenigen Minuten zu vergessen, dass er überhaupt da ist. Falls die Fotobudgets der Medien weiter schrumpfen sollten, könnte sich Konstantin als Privatdetektiv eine goldene Nase verdienen. Im Moment gibt er sich mit einem Flammkuchen und einer Kräuterlimonade zufrieden. Die Auswahl an warmem Essen und Gratis-Drinks ist nicht übel, der wahre Vorteil liegt aber in der uneingeschränkten Sicht auf jeden einzelnen Auftritt, ohne ständig einen Ellenbogen in die Rippen oder einen Becher an den Kopf zu bekommen.

In Sachen Komfort ist der VIP-Bereich unschlagbar, die besten Geschichten finden sich aber zwischen den Shows mitten im Getümmel. In der mit bunten Sitzsäcken ausgelegten Chillout-

Zone erzählt mir ein Däne im orange-schwarzen Tigerkostüm von seiner abenteuerlichen Anreise per Autostopp. Fünf Tage habe er bis nach Budapest gebraucht, alles für seine absolute Lieblingsband. Gerade noch Glück gehabt, denke ich mir, einen Tag länger und er hätte sie verpasst. Um ihren Idolen zu huldigen, bastelt eine bärtige Truppe aus Deutschland eifrig an einem eigenwilligen Kunstwerk. Mit viel Fantasie – oder dem entsprechenden Promillewert – bilden die leeren, auf ein Absperrgitter geklemmten Bierdosen das Bandlogo. Bei meinem Rückweg zu frisch gebrühtem Kaffee und anständigen Sanitäranlagen sticht mir eine Dame ins Auge, die selig ein quadratisches Notizbuch im Arm hält. Mit Dauerwelle, Blümchenbluse und Gehstock könnte sie genauso gut aus Mamas samstäglicher Tarock-Runde stammen. In diesem Rahmen wirkt sie wie ein exotisches Wesen. „Ich hab' sie alle", berichtet sie mir wenig später stolz, während sie durch ihre Autogrammsammlung blättert, „Die Fantastischen Vier, meinen Gröhnemeier, die gute Lohrin Hill – und jetzt endlich auch den Mäckelmohr!"

Auch wenn es solche Anekdoten nicht immer in den Artikel schaffen, lassen sich manche Künstlerinnen und Künstler beim Interview damit aus der Reserve locken. Je früher es einem gelingt, das Gespräch von der mit vorgefertigten Antworten und einstudierten Werbeaussagen gepflasterten Route abzubringen, desto besser. Wenn sich der eine oder andere dadurch an eine Zeit erinnert, als er nicht auf, sondern selbst stundenlang vor Bühnen gestanden ist, und daran, warum er nichts anderes als Musik machen wollte: Jackpot! Im besten Fall vergeht die ohnehin schon knapp bemessene Zeit bei dieser Art von Konversation wie im Flug, im schlimmsten fühlst du dich wie eine Mutter, die versucht, ihrem pubertierenden Nachwuchs Details über seinen Schultag aus der Nase zu ziehen (Ok. Wie immer. Will nicht darüber reden.).

Heute läuft alles rund. Ein kanadisches Elektropop-Duo verlegt unseren Interviewtermin vom Hotelzimmer in der Stadt in seinen gleich ums Eck geparkten Tourbus und erweist sich als ebenso gut gelaunt wie gesprächig. Der Deutschrocker der alten Garde ist kurz angebunden, liefert aber – ganz der Profi – zitierfähiges Material. Und selbst der abgehetzte Veranstalter lässt ein paar interessante Details zu den steigenden Künstlergagen und der heiklen Balance zwischen großen Namen und vielversprechenden Newcomern durchblicken. Zur Feuershow der Headliner habe ich mir mein erstes Bier des Tages also redlich verdient.

Manche meiner Kollegen sind der Meinung, um so authentisch wie möglich von einem Event zu berichten, müsse man sich mit allen Mitteln, insbesondere jenen mit der Vorsilbe „Rausch-", so gut wie möglich ins Publikum oder in die Rockstars hineinfühlen. Ein Umstand, der den immer wieder zitierten Frank-Zappa-Sager „Rockjournalismus ist, wenn Leute, die nicht schreiben können, Leute interviewen, die nicht reden können, für Leute, die nicht lesen können" inspiriert haben dürfte. Ich schreibe besser, wenn ich nicht zugedröhnt bin. Außerdem macht Zugedröhntsein deutlich mehr Spaß, wenn am Grund der Flasche keine Deadline auf dich wartet.

Konstantin hat alle Bilder im Kasten, und während die Meute grölend zurück zum Zeltplatz drängt, geht es für uns geradewegs zum Bahnhof. Kaum haben wir im Zug einen Viererplatz mit Tisch bezogen, döst der Kollege gegen seinen am Nebensitz thronenden Kamerarucksack gelehnt ein. Das konnte ich nach

Konzerten noch nie. Viel zu viel Adrenalin und Endorphine, die zusammen mit der Überdosis an kostenlosem Koffein meine Blutbahn fluten. Zwei Stunden 41 Minuten, zeigt der Fahrplan am Monitor, dann sind wir wieder in Wien. Genug Zeit, um meine Eindrücke in den Laptop zu klopfen und, sollte mir das WLAN der Österreichischen Bundesbahnen gnädig sein, auf die interne Editing-Seite hochzuladen, damit ein Online-Redakteur den redigierten Artikel gleich morgen früh ins Netz und in die Welt entlassen kann.

Liveberichte schiebe ich nur ungern auf die lange Bank. Ganz anders als Rezensionen von Neuerscheinungen. Ein Album früher als einen Monat nach der Veröffentlichung zu besprechen, gehört verboten! Jedes Mal, wenn du einen Song hörst, verändert er sich und damit deine Auffassung davon. Die großartigsten Tracks offenbaren sich oft erst, wenn sich die vermeintlich eingängigeren Hits um sie herum nach mehrmaligem Hören abgenutzt haben. Sie aufzuspüren, geht nur so: Kopfhörer auf, raus ins Leben und herausfinden, über welche Situationen zu welcher Tageszeit sich die Musik an welchem Ort als perfekter Soundtrack legen lässt. Empirisches Ergebnis: Der Schreibtisch gegenüber von meinem, an dem Helmut vom Tech-Ressort für gewöhnlich an einer Smartwatch oder sonst einem hochtechnologischen Gadget herumfingert, ist das eher selten.

Bei Liveshows verlasse ich mich lieber auf mein Gedächtnis als auf bei schlechtem Licht hingekritzelte Notizen. Wenn mir etwas keine zwei Stunden in Erinnerung bleibt, ist es meistens sowieso nicht der Rede wert. Weil ich meine grauen Zellen aber auch nicht unnötig herausfordern möchte, bringe ich Erlebtes gerne möglichst frisch zu Papier.

In meinem Kopf spule ich gerade zu einem euphorisierenden Gitarrenriff zurück, das dem Songtitel *Contagion* (Ansteckung) alle Ehre gemacht hat, als mir jemand auf die Schulter tippt. Der Schaffner hat sich neben mir im Gang aufgebaut und bewegt seine Lippen wie ein Fisch. Ihnen entweichen zwar keine Luftbläschen, aber eben auch kein Ton. Macht sich der Schnauzbart etwa lustig über mich? Gerade will ich ihm einen entnervten Kommentar entgegenschmettern, da fällt mir ein, dass ich immer noch meinen Gehörschutz in den Ohren habe. Zwei Handgriffe später kann die Fahrkartenkontrolle ihren Lauf nehmen. Die 175 Euro für eigens meinen Ohrmuscheln angepasste Stöpsel waren die beste Investition, die ich je getätigt habe, abgesehen vielleicht von meinen Noise-Cancelling-Kopfhörern. Die schirmen mich nämlich nicht nur vom Lärm der Welt ab und ersetzen ihn durch warme Bässe und präzise Höhen, sondern schützen mich obendrein vor kollegialem Small Talk in der U-Bahn und beim Warten auf den Lift, was nicht nur nach einer kurzen Nacht Gold wert ist. Eine Wirkung, die sich noch verstärken lässt, indem man sich gleichzeitig ein Blickduell mit dem Handybildschirm liefert.

Als ich am nächsten Morgen beim Betreten des Redaktionsgebäudes von der bewährten doppelten Deckung Gebrauch mache, fällt mir das Flugzeugsymbol in der rechten Ecke meines Handybildschirms ins Auge. Während Konzerten stelle ich mein Telefon grundsätzlich auf Flugmodus. Zwischen Hauptbahnhof, Einschlafen während der Wiederholung einer uralten Tatort-Folge am Sofa und meinem Umzug ins Bett hatte ich wohl vergessen, ihn zu deaktivieren. Mit einem Wisch übers Display verschwindet der Flieger. Dafür trudelt jetzt eine Mitteilung nach der anderen ein. Sieben Anrufe in Abwesenheit, drei neue Nachrichten. Alle von Horvath. „Ich muss dringend mit dir reden." „Ruf mich an, wenn du im Zug bist." „Es ist WICHTIG!"

Oje, von den manikürten Fingern der Kapitänin ins Handy getippte Versalien verheißen nichts Gutes. Die Porträts der Songcontest-Anwärter, schießt es mir durch den Kopf. Nein, die habe ich vor meiner Abfahrt abgeschickt. Vielleicht geht es um das Interview mit dem rebellischen Dirigenten? Das habe ich doch gekürzt, wie sie es wollte. Der Lift scheint sich heute ähnlich schwer motivieren zu können wie ich, nachdem der Wecker geklingelt hatte. Während wir die vier Stockwerke hochfahren, rattern die Rädchen in meinem Hirn wie die Aufzugsketten eines Paternosters.

Kaum hat mich der Fahrstuhl auf der Brücke ausgespuckt, fixiert mich Horvaths eisblau funkelndes Augenpaar und meine Kopfhörer rutschen mir wie von selbst in den Nacken. Meine treuen Begleiter mögen mich vor privaten Herzausschüttungen, Einladungen zu Babypartys und blöden Fragen, die im Google-Suchfenster besser aufgehoben sind, bewahren, bei unvorsehbaren Turbulenzen sind selbst sie machtlos.

„Sabato, subito!", zitiert mich meine Chefredakteurin mit ihrer liebsten Klangfiguren-Kombi aus Alliteration und Homoioteleuton in ihren Glaskäfig. Schuldbewusst, ohne mir allerdings über den Ursprung meiner Schuld bewusst zu sein, setze ich an: „Sorry, wegen gestern ..."

„Ich will gar nicht wissen, was dich von einem Rückruf abgehalten hat", unterbricht mich Horvath und wischt meinen Versuch einer Entschuldigung mit einer Handbewegung beiseite.

„Wie du sonst bereits wüsstest, kommt Eduard nicht mehr zurück." Sie lehnt sich in ihrem Ledersessel zurück und faltet die Hände. Doch nicht etwa zum Gebet?!

„Oh Gott! Was ist passiert?"

Tatsächlich hatte ich Eddi, unseren Fresskritiker, schon eine Weile nicht mehr gesehen. Es muss mehr als zwei Wochen her sein, dass er zu irgendeiner Pressereise nach Spanien, Italien, möglicherweise auch Frankreich aufgebrochen ist. Das ist nicht ungewöhnlich. Er lässt sich oft wochenlang nicht auf der Brücke blicken, fliegt von einer Restauranteröffnung zur nächsten Weinmesse oder sucht zwischen Anden und Amazonas nach einer seltenen Kaffeesorte.

„Eine französische Winzerin ist ihm passiert."

Kulinarikredakteur des „Plafond" von Traktor überrollt. Weinverkostung endet mit tödlicher Alkoholvergiftung. Schlechte Kritik macht Winzerin zur Mörderin. Ich versuche, die Schlagzeilen, die vor meinem inneren Auge entstehen, mit Horvaths Mienenspiel abzugleichen. Ihr Gesicht zeigt nicht die Spur von Mitleid. Meines dürfte inzwischen ungefähr das Kalkweiß von Alice Cooper angenommen haben.

„Der viele Sancerre ist ihm offenbar zu Kopf gestiegen", fügt sie abwesend hinzu, als würde das irgendwas erklären. Also doch ein Pestizid-Unfall?

„Ist er okay?", will ich ehrlich besorgt wissen.

„Okay? Wahrscheinlich stampft er mit seiner Maitresse gerade liebestoll barfuß in einem Fass voller Weintrauben herum. Auf jeden Fall hat er sich entschieden, bei ihr in diesem Kaff zu bleiben und einen auf *Viticulteur* zu machen, was weiß ich."

Schön, denke ich mir. Mein persönlicher Wunschtraum vom Aussteigen schaut anders aus, aber ist doch toll für ihn. Und für seine Konkurrenten bei anderen Blättern. Angeblich soll sich ja unter den heimischen Kulinarikschreibern die Redewendung „Nur Weller ist schneller" etabliert haben, weil es Eduard Weller über Jahre hinweg gelungen war, immer als Erster über eine spektakuläre Neueröffnung oder den brisanten Restaurantwechsel eines namhaften Chefkochs zu berichten. Dass die Kleiderordnung manches Genusstempels in spe zum gegebenen Zeitpunkt noch Bauhelme, Gehörschutz und Sicherheitsschuhe vorschrieb, hielt ihn nicht davon ab, den Leserinnen und Lesern die Eröffnung des Jahres, der Saison oder der Stunde schon einmal anzukündigen. Die amüsante Vorstellung von Eddi, wie er in Vichy-Karo-Hemd und Pullunder auf einem Traktor durch den Weingarten tuckert, lässt mich fast vergessen, dass ich noch immer nicht weiß, was *ich* damit zu tun habe. Wenn nicht in der Redaktionssitzung, werden Mitarbeiterwechsel je nach Bekanntschaftsgrad (und mehr oder weniger erfolgreicher Kopfhörer-Defensive meinerseits) bei einem Feierabendbier oder in einem Abschieds-E-Mail kommuniziert.

„Eddi hat also gekündigt", fasse ich die mir bisher bekannten Fakten zusammen. „Und das erzählst du mir, weil ...?"

Horvath schaut mich an, als läge die Antwort vor uns auf ihrem Schreibtisch. Ist das eine Art von Test? Oder will sie, dass ich ihm gut zurede? Als ob das etwas ändern könnte. So dicke Freunde waren Eddi und ich auch wieder nicht. Er hatte mich mal gebeten, einen Blick auf die Schallplattensammlung aus dem Nachlass seines Vaters zu werfen, die irgendwo zwischen Hard Rock und Fusion Jazz der Siebzigerjahre angesiedelt war.

Zehn Höhepunkte:

1. *In-A-Gadda-Da-Vida* – Iron Butterfly
2. *In the Court of the Crimson King* – King Crimson
3. *Exile on Maine St.* – Rolling Stones
4. *Wheels of Fire* – Cream
5. *Tyranny & Mutation* – Blue Öyster Cult
6. *Led Zeppelin II* – Led Zeppelin
7. *Sweetnighter* – Weather Report
8. *Head Hunters* – Herbie Hancock
9. *Bitches Brew* – Miles Davis
10. *The Köln Concert* – Keith Jarrett

Auf der letzten Weihnachtsfeier haben wir uns ganz gut über die besten Roadmovies der Sechzigerjahre unterhalten, in Sachen Freundschaftsstatus würde ich damit aber selbst gegen seinen Frisör abstinken.

„Du wirst ab der übernächsten Ausgabe sein Ressort übernehmen."

„Ich soll … über *Essen* schreiben?" Der Gedanke ruft mir meine letzten drei Mahlzeiten in Erinnerung: Dukatenchips mit Mayo am Festival. Ein Falafel-Dürüm abends vor dem Bahnhof und zwei mit kaltem Wasser auf 0,3 Liter gestreckte Espressi gefolgt von einem Maracuja-Trinkjoghurt heute früh.

Ich warte darauf, dass Horvath endlich freudig losprustet, weil sie mich um ein Haar drangekriegt hätte. Aber ihre Augenpartie und Mundwinkel bleiben lachfältchenfrei wie in einer Anti-Aging-Werbung.

„Dein Ernst? Willst du dafür nicht jemand Neues einstellen? Ich kann … ich hab gar nicht genug Kapazitäten neben den Musikthemen und dem, was aus Bühne, Film und Fernsehen noch dazukommt."

„Darüber mach dir mal keine Sorgen. Wir werden die Musikberichterstattung in der nächsten Zeit etwas herunterfahren. Food klickt bei unseren Onlinelesern einfach besser und darauf müssen wir reagieren."

Ich weiß nicht, was ich sagen soll, also lasse ich es. Meine Sprachlosigkeit irritiert nicht nur mich. Die Chefredakteurin beugt sich versöhnlich zu mir über den Tisch.

„Es ist ja nur für ein paar Monate, vorerst."

Immer noch keine Reaktion von mir, was Horvath zum Anlass nimmt, schwerere Geschütze aufzufahren.

„Wenn du so gut bist, wie ich denke, kannst du über alles schreiben."

Ob sie das aus einem dieser sündhaft teuren Leadership-Seminare hat, in denen Manager lernen, wie sie ihre Mitarbeiter gekonnt manipulieren, pardon, motivieren? Horvath scheint mit dem zwar einseitigen, aber von ihr virtuos gestalteten Gesprächsverlauf zufrieden zu sein und erklärt unsere Unterhaltung mit einem demonstrativen Blick auf die Uhr für beendet.

„Außerdem bist du doch Italienerin! Ist Essen nicht so was wie eure zweite Muttersprache?"

3

„Es hätte viiiel schlimmer laufen können!", befindet Patrick mit vollem Mund, während er mit der zweiten Hälfte seines Hühnerbagels kämpft und mir im Rückspiegel einen theatralischen Blick zuwirft. Den ganzen Vormittag habe ich meinen Schreibtischsessel hin und her gedreht und alle zehn Minuten die Zeitanzeige auf meinem Laptop fixiert, bis sie endlich 12.30 Uhr anzeigte. Unsere donnerstäglichen Mittagspausen gehören zu den Highlights meiner Woche, diesmal konnte ich es aber besonders schwer erwarten, auf die Rückbank des klimatisierten Patmobils zu klettern. Fast hätte ich vergessen, dass ich mit dem Essenspendieren an der Reihe war, so groß war der Drang, meinem besten Freund die exorbitante Ungerechtigkeit, deren Opfer ich geworden war, zu schildern und mich bei ihm über meine satanische Chefredakteurin auszulassen. Als ich beim Erwin-Ringel-Park um die Ecke bog, wartete meine Psychiatercouch auf vier Rädern bereits auf mich.

Die silbergraue BMW-5er-Limousine ist ein wenig in die Jahre gekommen, aber gut in Schuss. Sie verströmt eine Art weltmännische Lässigkeit. Das hat sie mit Patricks Stammkundschaft gemein. Geschäftsmänner, Medienmacher und Vorstandsmitglieder im Salz-und-Pfeffer-Look, die sich zu Meetings, Geschäftsessen, zum Flughafen und auch gerne einmal zu nächtlichen Terminen in schicke Hotels chauffieren lassen. So wie das hohe Tier, das donnerstags von 12.30 bis 14.00 Uhr unweit der Redaktion in der Börse zu weilen pflegt und Patrick und mir damit unsere gemeinsamen Siestas beschert.

„Sie hätte dir Mode aufs Auge drücken können. Oder Beauty. Oder, oh Mann, Sport!" Das belustigt ihn dermaßen, dass er sich vor Lachen an einem Bissen verschluckt und zu husten beginnt. Ich enthalte mich jeglichen Kommentars und pfeffere eine Gurkenscheibe auf seinen Hinterkopf.

„Die Nachrufe?", schlägt er nach einem Räuspern versöhnlich vor.

Ich werfe ihm einen bösen Blick zu und drohe an, einen Paprikastreifen nachzulegen.

„Ich meine ja nur, es geht um Essen – das musst selbst du ein paarmal am Tag, Sofia."

Pragmatisch, praktisch, Patrick. Wenn ich ihn nicht gerade dafür hasse, liebe ich seinen lösungsorientierten Pragmatismus. Der hat mir in den letzten Jahren oft genützt und mir immerhin durch den Großteil des Publizistikstudiums geholfen. Ich muss wohl ziemlich verloren ausgesehen haben, als ich am ersten Tag der Medienpsychologie-Vorlesung am Rand des Hörsaals gestanden war. Höchstwahrscheinlich damit beschäftigt, schwarze Splitter von meinem Nagellack durch die Gegend zu schnipsen – eine Angewohnheit, die meine Mutter damals zur Weißglut trieb. Patrick hatte den „Soundgarden"-Aufnäher auf meinem Rucksack entdeckt und begonnen, den Refrain *Black hole sun won't you come* zu singen, während er mich auf den freien Platz neben sich winkte. Dieser war von da an für mich reserviert. Selbst die langweiligsten Vorlesungen – insbesondere solche, bei denen die Vorlesenden ihre Aufgabe wörtlich nahmen – gewannen an Unterhaltungswert, wenn Patrick mir Zettelchen mit völlig aus dem

Zusammenhang gerissenen Zitaten der Dozenten zuschob. Seine Spezialität war aber die Bearbeitung trockener Definitionen, bei denen er einzelne Wörter durch andere – na ja, sagen wir weniger trockene – ersetzte (Auszug aus dem ersten Semester Public Relations: Masturbation lässt sich nicht delegieren, sie gehört zu den Führungsaufgaben und liegt in der Verantwortung des Top-Managements. Nur durch langfristige Masturbation lassen sich Konflikte mit Dialogpartnern vermeiden und mildern. Achtung: Nicht jede Masturbations-Maßnahme eignet sich für jedes Masturbations-Ziel gleichermaßen.).

Außer Botschaften und vielsagenden Blicken tauschten wir gewissenhaft füreinander zusammengestellte Mixtapes aus, die in der Post-Walkman-, Prä-MP3-Ära eigentlich Mixdiscs waren und unsere persönlichen Charts oder unseren aktuellen Seelenzustand widerklingen ließen. In einer Prüfungswoche hatte er mir eine CD mit vierzehn Tracks überreicht, bei denen es sich um ein und denselben Song handelte, der knappe fünfzig Minuten lang auf Endlosschleife lief: Limp Bizkits *Break Stuff*.

It's just one of those days / Where you don't want to wake up / Everything is fucked / Everybody sucks ...

Passt eigentlich auch jetzt ganz gut. Kommt später gleich auf meine Playlist! Nachdem ich meinen Bagel verputzt habe, knülle ich den Papierbeutel zusammen, schlüpfe aus meinen Schnürstiefeln und mache es mir der Länge nach auf der Rückbank bequem.

„Es ist ja nicht so, als hätte ich ein Problem damit, über Themen außerhalb meiner Komfortzone zu schreiben", verteidige ich mich, obwohl ich das gar nicht müsste, schließlich bin ich hier die Leidtragende.

„Weißt du noch, die große Schlager Hitparade mit Helene Fischer? Darüber hab ich berichtet, als wäre sie das Woodstock des 21. Jahrhunderts." (Das Tragische ist, dass sie das für viele tatsächlich war).

„Aber Horvath will, dass ich den Gourmet-Aufmacher, die Restaurantkritik und die ‚Glasweise'-Getränke-Spalte mache."

„Sie zwingt dich also auch noch zu trinken, hm?", bekomme ich vom Fahrersitz mit einer Anteilnahme zurück, die man Kleinkindern zuteilwerden lässt, wenn sie sich vor lauter Spielzeug nicht entscheiden können, womit sie zuerst spielen sollen.

„Was würdest du sagen, wenn du von heute auf morgen nicht mehr Taxi, sondern Rikscha fahren müsstest?"

Patrick faltet die Hände vor der Brust.

„Namaste?"

Er grinst in den Rückspiegel und dreht sich zu mir um.

„Mal im Ernst, ich versteh dich. Es ist scheiße, dass sie das von dir verlangt. Aber hey, du hast ein Wochenende im Tourbus mit diesen schrägen Wikinger-Typen überstanden und eine Hammer-Reportage darüber rausgehauen und damals, als es bei der einen Grammy-Gewinnerin hieß ‚No interviews!', bist du trotzdem an sie rangekommen. Ich meine, wie schwer kann's sein, über ein paar Kochmützen und ihre Menüs zu schreiben?"

Auch wenn es mir alles andere als recht ist, ganz unrecht hat Patrick nicht.

„Immer noch besser als ein richtiger Job, oder?", fügt er hinzu, während er seinen Sitz mit einem Handgriff nach hinten umlegt und die Arme hinter dem Kopf verschränkt.

Ein *richtiger* Job impliziert für Patrick fixe Arbeitszeiten, geschlossene Räume und immer gleiche Abläufe, die geradewegs in einen „Und täglich grüßt das Murmeltier"-Trott führen. Darüber, dass seine Limousine der Mobilität und allem Komfort zum Trotz sogar einen verhältnismäßig beengten Raum darstellt und der Akt des sicheren Autofahrens relativ wenig Spielraum für abenteuerliche Ausreißer bietet, sieht er gern hinweg.

Mit dem Taxifahren hatte Patrick neben dem Studium begonnen, um sich etwas Geld dazuzuverdienen – und seine soziale Kompetenz zu fördern, wie er bei keiner Gelegenheit unbetont ließ. Anfangs nur an den Wochenenden, später auch unter der Woche, wenn die Vorlesungszeiten oder meine Mitschriften es erlaubten. Nachdem er einige Male die richtigen Personen zur richtigen Zeit von A nach B chauffiert und dabei offenbar alles richtig gemacht hatte, standen bei ihm bald drei, vier große Firmen regelmäßig auf der Matte. Im vierten Semester büffelte Patrick lieber für die Taxilenkerprüfung, als mit mir die Grundlagen des Kommunikationsrechts zu wiederholen, und in den Sommerferien investierte er seine Studiengebühr fürs fünfte Semester in zwei Festivaltickets für das FM4 Frequency Festival. Bald darauf machte er sich als professioneller Fahrer selbstständig. Ein Jammer für zahlreiche Autopendler und Frühschichtarbeiter, die von einem Radiomoderator mit seinem unerschütterlichen Optimismus und der immer guten Laune profitiert hätten. Allerdings hätte ich in dem Fall auch auf meine mobile Seelenklempnercouch verzichten müssen, die ich noch nicht bereit bin zu verlassen, obwohl die Uhr im Armaturenbrett bereits 13.45 anzeigt.

„Ich weiß nicht mal, wo ich anfangen soll."

Patrick kramt im Handschuhfach nach Handstaubsauger und Raumspray und drückt mir die Sprühflasche in die Hand.

„Der Kunde, den ich heute Abend fahre, hat am Telefon was von einer geheimen Bar gesagt. Wenn du willst, schick ich dir die Adresse."

„Geheime Bar?", wiederhole ich und versprühe dabei Duftwölkchen, die mich an eine Mischung aus Mamas winterlichem Orangenlager und Mottenkugeln aus Zedernholz erinnern. „Wenn ich mein Geld mit einer Bar verdiene, warum um Gottes Willen sollte ich wollen, dass sie geheim ist?", kämpfe ich mit meiner Stimme gegen das Summen des Saugers an.

„Nicht geheim wie topsecret, eher versteckt und exklusiv. Wie ein Geheimkonzert abseits der breiten Masse. Ein Underground-Treffpunkt."

„Mhm. Kann jedenfalls nicht schaden."

Wir tauschen Sprühflasche gegen Staubsauger und bringen die letzten Spuren unseres Mittagessens zum Verschwinden. Während ich mir die Stiefel zuschnüre, wundere ich mich zum wiederholten Mal, wie man bloß seine Schuhe im Taxi vergessen kann. Das passiert öfter, als man denken würde, wie Patricks Hitliste zurückgelassener Sachen zeigt.

Zehn Dinge, die Menschen regelmäßig im Taxi liegen lassen:
- Schlüssel (die ganze Fahrt über in der Hosentasche, beim Aussteigen dann unterm Sitz).
- Regenschirm (insbesondere bei Schönwetter).
- Sonnenbrille (insbesondere bei Regen).
- Blumenstrauß (im Kofferraum aus den Augen, aus dem Sinn).
- Handy (Digital Detox durch göttliche Fügung).
- Schuhe (als wäre der Walk of Shame noch nicht steinig genug).
- Schmuck (plötzliche Nickelallergie?).

- Führerschein (Meisterwerk: alkoholisiert mit einem Taxi auf Nummer sicher gehen und dann trotzdem ohne Fahrerlaubnis dastehen).
- Casino-Jetons (Glück im Spiel, Pech auf der Rückfahrt).
- Slip (was zur Hölle?).

Ob Eddi die auf seinem Schreibtisch zurückgelassenen Sachen wohl irgendwann abholt, frage ich mich, als ich am Weg zu meinem Platz daran vorbeikomme. Ein Set Moleskine-Notizbücher, ein Holztablett mit zwei unförmigen Schälchen, einer japanischen Gusseisenteekanne und einem Beutel mit der Aufschrift *Hon Gyokuro Hoshino,* daneben ein Stapel Magazine und Kochbücher. Ob er überhaupt noch Verwendung dafür hat in seinem neuen Leben? Beim Blick in sein Regal kommt mir in den Sinn, dass ich mich früher oder später durch die fein säuberlich gestapelten Kartons wühlen und mir ein Gesöff für meine erste Getränke-Spalte aussuchen muss. Eindeutig später! Im Moment bin ich viel zu beschäftigt damit, am längst fertigen Porträt einer Jazz-Legende zu ihrem bevorstehenden 70. Geburtstag herumzudoktern, die Online-Kommentare zu meiner letzten Albumrezension zu studieren und mich durch die Pressemeldungen in meinem Posteingang zu klicken: *Skurriles Musikvideo von Starregisseur. Eigener Festivalbereich für Frauen. Intendant lädt zur Saisonpräsentation ins Konzerthaus.* Bis zur ersten Ausgabe mit meinem Senf zur Kalorienversorgung der Nation ist noch gut eine Woche Zeit. Unter Druck funktioniere ich sowieso besser. Bis dahin ... Mein innerer Monolog wird vom Vibrieren meines Handys unterbrochen, das mich über mein heutiges Abendprogramm informiert.

4

SPEAKEASY, MARGARETENSTRASSE 2
CHEERS P

Google sei Dank! Die Suchmaschine hat mich mit ihrem Karten-
dienst nicht nur in die Straße aus Patricks Nachricht gelotst, sondern mich außerdem darüber aufgeklärt, dass es sich bei einem
Speakeasy um eine Flüsterkneipe handelt, wie sie in der Zeit der
amerikanischen Prohibition aufkam. Weil die Herstellung und
der Verkauf von Alkohol in den Zwanzigern und Anfang der
Dreißigerjahre offiziell verboten war, wurde er von geschäfts-
tüchtigen kriminellen Banden inoffiziell hinter verschlossenen
Türen ausgeschenkt, idealerweise bei geringem Lärmpegel, um
nicht erwischt zu werden (weil Alkohol ja bekanntlich die Zunge
zügelt und die Hemmungen steigert).

Ohne dieses Vorwissen hätte ich bei meiner Ankunft wahrscheinlich angenommen, dass mir Patrick die falsche Adresse geschickt hat, und wäre, ohne zu zögern, zu Jogginghose, Bier und
den gerade diensthabenden Tatort-Kommissaren nach Hause gefahren.

Margaretenstraße 2, vergleiche ich noch einmal die Haus-
nummer vor mir mit der in der Textnachricht. Erwartet hatte
ich eine unscheinbare Tür ohne Anschrift, vielleicht mit einem
dem Anschein nach willkürlich platzierten Graffiti gekennzeich-
net. Stattdessen wird der Eingang von zwei Säulen mit protzigen

Golddrachen flankiert, die nach einem Schild über ihren Köpfen mit der Aufschrift „Chinarestaurant Shanghai Long" züngeln. Während ich die Fabelwesen noch skeptisch beäuge, biegt ein Paar um die Ecke. Die Frau, zirka in meinem Alter, hat sich bei ihrem Begleiter untergehakt, lässt sich von ihm die Tür öffnen und zwischen den Drachen hindurchführen.

Könnte auch alles nur Fassade sein, zur Täuschung. Die Bar als Chinese getarnt. Eine ganz schön aufwändige Tarnung, denke ich mir, als ich mich wenig später in einem lang gezogenen Gastraum mit ornamentreich getäfelten Wänden und roten Laternen, von denen goldene Quasten baumeln, wiederfinde. An drei Tischen sitzen Gäste vor Warmhalteplatten mit dampfenden Tellern. Von dem Paar von vorhin keine Spur. Wäre ja nicht das erste Mal, dass sich Patrick irrt. So wie das eine Mal, als er mich eine Viertelstunde in der Lindengasse hatte warten lassen, während er in der Blindengasse stand. Bevor ich mich auf den Heimweg mache, will ich noch schnell der Toilette einen Besuch abstatten. Auf dem Weg in den hinteren Teil des Lokals wird es immer lauter, was recht eigenartig ist, da die Tische allesamt leer sind. Einen zweiten Gastraum scheint es nicht zu geben. Erst am Rückweg von der Toilette fällt mir eine Lücke zwischen den in gleichmäßigen Abständen angeordneten Tischen ins Auge. Die freistehende Wand wird von einer fetten, aufrecht sitzenden goldenen Katze geziert. Ihre zum Gruß erhobene linke Pfote reicht genau bis zu meinem Ellbogen. Zwischen den weiter oben angebrachten Drachen-, Tempel- und Fächer-Verzierungen wirkt sie seltsam deplatziert. Als ich direkt davorstehe, bin ich mir fast sicher, dass der Lärm aus der Wand kommt. Eine junge asiatische Kellnerin stellt eine Kanne Tee an einem der besetzten Tische ab, lächelt mich an und nickt mir mit einem Gesichtsausdruck zu, als wollte sie sagen: „Nur zu!" Von uns beiden bin ich offenbar diejenige, die es komisch findet, dass ich durch ihr Lokal streife wie durch einen Trödelladen. Ich studiere gerade die Schriftzeichen auf der Tafel in der anderen Pfote der Katze, als diese plötzlich einen Satz auf mich zumacht und die Wand einen Typen mit Handy am Ohr ausspeit. Geheime Bar, geheime Tür – hätte ich mir eigentlich denken können. Ich gebe dem Kätzchen, dessen Winkepfote sich als Türknauf entpuppt, die Hand, trete ein und tauche durch einen schwarzen Perlenvorhang. Der Raum, der sich dahinter eröffnet, könnte einem Actionfilm entsprungen sein. Aus denen weiß ich, dass solche schummrigen Hinterzimmer gerne von Clan-Mitgliedern genutzt werden, um wahlweise miteinander Poker zu spielen oder einander kaltblütig abzuknallen. Statt finsteren Gaunern scharen sich gut gelaunte Ladys und Gentlemen um den Tresen, ihre Gesichter werden von einem Neonschriftzug an der Wand in rotes Licht getaucht. „MNG" leuchtet mir in schlanken Großbuchstaben entgegen. Mononatriumglutamat, Papas erklärter Feind. Zwei mutige Familienessen in fremdländischen Restaurants endeten mit Magengrummeln und Schweißausbrüchen, das genügte meinem Vater, die Selbstdiagnose „Chinarestaurant-Syndrom" zu stellen. Das „asiatische Glutamat-Glumpert" konnte ihm und damit auch dem Rest der Familie von da an gestohlen bleiben. Ein Urteil, das meine Mutter zusätzlich darin bestärkte, ausschließlich Gerichte auf den Tisch zu stellen, die auch auf der Karte jedes gutbürgerlichen Wiener Wirtshauses ihre Berechtigung hätten.

Glutamat wird unter den Zutaten auf der Cocktailkarte nicht aufgeführt, dafür allerhand Hochprozentiges, das je nach Dosierung dieselben Nebenwirkungen hervorrufen dürfte, über die Papa damals auf der gesamten Autofahrt und noch während der Abendnachrichten geklagt hatte. Ich schwanke zwischen einem *For Buddha's Sake* mit Cognac, Sake, Earl Grey und Orangenblütenwasser oder einem *UuuMami!* mit Gin, Amaretto, Schokolade, Ingwer und Milch und lasse meinen Blick auf der Suche nach Anschauungsmaterial durch den Raum wandern. Statt langstieliger Gläser und Kristallschalen entdecke ich auf den Bartischen bloß Bambuskörbchen, wie sie in den Auslagen der Asialäden rund um den Naschmarkt verstauben, und weiße Take-away-Boxen mit Drahtbügeln, die vom Asia-Imbiss bei mir um die Ecke stammen könnten. Die Dame im dunkelblauen Jumpsuit neben mir scheint keinen Hunger zu haben, sie hat ihre Box noch nicht einmal geöffnet. Als hätte sie meine Gedanken gehört, beugt sich Mademoiselle Einteiler nach vorn, steckt sich das seitlich aus der Box ragende Paar Stäbchen in den Mund und beginnt allen Ernstes daran zu saugen. Auf *dem* Trip wäre ich auch gerne. Bevor ich dem Barkeeper „Einmal das, was sie hatte", zurufen kann, reicht er einem anderen Gast eine Take-away-Box und steckt noch schnell zwei Stäb..., nein Strohhalme! hinein. Die Tarnung hört also nicht bei der Geheimtür auf.

Angesichts der ganzen Geheimnistuerei machen die Leute hier unverschämt viele Fotos. Wäre Patrick hier, würde ihm dazu bestimmt ein Trinkspiel einfallen. Jedes Mal, wenn jemand seinen Drink fotografiert: einen Schluck trinken; für jedes Selfie: zwei Schluck; für jeden Schnappschuss vom Barkeeper: drei Schluck; wer gebeten wird, eine Tischrunde abzulichten, leert sein Glas auf ex. Nach meinem Aha-Erlebnis mit den Stäbchen-Strohhalmen überlasse ich dem Barkeeper die Wahl des Drinks und staune, als er mir mit übertriebenem Ernst ein kleines Tablett mit einer Teekanne und einem Schälchen mit einem Streifen Zitronenschale und einer lila Blüte über den Tresen zuschiebt. „Ein Ming Dynastea. Viel Vergnügen damit!" Mit Tee hat der starke Mix wenig gemein, maximal mit einem ziemlich sauren Long Island. Rum, Sherry, Grüntee, Yuzu sagt die Karte. Mein fünfzehnjähriges Ich hätte seine helle Freude mit mir. Verglichen mit dem Rum-Cola in Colaflaschen und Wodka in Wasserflaschen, die wir beim Skikurs in der ersten Oberstufe an den Lehrern vorbeigeschmuggelt haben, ist das eine klare Weiterentwicklung. Nie wieder war das Weggehen auch nur annähernd so aufregend wie damals. Als man noch zittern musste, ob einen der Türsteher des Ü-18-Lokals mit dem gefälschten Schülerausweis überhaupt reinlassen würde und ob die Polizisten im Falle einer Razzia Stunden nach der gesetzlichen Ausgehzeit für Minderjährige auch so gutgläubig wären. Wie sehr einem der Reiz des Verbotenen fehlt, merkt man erst, wenn alles erlaubt ist. Also macht unsereins, was gelangweilten Erwachsenen noch bleibt: Man fährt schwarz mit der U-Bahn und parkt im Halteverbot, lädt Raubkopien aus dem Internet, zündet sich Zigaretten im Nichtraucherlokal an oder schlürft eben Cocktails aus Teetassen.

Auf dem Heimweg vibriert mein Handy. Eine weitere Nachricht von Patrick. Sie enthält einen Link und den Hinweis „Kopfhörer auf!".

SOFIA'S WORK PLAYLIST :
Eat It – „Weird" Al Yancovic
Egg Man – Beastie Boys
Feed Me – Little Shop of Horrors

Soup Is Good Food – Dead Kennedys
Call Any Vegetable – Frank Zappa
Vegetables – The Beach Boys
Käsebrot – Helge Schneider
Strawberry Fields Forever – The Beatles
Girls Just Wanna Have Lunch – „Weird" Al Yancovic
Milkshake – Kelis
Give Me The Food – Miss Platnum
Banana Pancakes – Jack Johnson
Peaches – The Presidents of the United States of America
Fried Chicken – Ice-T
If You Like Pina Coladas – Jimmy Buffett

5

„Was macht ein Mathematiker im Garten?", flüstert mir Doris ins Ohr, während sie mich vor dem Restauranteingang umarmt. Mathewitze zur Begrüßung sind neben ihrer peniblen Pünktlichkeit die zweite wesentliche Konstante in unserer dreijährigen Freundschaft. Wie immer hebe ich fragend die Schultern und warte darauf, dass sie vergnügt des Rätsels Lösung verrät. „Wurzeln ziehen!" Als wir nach einem Poetry-Slam-Abend begonnen hatten, uns sporadisch zu treffen, dachte ich noch, früher oder später wäre ihr Repertoire erschöpft. Inzwischen weiß ich es besser. Ich schmunzle, hake mich bei meinem Date für den Abend unter und schreite mit ihr durch die hohe Glastür.

Dank Patricks Tipp war es mir tatsächlich gelungen, als Erste über das MNG zu schreiben und mit dieser ersten Amtshandlung nicht nur meine Chefredakteurin zu überraschen. Beflügelt von den positiven Rückmeldungen auf meine Reportage über die Wiener Underground-Barszene war ich bereit, mich in meine erste Restaurantkritik zu stürzen. Das Kaleidoskop – den Kollegen meiner Zunft zufolge ein „kosmopolitischer Genusstempel" und „Geschmacksspektakel der Luxusklasse" – hatte kürzlich die neue Küchenlinie von Spitzenkoch Daniel Kelm präsentiert. Eddis letzte Kritik über das Restaurant war schon über ein Jahr her. Obwohl ich Konzerte, über die ich berichte, bevorzugt allein besuche, schien mir ein vierzehngängiges Dinner for one trotz der verheißenen geschmacklichen Ekstase doch eher ein Trauerspiel zu werden. Warum also nicht jemanden mitnehmen, dem so eine Unternehmung womöglich sogar Freude bereiten würde?

Der junge Mann am Empfang nimmt Doris ihren cremefarbenen Trenchcoat ab, was er erfolglos auch mit meiner Lederjacke probiert, und geleitet uns zu einem runden weiß eingedeckten Tisch, bei dessen Format ich mich frage, ob wir noch vier weitere Gäste erwarten. Kaum haben wir unsere Plätze bezogen, stehen auch schon gefüllte Wassergläser vor uns und ein Herr in Hemd, Pullunder und Krawatte rollt mit einer kleinen mobilen Bar herbei. Wir leisten seiner charmanten Empfehlung Folge und lassen uns zum Auftakt einen Rosé-Champagner einschenken. Ohne dass wir etwas bestellt hätten, setzen uns weitere Servicemitarbeiter mit anthrazitfarbenen Schürzen – bei den Personalkosten, die sie hier haben dürften, erschließt sich mir auch die Preisklasse – kleine Brettchen, Schälchen und Tellerchen vor. Cracker mit einem dunkelroten Puder und weißen Tupfen. Glänzende Perlen in verschiedenen Grüntönen, mit winzigen präzise dazwischen platzierten Kräuterblättchen und drei kleine Pyramiden von blass- bis dottergelb. Es ist das Einzige auf unserem Tisch, was ich zu identifizieren vermag: Butter. Da kommt auch schon ein neues Ungetüm angefahren. Anders als sein Vorgänger hat es statt flüssiger Fracht gebackene geladen. Sogleich werden uns sachte Scheiben von Brotkreationen mit Lavendelblüten, Kartoffeln und Bienenpollen auf die Teller gehoben. Doris' Augen gehen über vor Glück, und als der Brot-Chauffeur sie für ihre Wahl lobt, nehmen ihre Wangen einen rosa Schimmer an. Sollte meine Freundin jemals in ein Verbrechen involviert sein, wäre der Lügendetektortest überflüssig. Jede noch so kleine Emotion lässt sich direkt in ihrem Gesicht ablesen, was sich manchmal mehr (gelungene Geburtstagsgeschenke), manchmal weniger (misslungene Stylingversuche) als erfreulich erweist.

„So kannst du in deinem neuen Job jetzt immer essen?", bricht es nach einer Portion von den Perlen, die im Mund aufplatzen und nach Melone und Gurke schmecken, aus ihr hervor.

„Es ist kein neuer Job, ich übernehme das Ressort nur vorübergehend", stelle ich richtig, „und es geht dabei ja nicht nur um Sternerestaurants."

„Vorübergehend oder nicht ...", Doris lässt ihre Hände mit dem Besteck darin nach außen kippen, „Sofia, das ist der beste Job der Welt!"

„Erstens, den besten Job der Welt haben diese Professional Binge Watcher, die dafür bezahlt werden, sich die neuesten Serien reinzuziehen und mit Schlagworten zu versehen. Und zweitens ist das echt nicht mein Ding."

„Also, ich könnte mich daran gewöhnen." So wie es aussieht, hat sie das bereits. Doris lehnt sich zufrieden zurück – in dem großzügigen Polsterstuhl wirkt sie mit ihren honigblonden Haaren und der zierlichen Statur wie Alice im Wunderland, nachdem sich diese ein wenig vom Schrumpftrank genehmigt hat. Während sie sich genüsslich den letzten Schluck Rosé-Champagner aus ihrem Glas in den Mund laufen lässt, wird das nun leere Puppengeschirr eifrig abserviert und ein weiterer Servicemitarbeiter tritt an unseren Tisch, die Arme hinter seinem Pullunder-Torso verschränkt. Nachdem er sich unserer Zufriedenheit versichert hat, schlüpft der Herr in die Rolle eines Spielleiters, der uns über den weiteren Ablauf in Kenntnis setzt. Doris lauscht ihm mit einer Aufmerksamkeit, die sie sich wohl auch von ihren

Schülern im Unterricht wünscht. Wie sich herausstellt, gibt es im Kaleidoskop neuerdings keine Speisekarte mehr, sondern lediglich ein Menü aus mehreren Gängen, „welche sich im Laufe des Abends zu einem kaleidoskopischen Ganzen zusammenfügen". Statt die Bestellung aufzunehmen, erkundigt sich der Spielleiter nur, ob wir auf irgendetwas allergisch seien. Mein ernst gemeintes „Auf böse Überraschungen" tut er mit einem zuckenden Mundwinkel ab, nimmt unsere Getränkewahl – einmal Weinbegleitung, einmal alkoholfrei – auf und entfernt sich mit einem angedeuteten Nicken.

Erleichtert darüber, dass ich mich nicht der Qual der Wahl stellen und Gerichte aussuchen muss, deren Namen ich vermutlich nicht aussprechen, geschweige denn mir darunter etwas vorstellen kann, tue ich es meiner Begleiterin gleich und lehne mich in dem weichen Kokon von einem Sessel zurück. Meine gerade noch vor der Brust verschränkten Arme finden auf den Armlehnen Platz und ich denke zum ersten Mal, dass das Ganze vielleicht sogar ganz lustig werden könnte. Zu früh gefreut – Küchenchef Kelm scheint ein echtes Schlitzohr zu sein, er behält es sich nämlich nicht nur vor, für seine Gäste zu entscheiden, was diese essen, er behält außerdem für sich, worum es sich dabei handelt. Erst am Ende des Menüs würden wir erfahren, was wir im Laufe der über zwei Stunden in uns hineingelöffelt, neugierig angeknabbert, zaghaft geschlürft und uns auf der Zunge zergehen lassen haben. Als einer der Pullunder uns zwei Schalen kredenzt, gefüllt mit Kieselsteinchen, wie man sie am Badestrandufer der alten Donau findet, auf denen zwei große Muscheln thronen, die man dort garantiert nicht findet, nehmen meine Arme wieder wie von selbst die Abwehrhaltung ein. Skeptisch beäuge ich das Strandgut vor mir. Doris scheinen das gallertige hellgraue Etwas mit gelber Sauce und die darauf arrangierten kleinen Kügelchen (ist das Kaviar?) nicht zu irritieren. Sie klatscht begeistert in die Hände und strahlt mich mit glänzenden Augen an.

„*Bon appétit!*"

„*Bonne chance!*", antworte ich und versuche, mir mit einem Schluck vom zu diesem Gang gereichten Pouilly-Fumé Mut anzutrinken. Beide nicht ganz sicher, wie wir uns der Muscheln am besten annehmen sollen, lassen wir den Blick durch den Raum schweifen. Wir haben Glück, denn einen Tisch weiter wird soeben derselbe Gang aufgetragen. Zwei Business-Typen im Anzug, die offenbar regelmäßig derlei Lokale frequentieren, lüften die Muschelschalen mit der Hand von ihrem Kieselbett, nesteln kurz mit der Gabel darin herum und führen diese mit dem glitschigen Inhalt zum Mund, woraufhin beide aussehen, als würden sie energisch Kaugummi kauen. Gesehen, getan! Mit einem Haps ist die anonyme Kreation in meinem Mund und durchläuft dort eine spannende Verwandlung. Von wegen Donau, das ist das Meer! Mit cremigen, salzigen Schaumkronen. Oder süßen? Vielleicht beides. Ich würde gerne noch einmal probieren, um es herauszufinden, aber meine Muschelschale ist bereits leer.

Im nächsten Gericht glaube ich gefüllte Mini-Teigtaschen zu erkennen. Nur ist der dunkelgelbe Mantel ganz eindeutig kein Teig und die Taschen samt ihrem Inhalt sind kalt.

„Was meinst du, was das ist?", wende ich mich an Doris.

„Hauchdünner Kürbis vielleicht. Oder Süßkartoffel. Ist das nicht herrlich? Und gefüllt sind sie mit rohem Fisch, könnten auch Garnelen sein."

Ich starre meine liebste Mathelehrerin verblüfft und nicht ohne Respekt an. Von ihr kann ich anscheinend nicht nur in Sachen Algebra noch was lernen.

„Weißt du, was mir echt zu schaffen macht?"

Doris schwelgt gerade noch mit geschlossenen Augen in der Pseudo-Pasta, signalisiert mir aber mit ihrer Hand auf meinen Unterarm, dass sie ganz Ohr ist.

„Mal angenommen, jemand, der nicht die geringste Ahnung von Musik hat, würde die richtig großen Geschichten für den Rolling Stone bekommen, über die Foo Fighters, Alicia Keys oder so – das würde mich verrückt machen! Das wäre eine Frechheit!"

„Und?" Zwischen Doris Augenbrauen zeichnet sich eine kleine Falte ab.

„Und ... ich meine, das hier ... wie komme ich denn dazu, darüber ein Urteil zu fällen? Wahrscheinlich kann jeder Hobby-Gourmet mehr mit diesen Kürbis-Dings anfangen als ich. Und ich soll jetzt darüber bestimmen, ob das Lokal in unserer Zeitung fünf oder weniger Sterne bekommt?"

Doris beißt auf ihrer Unterlippe herum.

„Weißt du, Frank Lloyd Wright hat einmal gesagt: Ein Experte ist jemand, der aufgehört hat zu denken, weil er ‚weiß‘."

„Hm. Ich denke, nein, ich weiß, dass ich so gut wie nichts über Muscheln, Wein oder Backwaren auf Rädern weiß."

So leicht lässt Frau Professor nicht locker.

„Vielleicht ist das ja gar nicht so übel. Sieh's doch mal so: Deine Aufgabe ist es zu vermitteln, wie sich der Besuch in einem Lokal anfühlt. Dafür brauchst du keinen Doktor in Feinschmeckerei. Du hast Angst zu bewerten? Dann beschreib stattdessen einfach."

Mein erster Impuls ist, wie immer vehement zu widersprechen, aber meine Neugier auf das, was Doris zu sagen hat, ist größer.

„Was, wenn Musik und Essen in der Hinsicht gar nicht so verschieden sind? Ich wüsste nicht, wie ich erklären soll, was der Geschmack von dem Gericht mit mir macht. Aber das kann ich bei Whitneys *I Will Always Love You* auch nicht. Du schon."

„Trotzdem fehlt mir das Hintergrundwissen zu all dem."

„Wie ich meinen Schülern immer sage: Die größte Stärke ist die eigene Neugier. Alles andere lässt sich recherchieren."

„Schön und gut, aber ... Wow!"

Das Kunstwerk, das der Service beinahe unbemerkt auf den Tisch geschmuggelt hat, wirkt, als wäre es vom Plattencover des *Yellow-Submarine*-Beatles-Albums inspiriert worden. Von der Leinwand aus tiefblauem Porzellan leuchtet uns eine gelbe Creme entgegen, die aussieht, als wäre sie mit einem breiten Pinsel aufgetragen worden. Darauf ist eine Collage aus ganz hellen Fleisch-Zylindern, Zwiebeln, kleinen Wurzeln und dickflüssigen dunkelroten Tupfen arrangiert. Das Hühnerfleisch ist so zart, dass man es kaum kauen muss, und feiner als jedes Geflügel, das ich je gegessen habe. Doris hält mir das Glas mit der alkoholfreien Begleitung – ein leuchtend roter, leicht sprudelnder Drink auf Eis – unter die Nase.

„Wonach riecht das für dich?"

Die fruchtig-süßliche Kombination kommt mir bekannt vor. Meine Einordnungsversuche dauern Doris zu lange.

„Wie ein Heiße-Liebe-Eisbecher!"

Bevor ich meine Nase erneut ins Glas stecken kann, hat sie es bereits weggezogen und durch das Weinglas ausgetauscht.

„Und der hier?"

Obwohl sich der blassrote Wein optisch deutlich von seinem promillefreien Pendant abhebt, ist sein Duft zum Verwechseln ähnlich. Was die alkoholfreie Getränkebegleitung angeht, hatte ich mit Apfelsaft, Kräuterlimonade, dem einen oder anderen Gemüsesaft – natürlich jeweils von höchster Qualität – gerechnet. Stattdessen sind Doris und ich von den schrägen hausgemachten Erfrischungen – darunter eine Art leicht salziger kalter Tee, eine verdünnte Buttermilch mit undefinierbarer Schärfe und eine klare Flüssigkeit, die zwar wie Wasser aussieht, aber süß und leicht nach Ouzo schmeckt – so fasziniert, dass wir darüber beinahe auf die Weine vergessen und uns anstrengen müssen, gemeinsam die Gläser zu leeren, um in der Menüfolge nicht hinterherzuhinken.

Angenehm berauscht verfolgen wir den Weg des nächsten Gangs von der Küchendurchreiche bis zu unserem Tisch, halten dann aber beide inne. Doris nimmt als Erste allen Mut zusammen, schneidet sich ein Stück von dem bräunlich-rosaroten, eigenartig gerüschten Fleisch ab und beginnt, zaghaft darauf herumzukauen. Als wäre es mit einem Mimik-Zufallsgenerator verbunden, durchläuft ihr Gesicht dabei verschiedene Ausdrücke von Oje! über Hä? bis hin zu Mhm! Ich halte mich zunächst an das begleitende grünliche Risotto und beobachte, wie Doris versucht, ihre Fleischstücke möglichst unauffällig unter dem adrett geschichteten Reishäufchen zu verstecken. Inzwischen bin ich mir fast sicher, dass es sich dabei um Teile irgendeines Organs handelt. Schnell runter damit, nehme ich mir vor, als ich die Gabel zum Mund führe. Aber meine Zunge hat andere Pläne, tastet jede kleine Rundung ab und meldet meinem Gehirn ein unbekanntes Fleischobjekt. Es sind die ersten Teller, die nicht blitzblank den

Rückweg in die Küche antreten. Der Rest unseres Dinners vergeht wie im Flug. Eine in der Eierschale servierte Creme, gewürzt mit Doris Schwärmerei über ihren gut aussehenden Aushilfslehrer. Ein Pilzgericht mit hellem Schaum, der kräftig nach Rauch riecht und schmeckt, begleitet von einem schweren Rotwein und detaillierten Schilderungen der Bücherstapel auf Doris' Nachttisch und meinem Schlafzimmerboden. Wenn ein Buch für Doris' Geschmack zu stark ins Düstere abrutscht, wandert es auf meine Leseliste; wird mir ein Roman zu melodramatisch und anrührend, hat er das Zeug zu ihrem nächsten Lieblingsbuch. Die Schokoröllchen im knusprigen Nussmantel genießen wir in zufriedenem Schweigen. Und unsere Erinnerungen an einen albernen Abend in der Hotelbar vom Park Hyatt, an dem wir uns als „fronsösische Pharmavörtreterinnen" ausgegeben haben, werden von einer terrazzoartigen Ansammlung weißer, brauner und beiger Splitter mit violettem Beerenpüree und weißem Gefrorenen versüßt.

Höchste Zeit herauszufinden, womit wir uns den ganzen Abend lang die Bäuche vollgeschlagen haben. Der Anführer der Pullunder erkundigt sich zum wiederholten Mal nach unserer Zufriedenheit und weiht uns ein:

Hanfcracker mit Roter Bete und Meerrettich-Ayran
Erbse, grüne Melone & Limette
Butter im Jahreszeitenwechsel
Pochierte Gillardeau-Austern
mit Kaviar und Seeigel-Hollandaise
Kürbis mit Ceviche vom Saibling,
Beurre Blanc und Verbene

Kaninchen und Karotte
Kalbsnieren mit Artischocken-Risotto
Liebstöckel-Crème-Brûlée
Enoki-Pilze mit Speckschaum
Tonkabohnen-Ganache mit Piemonteser Haselnuss
Malzcrumble mit Blaubeerpüree und
Eiscreme von brauner Butter

Für einen Moment verdunkelt sich Doris' strahlendes Gesicht, als wäre ihr eine Laus über die Leber gelaufen, nein gestampft. Gut möglich auch, dass es statt der Leber die Nieren gewesen sind. Ich mache mir eifrig gedankliche Notizen zur Speisenfolge und staune, dass ich angesichts ihres Ausmaßes noch nicht mit Schnappatmung im Koma liege. Immerhin hat unser Gelage länger gedauert als die meisten Konzerte. Inklusive Vorband. Mit Zugabe. Als ich nach der kleinen Schatulle mit der Rechnung greife, hat sich auch Doris wieder gefangen.

„Was für ein wunderbarer Abend! Ich weiß gar nicht, wie ich dir dafür danken soll."

„Schon gut, schon gut. Dank dir hat es sich nicht ganz so sehr nach Arbeit angefühlt."

Während wir uns durch die weißen, von Kerzen beleuchteten Tischinseln unseren Weg nach draußen bahnen, flüstert Doris: „Ich bin wirklich gespannt, was du darüber schreiben wirst".

Da sind wir schon zwei.

6

Butter. Heiße, dampfende Butter. Eine mollige Wolke davon hüllt mich beim Betreten des kleinen Ladenlokals ein. Prompt meldet sich die Übelkeit von heute morgen zurück. Schon draußen am Gehsteig hatte mich meine Nase wie ein vorlautes Navigationssystem darüber informiert, dass ich meinen Bestimmungsort erreicht habe. Das Geschäft mit der Duftwolke gehört Maurice Marché, einem gebürtigen Franzosen, für dessen Croissants die Wienerinnen und Wiener seit der Eröffnung vor ein paar Tagen frühmorgens in den zweiten Bezirk pilgern, um bis zu eine Stunde quer über die Straße Schlange zu stehen. Nicht für Abschiedstournee-Tickets der Rolling Stones oder ein Meet and Greet mit Madonna – für knappe fünfzehn Zentimeter Teig. Der Geruch schwillt in meinem Kopf an. Die weißen Regale, die goldene Baguettes und mit mehligem Raureif überzogene ährenförmige Stangenbrote balancieren, blenden mich. Glücklicherweise dimmt meine Sonnenbrille alles auf ein erträgliches Maß.

Ohne ahnen zu können, wie der gestrige Abend enden würde, hatte ich durch eine göttliche Fügung einen Termin für elf Uhr anstelle des vorgeschlagenen Bäckereirundgangs um sechs Uhr morgens vereinbart. Nach vier Stunden Schlaf, zwei Aspirin, einer kalten Dusche und Patricks Lebenselixier – Tütensuppe mit extra Chili in einer XL-Tasse mit Strohhalm auf der Couch serviert – wirkte die Mission Bäckerinterview nicht mehr völlig *impossible*. Praktischerweise liegt Patricks Wohnung nur eine

U-Bahn-Station von der *Boulangerie Marché* entfernt, sodass ich sogar fünf Minuten zu früh dran bin. Auch von Konstantin und seinem Kamerarucksack ist noch keine Spur. Jetzt wo das Hämmern in meinem Kopf immer leiser wird, kommt die Erinnerung an gestern Abend langsam zurück.

Was hatte ich auch anderes erwartet? Dass die Leser des *Plafond* und Eddis langjährige, treue Fans mich mit offenen Armen empfangen würden? Oder dass ihnen der Wechsel hinter den Kulissen womöglich gar nicht auffallen würde? Werte Damen und Herren, Sie haben den neuen Roman von Sinnsucher Paulo Coelho bestellt, aber möchten Sie nicht viel lieber wissen, was Krimi-Meisterin Patricia Cornwell zu sagen hat? Gut, mit dem Fauxpas rund ums falsche Huhn habe ich mir selbst ein Ei gelegt. Obwohl der Kaleidoskop-Service am Ende des Menüs das von mir vermutete Hähnchen als Kaninchen dechiffriert hatte, ist mir das Federvieh beim Schreiben doch irgendwie hineingerutscht. Weit bestürzter als über meine Unfähigkeit, Meister Lampe von Kratzefuß zu unterscheiden, war die Leserschaft jedoch über die Idee, auf die mich Doris mit ihrem „Beschreiben statt Bewerten" gebracht hatte. Angesichts der mutmaßlich unter gefährlichem Bluthochdruck in die Tastatur gehämmerten Online-Kommentare und verschwenderisch mit Kraftausdrücken geschmückten Leserbriefe könnte man meinen, ich hätte dem Kaleidoskop die einst von Eddi verliehenen fünf Sterne aberkannt. (Dabei handelte es sich wohlgemerkt nicht um die Sterne eines renommierten Restaurantführers, sondern lediglich um ein blattinternes Bewertungssystem, das sich genauso gut Gabeln, Smileys, meinetwegen auch Kaninchen hätte bedienen können.) Ein großes Missverständnis, schließlich hatte ich dem Restaurant nicht o von 5 Sternen gegeben, sondern lediglich die Sternebewertung an sich abgeschafft. Kein leichtes Unterfangen, denn erst hatte ich Horvath davon überzeugen müssen, dass solcherlei Bewertungen abseits von Standardtanzmeisterschaften und Rassehundeausstellungen absolut out seien und die Leser vom Eintauchen in den Text abhielten. Nach einem zehnminütigen Redeschwall meinerseits und einigen Trommelschlägen mit ihren frisch manikürten Fingernägeln auf die Tischplatte war die Chefredakteurin einverstanden gewesen. Meine Idee, sie kurz vor Feierabend abzupassen, war aufgegangen.

„Ich hab eine Verabredung im MNG", hatte Horvath geflötet, sich ihre Clutch unter den Arm geklemmt und die Brücke verlassen.

Eine Woche und eine Wochenendausgabe später sah die Sache ganz anders aus.

Die fünf goldenen Regeln für deinen Seelenfrieden als Redakteurin:
1. Lies niemals die Kommentare zu deinen Artikeln.
2. Lies niemals die Kommentare zu deinen Artikeln.
3. Lies niemals die Kommentare zu deinen Artikeln.
4. Lies niemals die Kommentare zu deinen Artikeln.
5. Lies niemals und unter keinen Umständen die gottverdammten Kommentare zu deinen Artikeln!

„Unsachlich, unqualifiziert, äußßßerst unerfreulich, die neue kulinarische Berichterstattung. Ich schätze Ihr Blatt seit Jahrzehnten, aber mir ist der Appetit vergangen!", rezitierte ich mit einer extra tiefen Stimme, von der ich dachte, dass sie der des echauffierten Leserbriefautors entsprach. Meine Speiseröhre unterstrich die Aussage mit einem Rülpser. Ich reichte die DIN-A4-Seite mit meinem persönlichen Best-of an Rückmeldungen zu meiner Kaleidoskop-Kritik an Patrick auf dem Vordersitz des Patmobils weiter, der sie konzentriert studierte.

„Willst du wissen, was mein Favorit ist? *Soll Frau Sabato doch Hühnernuggets essen! Null Sterne von mir!*", las er vor und verpasste der Absenderin dabei ein arrogantes Näseln. Darauf genehmigte ich mir einen großzügigen Schluck aus der Champagner-Flasche, die ich aus Eddis Nachlass entwendet hatte, nachdem ich aus Horvaths Kubus gestürmt war. *Krug Grande Cuvée 167ième Edition* funkelte mir vom güldenen Etikett entgegen. Horvath war sauer auf mich, die Moderatoren unseres Online-Forums drehten meinetwegen am Rad und mein Beitrag zur nächsten Ausgabe wurde allseits mit derselben Gehässigkeit erwartet wie der neueste Fehltritt von Kanye West.

Immerhin schien das Schicksal um Schadensbegrenzung bemüht, Patrick hatte früher Arbeitsschluss und konnte mich von der Servitengasse auflesen, bevor mitleidige Passanten begannen, mir Kleingeld vor die Füße zu werfen. Andererseits, wie viel Barmherzigkeit würde wohl einer an der Champagnerflasche hängenden Pennerin zuteil?

„Leer!", verkündete ich von der Rückbank aus. „Und jetzt?"

Ich weiß noch, dass wir uns im Irish Pub an der Bar breitgemacht und nach einem Guinness mit Whiskey angefangen haben. Kann sein, dass wir später beim Würstelstand gelandet sind. Habe ich den Typen wirklich gefragt, ob er auch Kaninchen-Krainer hat? Und dann war da noch so eine Bar in den Stadtbahnbögen. Zwischen dem Türsteher mit Glatze und Patricks Couch fehlt meinem Gedächtnis allerdings ein gutes Stück. Während ich in meinem Hirn nach dem Namen des Lokals krame, legt jemand seine Hand auf meine Schulter. Ihr Besitzer ist einen Kopf kleiner als ich, hat lachende Augen unter dicken dunklen Augenbrauen und einen melierten Dreitagebart, der aussieht, als wäre in unmittelbarer Nähe gerade ein Sack Mehl explodiert.

Maurice Marché hat Konstantin im Schlepptau, der meine Sonnenbrille zur Kenntnis nimmt und mir stumm zunickt. War wohl doch wieder früher dran, der Kollege, und hat schon ein paar Probefotos geschossen. Der Bäcker nimmt uns mit in die Backstube im hinteren Teil des Ladens. Als wir den hell gefliesten Raum betreten, sind eine junge Frau und ein Mann in weißen Hemden und dazu passenden Kopfbedeckungen gerade damit beschäftigt, lange Teigdreiecke mit streichenden Handbewegungen zu Hörnchen aufzurollen. Sie grüßen uns lächelnd und wenden sich wieder der Arbeitsfläche zu. Marché lässt uns einen Augenblick, um die Fingerfertigkeit seiner Angestellten zu bestaunen, bevor er uns in die andere Ecke des Raumes winkt. Auf einem langen bemehlten Edelstahltisch ist ein Rechteck aus Teig ausgerollt, daneben liegt ein gewaltiger Block Butter. Bei unserem Telefonat vergangene Woche hatte er mich darauf hingewiesen, dass die Herstellung eines *bon croissant* mehrere Tage in Anspruch nehme und er bei unserem Termin daher nur einen Auszug der nötigen Arbeitsschritte zeigen könne.

„Wissen Sie, worin die wahre Kunst eines *boulanger* liegt, Mademoiselle Sabato?"

Der Bäcker sieht mich erwartungsvoll an. Ich werfe einen Blick über die Schulter auf seine Kollegen und versuche mein Glück.

„Im Fingerspitzengefühl?"

Marché schürzt die Lippen und hebt den sichtlich schweren Butterblock mit beiden Händen in einer sakralen Geste empor.

„Er bringt der Butter das Schweben bei."

Das Klicken von Konstantins Kamera folgt auf den Aphorismus wie der Tusch auf die Pointe. Mit Schweben hat das, was als Nächstes kommt, nicht viel zu tun. Der Bäcker teilt den Butterblock und hämmert mit beiden Fäusten und voller Wucht darauf ein, bis nur noch zwei flache Platten von ungefähr der Größe des Teiges übrig sind. Man könne die Butter auch ausrollen, räumt Marché ein, aber so habe es eben sein Onkel in Narbonne gemacht, den er als *petit garçon* mit seinem Vater jeden Samstagmorgen auf ein *croissant pure beurre* und eine Tasse *chocolat chaud* besucht hatte. Später hatte er in den Ferien in dessen Backstube ausgeholfen und seine ersten eigenen Backversuche gestartet.

Jetzt müsse das Weiterverarbeiten schnell gehen, lenkt er unsere Aufmerksamkeit wieder auf die Arbeitsfläche, denn würden sich Butter und Teig über 27 Grad erwärmen, wäre das, ganz klar, *une catastrophe!* Nachdem er eine der Butterplatten, mit der sich der Halbjahresbedarf eines Zweipersonenhaushalts decken ließe, auf dem Teig platziert und diesen darüber gefaltet hat, packt der gute Mann auch noch die zweite Butterplatte obenauf und deckt sie behutsam mit einer weiteren Teigschicht zu. Bis daraus Dreiecke geschnitten und Hörnchen geformt werden können, würde noch ein ganzer Tag vergehen, in denen der Teig mehrmals ausgerollt und gefaltet wird und rasten darf. Ein Dreitagewerk, die Herstellung des unerlässlichen Sauerteigs noch nicht eingerechnet, merkt der Bäcker an.

Bei einer Tasse Kaffee, die ich dringender nötig habe als er, der seit drei Uhr nachts in der Backstube steht, frage ich Marché, was ihn dazu brachte, seine eigene Bäckerei zu eröffnen.

„Wenn deine ganze Familie süchtig ist, was bleibt dir anderes übrig, als selbst zum Dealer zu werden?", schmunzelt er. Als Maurice Marché mit seiner Frau und zwei Töchtern vor rund zwanzig Jahren nach Wien gekommen war, hatten sie die dunkel gebackenen, deutlich salzigeren Croissants ihrer französischen Heimat vermisst. „Und das, obwohl es doch eigentlich eine osteuropäische, womöglich sogar eine österreichische Erfindung ist", schüttelt er den Kopf, als wäre diese Geschichte das Verrückteste auf der Welt. Zu Beginn habe er in einer österreichischen Großbäckerei angefangen, aber die dort gewünschten Plunderkipferl und halbmondförmigen Krapfen seien eben nicht dasselbe gewesen.

„Wenn es keine Brösel hinterlässt, ist es kein echtes Croissant!", behauptet Marché, steckt sich demonstrativ die Ecke eines frisch gebackenen Exemplars in den Mund und lässt es gebräunte Flocken schneien.

„Et voilà: un croissant comme il faut!"

Konstantin tut es ihm gleich und bröselt seinen Kapuzenpullover voll. Ich gönne meinem Magen noch eine kleine Gnadenfrist und versichere unserem Gegenüber, dass ich gerne ein Croissant mitnehme, um es später im Büro mit Genuss zu verspeisen.

Nachmittags auf der Brücke verschaffe ich mir einen Überblick über den Stand der Dinge, sprich die aktuelle Zahl der Online-Kommentare zur Kaleidoskop-Kritik: 427. Statt weiter nach unten zu scrollen, schließe ich das Browser-Fenster mit einem Klick, um mich wichtigeren Dingen zu widmen. So müssen die Wolken im Schlaraffenland schmecken, denke ich mir, während feine Croissantflocken auf die Tischplatte niederschweben.

7

Nicht die seit Oktober an jeder Supermarktkasse gestapelten Lebkuchen, nicht die Wiener Christkindlmärkte mit ihrem ungenierten Kitsch, ja nicht einmal die obligatorisch halblustige Weihnachtsfeier mit den Kollegen – nichts vermag den kleinsten Anflug von Weihnachtsstimmung so hervorragend im Keim zu ersticken wie der Österreichische Rundfunk. Deshalb nehmen meine Kopfhörer ab November zwei wichtige Zusatzfunktionen ein. Als Ohrenwärmer und Abschirmung gegen die Greatest Christmas Hits, die auf jedem Sender, in allen Läden und sämtlichen Lokalen auf Endlosschleife laufen, als würde die restliche Musikwelt Winterschlaf halten. Dank meinen treuen Begleitern hatten sich diesen Winter erst ein *Last Christmas* (wer rechnet Mitte November am Kebap-Stand denn mit so was?), ein halbes *Let It Snow, Let It Snow* (in der Postfiliale) und das Intro von *All I Want For Christmas Is You* (der Klingelton einer irrwitzigen Passantin) den Weg in meine Ohren gebahnt. Ein rekordverdächtiges Minimum – bis zum 24. Dezember.

Während der Taxifahrer meine Reisetasche in den Kofferraum hievt, gehe ich in Gedanken noch einmal ihren Inhalt durch. AC/DC-Schlafshirt, Zahnbürste, der Winterkrimi, der Doris „einen Tick zu makaber" war, die Geschenke ...

„Bin gleich wieder da!"

Mit mir und dem beinahe zurückgelassenen Handyladegerät an Bord schiebt sich das Taxi durch die matschigen Straßen in

Richtung Stadtgrenze. Wie es die Höflichkeit gebietet, habe ich mir die Kopfhörer beim Einsteigen in den Nacken geschoben, wo sie immer noch ruhen, als Chris Rea den Augenblick mit seiner rauchigen Stimme in einen Hollywood-Moment verwandelt. Geht es nur mir so, oder laufen in jedem Kopf bei den ersten Klaviertakten von *Driving Home for Christmas* unweigerlich amerikanische Weihnachtsfilme ab, in denen die Großfamilie aus allen Teilen des Landes und Auslandes heim ins Elternhaus pilgert. Eine meist beschwerliche Anreise, deren Strapazen nur von denen des gemeinsamen Festes der Liebe überboten werden. Als Einzelkind kann ich mit dem Bild von der langen Tafel, um die sich drei oder mehr Generationen versammeln, ohnehin nicht viel anfangen. Seit ich denken kann, gab es an Heiligabend nur Mama, Papa und mich. Nur einmal, als ich noch ganz klein war, war Nonna über die Feiertage bei uns. Ich kann mich zwar nicht daran erinnern, aber es gibt dieses eine Foto, auf dem sie mich vor dem Christbaum in unserer alten Meidlinger Wohnung auf dem Schoß hält und mir eine selbst gestrickte Mütze überzieht.

It's gonna take some time, but I'll get there, trifft es nicht ganz, dear Mr. Rea. Von meiner Wohnung dauert es gerade mal eine gute halbe Stunde, bis das Taxi beim Häuschen in Sulz im Wienerwald vorfährt. Die Lichterkette, die Papa alle Jahre wieder auf Mamas Wunsch über die Thujenhecke drapiert, leuchtet uns entgegen. Aus Gewohnheit nehme ich nicht die Stiege, die links am Haus entlang zur Eingangstür führt, sondern den Weg durch die Garage. Neben dem vw und Papas Werkzeug stapeln sich an der Wand alte Bekannte in verschiedensten Orangetönen. Mamas Zitrusschätze. Als ich die Tür von der Garage zur Wohnung öffne, frage ich mich, ob ich versehentlich in ein fremdes Haus

eingestiegen bin. Seit wann steht neben der Garderobe eine Anrichte? Wo ist der dunkelgraue Hocker hin? Und waren die Vorzimmerwände eigentlich schon immer beige? Aus dem Augenwinkel sehe ich etwas großes Weißes, das einen Satz auf die Garderobenbank macht. Alma, eine weiße Angora-Schönheit und
Mamas ganzer Stolz, nimmt meine Anwesenheit mit einem vorwurfsvollen Miauen zur Kenntnis und leckt sich die Pfoten. Ein
schneller Schritt und ein Fauchen von mir, schon sucht die Katze
miauend das Weite. Seit sie mir vor einigen Jahren einen langen
Kratzer am Unterarm verpasst hat und Mama daraufhin fragte,
was *ich* denn mit Alma gemacht hätte, sind die Katze und ich wie
Liam und Noel Gallagher – besser nicht allein im selben Raum.

„Sofia!", ruft Mama von der Küchentür aus in einem Ton, der
zu gleichen Teilen aus Vorwurf und Freude besteht. Sie trocknet
sich die Hände an einem Geschirrtuch ab und nimmt mich in
den Arm.

„Schön, dass du da bist! Leeeeo, Sofia ist da!"

Papa biegt in seiner Festtagsmontur – der ehemaligen täglichen Uniform aus der Zeit vor seiner Pensionierung: Hemd, Krawatte und Bügelfaltenhose – aus dem Wohnzimmer um die Ecke.

„Gerade hab ich dein Lager aufgeschlagen", meint er und
klopft dabei seine Hände aneinander ab, als hätte er die Ausziehcouch soeben erst zusammengezimmert.

„Hallo Papa. Danke, aber das kann ich doch selbst machen."

„Wir hätten dich auch abholen können", ignoriert er jede Andeutung, dass er in seinen Siebzigern nicht mehr so fit wie ein
Vierzigjähriger ist.

Ich nicke und lasse mich von Papa ins Esszimmer führen, wo
der Tisch bereits gedeckt ist. Diesmal in Rot und Gold – eine von

drei Farbkombinationen, die Mama im Wechsel zu jedem Weihnachtsfest aus Kisten im Keller holt, um sie zwei Wochen später wieder für die nächsten 351 Tage dort einzulagern. Der Christbaum neben dem Durchgang zum Wohnzimmer ist passend dazu mit goldenen Kugeln und roten Schleifen geschmückt.

„Echt Kunststoff. Von drauß' vom Baumarkt!" Papa legt den Arm um das Bäumchen wie um einen alten Freund.

In der Küche hören wir Mama mit Schüsseln und Töpfen hantieren. Der süßlich-saure Geruch kündigt das Weihnachtsmenü an. Erdäpfelsalat. Und wo der ist, sind Karpfen und Sauce Tartare nicht weit. Nach jeweils einem missglückten Versuch mit dem bei anderen Leuten beliebten Fondue und Raclette (Papas Urteil: „Da verhungert man ja während dem Essen!") waren beide Sets in den Keller verbannt worden und wir sind wieder beim Klassiker aus gebackenem Fisch und Beilage gelandet.

Nachdem Papa und ich der Küchenchefin versichert haben, dass ihr die Backfische dieses Jahr ganz besonders gut gelungen seien, und ich zur Freude meiner Eltern um etwas mehr „Sauce Trara" – eine Reminiszenz an mein Zahnlückenalter – gebeten habe, kann Mama ihre Neugier nicht länger zurückhalten.

„Jetzt erzähl doch mal! Wie läuft's in der Arbeit?"

„Genau! Dieses Kaleika hat sich nicht schlecht angehört", stimmt Papa mit ein.

„Kaleidoskop, Leo! Nicht Kaleika."

Nur gut, dass meine Eltern noch der Generation Printmedium angehören und ihren Laptop fast ausschließlich fürs Online-Banking nutzen und so von böswilligen Kommentaren nichts mitbekommen. Die beiden schauen mich erwartungsvoll an. Ganz okay, denke ich.

„Ganz okay", sage ich.

„Hast du in letzter Zeit irgendeinen bekannten Koch interviewt? Dieser Engländer, Jamie Soundso, scheint ja ordentlich was loszuhaben."

„Bisher hab ich fast nur über Österreicher geschrieben. Horvaths Anweisung. Wozu in die Ferne schweifen oder so. Sie denkt, die Leute interessiert mehr, wo sie morgen Abend essen gehen sollen als im nächsten Urlaub."

Diese Vorgabe der Chefredakteurin, die eigentlich ein Faible für internationale Geschichten hat, hatte mich selbst überrascht. „Wien ist eine Weltstadt", hatte Horvath einmal in einer Redaktionssitzung betont, „sollten wir unseren Lesern dann nicht auch Kulturberichterstattung von Welt bieten?"

„Ah ja, deine Chefin", schmunzelt Papa und pfeift durch die Zähne, während er die letzten Erdäpfel mit dem Messer auf seine Gabel bugsiert. „Die Lady in Red."

Nach einem Termin beim Internisten hatte mich Papa einmal vorm Redaktionsgebäude zum Mittagessen abgeholt und war dort Horvath begegnet. Ihr roter Mantel und die dazu passenden Pumps hatten sich offenbar in sein Gedächtnis eingebrannt.

Mama zieht eine Augenbraue nach oben und straft ihren Gatten mit Schweigen.

„Aber Anfang Februar geht's auf eine viertägige Pressereise. Nach Istanbul."

„In die Türkei?", fragt Mama ehrlich schockiert und fordert Papa mit einem bohrenden Blick auf einzuschreiten.

Der tut wie ihm aufgetragen. „Ist das nicht gefährlich? In Zeiten wie diesen."

„Ich gehe ja nicht als Auslandskorrespondentin in den Gazastreifen. Ich fliege in eine europäische Metropole, besuche einige Märkte und Restaurants, spreche mit ein paar Köchen ...“

Ihren Mienen zufolge sehen mich meine Eltern schon in türkischer Isolationshaft.

„Außerdem wird alles vom Kultur- und Tourismusministerium organisiert. Wir werden eine ganze Gruppe von Journalisten sein.“

Dass ich die überfüllte, laute Stadt, die sie nur aus den Nachrichten kennen, nicht auf eigene Faust erkunde, scheint sie dann doch zu beruhigen. Ob es türkischen Kindern genauso geht? Womöglich schlagen deren Eltern auch die Hände über dem Kopf zusammen, wenn ihr Nachwuchs eine Reise in die Niederlande (kiffendes Drogenpack), nach England (alles rabiate Säufer), Deutschland oder Österreich (Schweinefleischfresser mit liederlichem Lebenswandel) ankündigen.

Mit dem schmutzigen Geschirr ist auch meine Istanbul-Reise erst einmal vom Tisch. Nachdem alle Teller im Geschirrspüler verstaut sind, liest Mama das Weihnachtsevangelium vor. Kaum zu glauben, dass ein Jahr vergangen ist, seit ich die Geschichte das letzte Mal gehört habe. Danach hatte mich Patrick abgeholt und wir waren zurück in die Stadt zu dieser Neunziger-Jahre-Party gefahren, bei der ein befreundeter DJ aufgelegt hatte. Das Einzige, was die stille Nacht heute noch bringen dürfte, sind ein, zwei Runden Tarock, bevor ich mich im Gästezimmer, auch bekannt als Näh- und Bügelzimmer, Pfandflaschenlager und Familienfotogalerie, aufs Ohr hauen werde.

Als die heilige Dreifaltigkeit der österreichischen Weihnachtsbäckerei – Vanillekipferl, Lebkuchen und Linzer Augen – vor uns am Tisch steht, muss ich an Maurice Marché denken.

„Kannst du dich eigentlich noch an Weihnachten in Rossano erinnern? Wie war das so? Ich meine, was habt ihr gemacht?"

Mama ist über meine Fragen fast so überrascht wie ich.

„Nichts Besonderes. Es gab ja nur deine Nonna und mich. Wozu da ein großes *cenone* veranstalten?"

„Aber gegessen habt ihr doch was?"

„Meistens was mit Fisch. Aber nicht so guten wie den." Mama streckt ihr Kinn in Richtung Küche. „Entweder Baccalà mit Orangen und ein paar Oliven oder Spaghetti mit Sardellen und Kapern. Das Beste daran war der Knusper."

„Knusper?"

„Geröstete Brösel aus hartem Brot, die über die Nudeln gestreut wurden. Mir war am liebsten, wenn die Pasta darunter gar nicht mehr zu sehen war."

Papa steckt sich einen Keks nach dem anderen wie Popkorn in den Mund und lauscht Mamas Geschichte, die auch er zum ersten Mal hören dürfte.

„Und Kekse? Habt ihr welche gebacken?", will ich wissen.

„Mama mochte Petrali. Das sind Halbmonde mit einer Füllung aus Feigen, Nüssen und Vino Cotto. Ich hatte die Aufgabe, die klebrige Masse auf die Teigkreise zu setzen, und ich durfte die fertigen Kekse mit Schokoglasur und Streuseln dekorieren."

Mamas Blick ruht auf dem Tischtuch, als würde sie die kalabresischen Weihnachtsbäckereien ihrer Kindheit neben den Keksteller projizieren, der sich dank Papas Appetit rasant leert. Ich kann mir gerade noch einen Lebkuchen in Tannenbaumform sichern.

„*Meine* Lieblinge gab's erst am nächsten Morgen. Wenn ich noch ganz verschlafen in die Küche gekommen bin – ich hatte ja darauf bestanden, bei der Christmette um Mitternacht dabei zu sein –, hat Mama schon die ersten *Cururicchi* aus dem heißen Olivenöl gefischt. So etwas wie Krapfen. Aber mit Erdäpfeln im Teig. Und als Ringe."

„Also wie Donuts?"

„Ja, fast. Ich durfte dann an der Zuckermühle drehen und die ersten Exemplare zum Frühstück naschen."

„Warum haben *wir* die noch nie gegessen?"

„Ja, genau!", meldet sich Papa mit gespielter Empörung zu Wort und tröstet sich über die Köstlichkeiten, die ihm dreißig Ehejahre lang verwehrt wurden, hinweg, indem er die letzten Keksbrösel mit den Fingerkuppen aufliest.

„Und die ganzen Kekse? Die essen wir dann wohl auch noch zu Ostern, hm?"

Als wolle sie sich sofort der fünf randvollen Keksdosen annehmen, schnappt sich Mama den leeren Keksteller und verschwindet damit in der Küche.

Als ich am nächsten Morgen die Küche betrete, ist sie blitzblank. Keine schmutzigen Gläser, keine Panadebrösel, nicht einmal von den Keksdosen ist eine Spur. Dafür ist die Kanne in der Kaffeemaschine zu zwei Dritteln gefüllt. Ich öffne das Kästchen über der Spüle, in dem sich ein buntes Sammelsurium an Tassen stapelt. Auch die mit dem goldumrahmten *Sofia* auf der einen und der Mariazeller Kirche auf der anderen Seite steht da noch. Ein Wallfahrtssouvenir von einem Familienausflug zum Muttertag vor einer halben Ewigkeit. Ich schiebe sie zur Seite und nehme eine große Tasse, auf der sich Raphaels berühmte kleine Engel langweilen, und fülle sie so voll, dass ich sie gerade noch tragen kann, ohne einen Tropfen wertvolles Koffein zu verschütten.

Im Wohnzimmer liegt Mama mit der Zeitung ausgestreckt auf der Couch, Alma bei ihren Füßen eingerollt. Am Couchtisch steht eine Mariazell-Tasse mit *Maria*. Eigentlich müsste Mariagrazia darauf stehen, aber die zweite Hälfte von Mamas Vornamen ist lange vor unserer Pilgerreise nach Mariazell irgendwo zwischen Rossano und Sulz im Wienerwald verloren gegangen.

Wahrscheinlich ist sie schon seit Stunden auf und gönnt sich ihre erste Pause des Tages.

„Morgen."

Als sie mich sieht, faltet Mama die Zeitung zusammen und setzt sich auf. Zum Ärger von Alma, die ihre rosa Nase nach oben streckt und teilnahmslos aus dem Zimmer tapst.

„Schon wach? Hast du nicht gut geschlafen?"

„Doch, doch. Wie ein Stein." Wie ein solcher lasse ich mich in den großen Sofasessel fallen.

Nachdem ich meine halbe Tasse geleert habe, ohne dass eine von uns ein Wort gesagt hat, rückt Mama näher zu mir.

„Wegen gestern …"

„Ich weiß, ich hätte schon am Nachmittag da sein sollen. Es war nur …"

„Nein, nein. Die *Cururicchi.*"

Die Weihnachtsdonuts?

„Wahrscheinlich kannst du dich nicht mehr daran erinnern, du warst ja erst im Kindergarten", fährt Mama fort. „Du weißt ja, dass ich deinen Papa kennengelernt hab, gleich nachdem ich nach Wien gekommen bin. Und es hat nicht lange gedauert, da warst du unterwegs."

Die Geschichte mit den nicht abgeholten Hemden. Wie hab ich sie als Kind geliebt. Bei jeder Gelegenheit musste mir Papa aufs Neue erzählen, wie er Mama in der Putzerei hinter dem Tresen stehen gesehen, sich auf den ersten Blick in das zierliche Mädchen im weißen Blusenkleid verliebt hatte und seine gereinigten Hemden nie am vereinbarten Tag abholte, damit das Fräulein ihn anrufen musste und er es in ein Gespräch verwickeln konnte. Mit Erfolg, keine vierziehn Monate später waren sie, also wir, zu dritt.

„Während der Schwangerschaft ist es mir nicht so gut gegangen. Ich war die meiste Zeit zu Hause und froh, niemanden außer Leo zu sehen. Erst als du schon etwas größer warst, hab ich ein paar Freundinnen kennengelernt. Manchmal war ich fast eifersüchtig auf dich – du hast so schnell Freundschaften geschlossen. Am Spielplatz. In der Straßenbahn. Sogar beim Gottesdienst hast du die Aufmerksamkeit von Kindern in den anderen Bankreihen auf dich gezogen."

Ich weiß nicht, was ich – dreißig Jahre später – dazu sagen soll, also lasse ich es.

„Jedenfalls war im Kindergarten dieses Fest. Michaeli oder Erntedank, irgendwann im Herbst. Alle Mütter waren angehalten, etwas für ein kleines Buffet beizusteuern. Damals war ich noch nicht die große Köchin, wie du weißt. Ich wollte mir aber auch keine Blöße vor den anderen Müttern geben und mit einer gekauften Torte ankommen."

„Also hast du die Donuts gebacken?"

„Schön wär's." Auf Mamas Lippen zeichnet sich ein Lächeln ab, das halbfertig wieder zerläuft. „Ich wollte etwas Einfaches machen, wo nicht viel schiefgehen kann. Was Süßes für die Kinder. Also hab ich die *Crocette* aus meiner Kindheit gemacht."

„So wie Kroketten?"

„Getrocknete Feigen. Man halbiert sie und legt sie wie ein

Kreuz übereinander. Dann werden sie mit Nüssen und Mandarinenschalen gefüllt, mit noch einem Feigenkreuz zugedeckt und kurz gebacken."

„Klingt nicht schlecht."

„Sie schmecken herrlich! Schönheitspreis gewinnen sie aber keinen."

Zwischen Mamas Augenbrauen zeichnet sich eine Falte ab, die sonst nur als Nebenwirkung besonders kniffliger Kreuzworträtsel oder Sudokus auftritt.

Abends am Rückweg nach Wien lasse ich meinen Blick über die scherenschnittartige Landschaft gleiten, ohne sie wirklich wahrzunehmen. Stattdessen sehe ich sie bildlich vor mir, die anderen Mütter aus Mamas Erzählung. Wie sie die fremden braunen Naschereien am Buffet skeptisch beäugen, ihre Nasen rümpfen. Süßigkeiten-Rassismus im Kindergarten. Und die Knirpse, die neugierig ihre kleinen Finger nach den klebrigen Teilchen ausstrecken, bevor sie eilig von ihren Eltern weggezogen werden wie von Steckdosen oder ungesicherten Gewässern. „Das magst du nicht! Schau, da hast du einen Butterkeks." Ich kann ihr Tuscheln hören. „Manchmal isst das Auge lieber nicht mit." „Hätte sie nicht einfach Pizzaecken mitbringen können?" Was hat Doris einmal gemeint? Wer denkt, Kinder können grausam sein, war noch nie in einem Elternverein.

Ich kann mich nicht erinnern, ob zumindest mein vierjähriges Ich bei Mamas gefüllten Feigen zugeschlagen hat, aber ich hoffe es. Auf den 544 Seiten der *Guten Küche* finden sich keine *Crocette* oder *Cururicchi*. Und seit dem Zwischenfall im Kindergarten auch nicht mehr im Hause Brunner-Sabato.

Pasta ca' Muddica

*Diese Pasta mit Sardellen und Kapern gab es in Mamas
Kindheit immer zu Weihnachten – mit reichlich „Knusper" aus
hartem Brot. Aber von wegen Arme-Leute-Essen! Bei diesem herzhaft-
würzigen Pastagericht vermisst man rein gar nichts. Nicht einmal
Käse wie Parmigiano Reggiano oder Pecorino, obwohl beide
herzlich willkommen sind.*

(Ergibt 2 Portionen)

250 g Bucatini (oder Bigoli oder Spaghetti)	½ TL Chiliflocken
1 Knoblauchzehe	Thymian, getrocknet
50 g Sardellen in Olivenöl (ca. 14 Filets)	Rosmarin, getrocknet
25 g Kapern	Salz
4 EL Olivenöl	Pfeffer, frisch gemahlen
50 g Semmelbrösel	Etwas Zitronensaft

1. Die Pasta in einem großen Topf in gut gesalzenem Wasser kochen.
Dabei an der auf der Packung angegebenen Kochzeit orientieren.
Zwischendurch ein paar Nudeln probieren und darauf achten, dass
sie nicht zu weich werden.

2. Den Knoblauch schälen und halbieren. Sardellen und Kapern
grob hacken. 2 Esslöffel Olivenöl in einer großen Pfanne (in der später
auch die Nudeln gut Platz finden) erhitzen. Die Knoblauchhälften
mit dem Kochlöffel ca. 3 Minuten durchs Öl bewegen. Sardellen und
Kapern zugeben und anschwitzen. Den Knoblauch entfernen, die
Chiliflocken hinzufügen. Mit 4 Esslöffel Pastawasser aus dem Topf
angießen und köcheln lassen.

3. Die Semmelbrösel in einer kleinen Pfanne mit 2 Esslöffeln Olivenöl unter regelmäßigem Rühren goldbraun rösten. Mit Salz, Pfeffer und den getrockneten Kräutern würzig abschmecken.

4. Die Pasta abseihen, dabei etwas Pastawasser auffangen. Die Nudeln mit 2 Esslöffeln Pastawasser zur Sardellen-Kapern-Mischung in die Pfanne geben und gut vermischen. 2 Esslöffel der gerösteten Semmelbrösel unterrühren und mit einigen Spritzern Zitronensaft vollenden. Die Pasta in tiefen Tellern anrichten und mit Semmelbröseln bestreut servieren.

Tipp: In Salz eingelegte, gereifte Sardellen schmecken wesentlich intensiver als in Öl eingelegte und sollten vor der Verwendung für etwa 1 Stunde gewässert oder zumindest gründlich abgespült werden.

8

„Schönen Urlaub!", schreit mir Patrick durchs offene Autofenster hinterher, begleitet von einem Hupkonzert, während ich am Flughafen Wien durch die Drehtür sprinte. Um in der Haltezone einzuparken, ist keine Zeit. Genauso wenig wie dafür, meinen besten Freund erneut darauf hinzuweisen, dass eine Pressereise für uns Journalisten alles andere als bezahlter Urlaub ist. Statt das Ambiente und das musikalische beziehungsweise kulinarische Erlebnis entspannt zu genießen, laufen alle unsere Sinne auf Hochtouren, während wir damit beschäftigt sind, mentale Schnappschüsse zu erstellen. Von der Stimmung. Den Menschen. Der Dramaturgie. Wir hinterfragen und stellen Fragen. Machen Notizen, Tonaufnahmen und, wenn wir so wie ich diesmal ohne Fotograf unterwegs sind, auch Fotos. Die *Quick-and-dirty*-Einführung, die mir Konstantin dazu an einer Spiegelreflexkamera der Redaktion gegeben hatte, dauerte keine Viertelstunde. Nachdem er zuerst geduldig versucht hatte, mir Kennwerte wie Brennweite, Belichtungszeit und ISO zu erklären und die unterschiedlichen Einstellungen für die Nahaufnahme von Speisen und für Innenaufnahmen in schlecht ausgeleuchteten Restaurants beizubringen, hatte er angesichts der zahlreichen Fragezeichen in meinem Gesicht w. o. gegeben. „Weißt du was, lass einfach immer den Kameramodus Automatik A+ eingestellt, der passt dann alles entsprechend der jeweiligen Bildsituation an." Warum nicht gleich so?

Wenn ich meinen Flieger verpasse, wird sich die Kamera an keine andere Bildsituation als an das Schwarz der gepolsterten Tasche, in der sie verstaut ist, anpassen müssen. Dabei hatte der Reisetag ganz nach Plan angefangen. Mein Handywecker hat um 6.10 Uhr geklingelt, gefolgt von drei wie immer viel zu kurzen Snooze-Phasen. Um pünktlich 6.40 Uhr hat mich das Patmobil mit einem doppelten Espresso to go im Getränkehalter abgeholt. Sogar FM4 war auf meiner Seite und spielte Chris Cornells *Flutter Girl*. Die Regenwolken vom Vorabend hatten sich allesamt verzogen und einem klirrend kalten Februarmorgen Platz gemacht. Der Wetter-App auf meinem Handy zufolge würde ich in drei Stunden und 45 Minuten im um angenehme fünf Grad wärmeren Istanbul aus dem Flieger steigen. Dann kam die Baustelle. Um dem einsetzenden Berufsverkehr entlang der Spittelauer Lände zu entgehen, in dem Patrick auf Klienten-Fahrten bereits die Zeit eines kleinen Fernstudiums abgesessen hat, haben wir die Route über die Donauufer Autobahn eingeschlagen. Doch schon auf Höhe der Reichsbrücke kam unser silberner Blitz zum Stehen. Mit guten zwei Dritteln des Weges und einer stagnierenden Blechkolonne vor uns begann meine positive Einstellung gegenüber diesem von mir selbst angestoßenen Unterfangen zu bröckeln.

Nachdem die Einladung dazu in meinen Posteingang geflattert war, hatte ich Horvath den Floh ins Ohr gesetzt, dass wir unseren Lesern die „aromenreiche Entdeckungsreise in eine der aufregendsten Metropolen der Welt" nicht entgehen lassen dürften. Der graue Wiener Januar war nicht ganz unschuldig daran. Keine Ahnung, warum alle immer vom November-Blues reden, wo ihm doch der erste Monat des Jahres in Sachen Tristesse eindeutig den Rang abläuft. Der Januar ist das Gothic-Album unter den Jahreszeiten.

The Cure sind großartig, ich kann nur keine 31 Tage am Stück in der vor Traurigkeit triefenden Welt von Robert Smith verbringen, ohne mich danach mit dem Fön in die Badewanne legen zu wollen.

Staus sind Patricks natürlicher Lebensraum, als aber die Zufahrt auf die A4 zwanzig Minuten später noch nicht einmal am Rand der Navi-Anzeige zu sehen war, wurde auch er langsam nervös. Sein Herumtippen am Display bestätigte nur, was er und ich längst wussten: Es gab keine schnellere Route als diese, es gibt nämlich nur eine. Ab dem Knoten Kaisermühlen begann sich die zähe Metallmasse endlich zu verflüssigen. Noch 25 Minuten bis zum Flughafen, sagte das Navi. Noch 35 Minuten bis zum Boarding, sagte mein Boarding Pass.

„Das schaffen wir!", sagte Patrick und lenkte das Patmobil auf die dritte Spur.

Ein Hoch auf den Web-Check-in! Das bisschen Zeit, das ich dadurch wettmachen konnte, droht sich bei der Sicherheitskontrolle allerdings gleich wieder in nichts aufzulösen. Reise- und Kameratasche in Boxen auf das Band gehievt, will ich schnurstracks den Metalldetektor durchschreiten, als es heißt: „Ihre Jacke und Ihre Stiefel, bitte!"

Die ernst dreinblickende Kontrolleurin gewährt mir, nachdem sie mich jacken- und stiefellos gründlich abgetastet hat, endlich doch noch Einlass in das Reich des Duty-Free-Shoppings und der Abfluggates. Zum Glück ist Gate D12 nicht weit entfernt. Wahrscheinlich hat das Boarding bereits begonnen. Und wenn schon – auf die Extraviertelstunde Beinfreiheitsberaubung kann ich gut verzichten. Keuchend erreiche ich das menschenleere Gate. Was zum ...? Die haben das Gate geändert! Ich springe auf den Rollsteig und düse wie Super Mario nach einem Power-up Richtung D70. Die Kostmenüs der letzten Monate haben ihre Spuren hinterlassen. Es fühlt sich an, als würde ich versuchen, in meinem Körper fünf Kilo Feinkost und Spirituosen samt Glasgebinden mit an Bord zu schmuggeln, um dem Zoll zu entgehen. Angetrieben von der Kameratasche, die meinen Rippen Peitschenhiebe versetzt, fliegen die Gates 40 und 50 an mir vorbei. Kurz überlege ich, mein Handgepäck einfach als Ballast abzuwerfen. Mein Brustkorb brennt. Ich sollte wirklich ab und an Sport machen. Zählt Crowdsurfen eigentlich als sportliche Disziplin? Als mich die Dame vom Bordpersonal angetrampelt kommen sieht, zückt sie sofort den Telefonhörer. Ob sie den Sicherheitsdienst verständigt? Sie lässt den Hörer sinken und nimmt mir meine Bordkarte aus der Hand.

„Sie haben Glück, der Flugsteig ist noch offen."

Mit gesenktem Kopf und hochgezogenen Schultern lege ich, begleitet von der Walzermusik des Wiener Johann Strauß Orchesters, den Walk of Shame entlang der gefüllten Sitzreihen zu meinem Platz im hinteren Drittel zurück. Ich schiebe die Kameratasche unter den Vordersitz und schließe zeitgleich mit dem Gurt meine Augen. Geschafft! Mein Puls beruhigt sich langsam wieder und die Sache mit dem Sport erscheint mir auch nicht mehr so akut wie vorhin, da meldet sich der Pilot aus dem Cockpit zu Wort:

„Meine Damen und Herren, mein Name ist Sebastian Müller. Ich bin Ihr Kapitän auf dem heutigen Flug nach Istanbul. Aufgrund von andauernden Enteisungsarbeiten wird sich unser Start um etwa zwanzig bis dreißig Minuten verzögern. Ich danke Ihnen für Ihr Verständnis und wünsche Ihnen einen angenehmen Aufenthalt bei uns an Bord."

9

„Und das ist der Jüngste – Elyas", erklärt die sichtlich stolze Großmutter und hält mir ein weiteres Kinderfoto aus ihrer Geldbörse
unter die Nase. Meine Sitznachbarin im mintfarbenen Kaschmir-
pullover zeigt sich bereits seit der Cockpit-Durchsage äußerst gesprächig. Zuerst hatte ich ihren Redeschwall als Flugangst inter-
pretiert, aber bald erfuhr ich, dass sie alle drei bis vier Monate
nach Istanbul fliegt, um ihre Enkel zu besuchen. Und um sich die
eine oder andere Stunde beim Psychiater zu sparen, denke ich mir.
Nirgends findet man bessere Zuhörer als hinter verschlossenen
Titantüren in 10.000 Metern über dem Boden. Wir haben noch
nicht einmal unsere endgültige Flughöhe erreicht, da bin ich bereits über ihre halbe Familiengeschichte im Bilde. Ich weiß, dass
ihr Sohn in Istanbul für eine Rekrutierungsfirma arbeitet, die
örtliche Mitarbeiter für große Konzerne („wichtige Firmen, die
ganz großen Namen, aber natürlich alles streng vertraulich") re-
krutiert. Dass er mit einer Türkin verheiratet ist („eine ganz moderne Frau" – sie habe ihre Schwiegertochter jedenfalls noch nie
mit einem Kopftuch gesehen) und dass ihre „Goldschätze" (zwei
Buben und ein Mädchen) zwar Simits lieben, aber doch nichts über
ein anständiges Schwarzbrot gehe, weshalb sie immer eines für
sie im Koffer dabeihabe. In der kurzen Gesprächspause, die folgt,
fällt der Lady auf, dass sie noch viel zu wenig über mich weiß.

„Dann können Sie *das* nur als Beleidigung empfinden", entgegnet sie, nachdem sie über den Grund meiner Reise nach Is-

tanbul Bescheid weiß, und lässt ihren Blick auf das Tablett sinken, das die Stewardess auf meinem Klapptischchen abgestellt hat. Sie selbst hat dem Fräulein eine höfliche Abfuhr erteilt und kramt aus ihrer Burberry-Tasche ein Schraubglas, eine Lunchbox, einen Zip-Beutel, einen Löffel und eine Stoffserviette hervor. An einem Platz in meinen Top 10 schrammt sie mit ihrem Kommentar knapp vorbei.

Die Top-10-Reaktionen auf meinen neuen Beruf Fresskritikerin:
10. Hast du schon mal _____ (beliebiges Gericht einsetzen) probiert? Soll gut sein!
9. Mein Schwager betreibt so einen Imbiss. Über den könntest du doch mal schreiben.
8. Und davon kann man leben?
7. Also, wenn du mal über _____ (beliebigen Alkohol einsetzen) schreibst, sag Bescheid. Da kenn ich mich aus, hehe!
6. Dann musst du nie selbst kochen? Halleluja!
5. Und was machst du dann in der Mittagspause? Haha, verstehst du? In der Mittagspause, zwischen dem ganzen Essen.
4. Haben es die Gastronomen heute nicht schon schwer genug?!
3. Ach wie interessant, Astronomie!
2. Unddubisttrotzdemsodünn? Daslebenistungerecht!
1. Sind Köche wirklich so gute Liebhaber?

Zugegeben, neben ihrem mitgebrachten Menü aus Meine-Enkellieben-mein-selbst-angesetztes-Birchermüsli, Es-geht-nichts-über-das-gute-alte-Schinkenbrot-mit-Beinschinken-versteht-sich und Aus-dem-eigenen-Garten-schmeckt-es-halt-doch-am-besten-

Gemüse sehen mein speibsackerlbeiges Käsesandwich und die Topfencreme, über die sich eine grellrosa Gelatine-Decke spannt, noch trauriger aus. Angesichts der vielen Kalorien, die ich bei meinem Flughafen-Sprint verbrannt habe, verschwindet unter den fassungslosen Blicken der Feinspitz-Oma trotzdem beides im Nu in meinem Mund.

„Ihr Resümee?", fragt sie süffisant, während sie ihre Stoffserviette feinsäuberlich zusammenlegt.

„Nicht so gut wie die Dosenravioli von gestern Abend, aber so übel nun auch wieder nicht."

10

Eben war der Teller mit dem pikanten Hochzeitskuchen noch da. Jetzt künden nur noch der kreisrunde Abdruck auf der kaffeebraunen Tischdecke und ein süßlich-würziger Duft von seiner flüchtigen Anwesenheit, bevor er von Sören gekidnappt wurde. Der Restaurantleiter blickt etwas besorgt durch den Torbogen zum Foyer, in das der Hamburger Foodblogger mit der Spezialität des Hauses in der einen und seiner Kamera in der anderen Hand getürmt ist. Die restliche Truppe scheint die Entführung unseres Abendessens nicht bemerkt zu haben. Sie sind gerade mit einer bizarren Version von Autoquartett beschäftigt, die allerdings ohne Spielkarten auskommt und bei der anstelle von PS und Zylindern Qualitäts- und Seltenheitsgrade von Speisen gegeneinander ausgespielt werden. Ob der Stich letztendlich an die Austern aus Marennes-Oléron, Bélon oder vom Limfjord (muss ich später googeln) gegangen ist, kann ich nicht sagen, die Gesprächsrunde ist längst zu anderen Themen weitergezogen. Der Kollege aus der Schweiz, der als jüngerer Bruder von Luciano Pavarotti durchgeht, schwärmt gerade über eine 2011er Jahrgangssardine in Erdnussöl. Christina aus Berlin und der Londoner Weinkritiker hatten beide vor Kurzem die Gelegenheit, *„exceptionally terroir-driven"* Bordeaux-Fassproben zu verkosten. Es würde mich nicht wundern, wenn Irina als Nächstes erzählt, dass sie kürzlich das beste Einhorn-Steak aller Zeiten hinter den sieben Bergen ausfindig gemacht habe. Doch die Kulinarikjournalistin aus St. Petersburg beteiligt sich als Einzige nicht am Wettstreit um das sensationellste Gourmet-Erlebnis. Sie interessiert sich mehr für die aufgedeckten Teller und Schalen, auf deren Böden sie mit der Akribie eines Wanzensuchers aus einem Agentenfilm wonach auch immer fahndet.

Zur sichtlichen Erleichterung des Restaurantleiters taucht Sören mit seiner knusprigen Geisel wieder auf.

„Hat der Teppich am Empfang nicht einfach *das* perfekte Muster?", zeigt er stolz sein Kameradisplay in die Runde, auf dem unser Nachtmahl auf einem purpurroten und dunkelblauen Kelim zu sehen ist. Ein Glück, dass der Kollege die kunstvoll glasierten Fliesen auf der Toilette noch nicht entdeckt hat.

Während der Restaurantleiter mit liebevollem Blick den *Perde Pilavi* anschneidet, erklärt unsere Reiseleiterin Arzu, dass das Gericht traditionell am Tag nach einer Vermählung von der Schwiegermutter der Braut zubereitet wird, begleitet von dem etwas zweifelhaften Ratschlag, dass alles, was in ihrem neuen Haushalt geschieht, besser auch in diesem bleibt. Die Männer am Tisch werfen sich vielsagende Blicke zu. Jean-Luc aus Belgien grinst in seinen Bart, der unter der massiven Hipster-Brille die zweite Hälfte seines Gesichts einnimmt. Aus dem Inneren der goldbraun gebackenen, mit Mandelkernen besetzten Teighülle purzeln Hühner- und Lammstücke zwischen dampfenden Reiskörnern, Rosinen und Pinienkernen heraus. Die Tischgesellschaft nimmt einen kollektiven tiefen Atemzug. Hinter den Zutaten verbirgt sich eine besondere Symbolik, weiht uns Arzu ein: „Der Reis steht für Wohlstand und Wohlbefinden, das Fleisch vom Gockel symbolisiert den Bräutigam, das Lamm die Braut. Die Rosinen und Mandeln stehen für Kinder und die nächsten

Verwandten. Allesamt vereint unter dem schützenden Mantel der Familie."

Die Familie! Im ganzen Trubel zwischen Flughafen, Hotelzimmer und der ersten Station unserer Pressereise habe ich völlig vergessen, Mama über meine körperliche Unversehrtheit zu informieren. Zeitverschiebung sei Dank ist es in Wien gerade erst fünfzehn Uhr. Die Chancen, dass meine Eltern noch keine Vermisstenmeldung aufgegeben haben, stehen damit fünfzig zu fünfzig. Wenn sie zu Hause wochenlang nichts von mir hören, nehmen sie an, dass ich in der Redaktion festsitze; hier gehen sie im besten Fall von einer Untersuchungshaft mit regierungskritischen Journalisten, im schlimmsten Fall von einer Zwangsheirat mit einem greisen Sultan aus. Ein kurzes „Alles ok. Melde mich wieder" muss fürs Erste genügen, sonst bleiben mir nur noch ein paar einsame Reiskörner zum Fotografieren. Um *davon* abzulenken, bräuchte es schon einen fliegenden Teppich.

Nach dem Kaninchengate im Kaleidoskop habe ich dazugelernt. Die Memo-Funktion auf meinem Handy zeichnet jedes einzelne Wort auf, das Arzu, der Restaurantleiter und der zwischen den Gängen immer wieder auftauchende Küchenchef über das Menü verlieren. Die korrekte Schreibweise von Gerichten wie *Zeytinyağlı Kereviz* (gedünsteter Sellerie in Olivenöl, hier als Carpaccio serviert), *İçli Köfte* (Bulgur-Bällchen mit Hackfleischfüllung) und *Kireçte Kabak Tatlısı* (kandierter Kürbis mit Walnüssen und einer Art Obers namens *Kaymak)* werde ich mir später von Arzu bestätigen lassen. Irina macht sich zwischendurch ein paar Notizen in ihrem Moleskine-Planer in der Größe Puppenbüro. Der Rest der Gruppe ist entweder mit der Gedächtnisleistung eines Schachcomputers gesegnet oder hat Türkisch als

Wahlfach belegt. Keine Aufnahme, keine Stichworte und das, obwohl unsere Weingläser trotz trinkfreudiger Bemühungen bisher keine Gelegenheit hatten, leer zu werden. Wer hätte in einem muslimischen Land mit einem derartigen Weinaufgebot gerechnet? Wie sich herausstellt, ist die Türkei einer der größten Traubenproduzenten der Welt. „Hauptsächlich Tafeltrauben und Sultaninen", stellt Arzu klar und erzählt von der Rebsorte Narince, mit der ein Kellner im schneeweißen Hemd gerade unsere Gläser füllt. Sie liefere nicht nur floral-frische Weine, sondern auch hervorragende Weinblätter. Wie aufs Stichwort erscheint am Tisch eine große Platte *Dolma*. Der Schweizer Pavarotti schiebt sich ein ganzes gefülltes Weinblatt auf einmal in den Mund und spült es mit dem halben Inhalt seines Glases hinunter. Irina und mir ist er bereits drei Glasfüllungen voraus. Mr. Wine Critic und Christina halten erstaunlich gut mit. Erstaunlich vor allem deshalb, weil die hagere Berliner Lifestyle-Journalistin, die gerade ein Weinblatt mit ihrem Messer halbiert, noch von keinem Gericht mehr als zwei Gabeln probiert hat. Größer scheint ihr Appetit auf den Londoner Kollegen mit britischem Akzent à la Robbie Williams zu sein. Wenn er beim Kellner um etwas mehr „Wah-ta" bittet, wird ihr Zeigefinger zum Lockenstab und zwirbelt wild in ihrer dunkelbraunen Mähne herum.

Sören möchte offenbar einen Hamburger Freund neidisch machen, jedenfalls hat er inzwischen einen Videoanruf gestartet und spricht mit ausgestrecktem Arm in seine Handykamera.

„Ich bin hier gerade in einem der angesagtesten Restaurants im schicken Nişantaşı-Viertel. Küchenchef Maksut Keskin verwöhnt uns mit seiner Neuinterpretation der traditionellen türkischen Küche. Wenn Ihr wissen möchtet, wie ein Hochzeitskuchen und Lammfleisch zusammenpassen und welche Süßigkeit hier aus Kürbis hergestellt wird, werft einen Blick in meinen Instagram-Feed."

Ihr? Während ich mich noch wundere, dass der Hamburger mit mehreren Menschen gleichzeitig telefoniert – kann man das neuerdings womöglich auch schon über Instagram? –, verschwindet das Handy wieder in seiner Hosentasche. Als er meinen verdutzten Blick bemerkt, zuckt er mit den Schultern.

„Die Fan-Community will gefüttert werden."

Jean-Luc bekommt von alldem nichts mit. Er seziert hochkonzentriert die Überreste seines Weinblattes und pult einzelne Kräuter und Stückchen aus der Füllung, die er abwechselnd zu Nase und Mund führt.

Nachdem Arzu uns bei einer Runde *Rakı* das Programm für den nächsten Tag präsentiert hat, werden wir in das nächtliche Istanbul entlassen. Mit den renovierten Jugendstilgebäuden und beleuchteten Einkaufsstraßen könnte dieser Stadtteil genauso gut an der Wiener Ringstraße liegen. Christina hakt sich kichernd bei ihrem Sir Wine-a-lot unter, der höflichkeitshalber fragt, ob sich ihnen noch jemand anschließen möchte, er wisse da nämlich eine Weinbar mit einem sorgfältig kuratierten Naturweinsortiment. Sören winkt sichtlich mit sich hadernd ab, aber die Fotos würden sich eben nicht von allein bearbeiten. Auch der Rest von uns verneint – zu satt, zu müde, zu wenig Zeit, schließlich sollen wir uns morgen um neun Uhr schon wieder in der Lobby versammeln.

Auf eine heiße Dusche habe ich mich nicht mehr dermaßen gefreut, seit das Hurricane Festival damals seinem Namen mit tagelang anhaltenden heftigen Unwettern alle Ehre gemacht hat.

Vom türkischen Wein benebelt, lasse ich mich auf mein Queen-size-Bett fallen. Würde mich nicht wundern, wenn das von Christina heute Nacht leer bleibt.

11

Normalerweise macht mir Busfahren nichts aus. In einem verrosteten VW-Bus sämtliche Festivals von Bilbao bis Nizza abklappern? Klar doch! Fünfzehn Stunden im Fernbus nach Hannover, weil die Flüge teurer als die Konzerttickets für den Kuppelsaal und das Hotel zusammen wären? Kein Problem. In der zweiten Reihe des Kleinbusses, der uns durch die gewundenen Straßen hinaus aus Istanbul manövriert, fühle ich mich wie ein Seekranker bei hohem Wellengang. Die letzte Reihe haben wie zu Schulzeiten die coolen Jungs okkupiert. Christina und Wine Guy legen eine Pause ein, er sitzt bei seinen Kumpels im Heck, sie teilt sich eine Bank mit Irina. Arzu gibt uns eine kurze Einführung über den Bauernhof, zu dem wir unterwegs sind. Die Familie, die ihn betreibt, stellt in Kupferkesseln salziges Joghurt aus der Milch ihrer eigenen Schafe her. Beim bloßen Gedanken an den Geschmack von Schafmilch krampft sich mein Bauch zusammen, als würden meine Eingeweide Arm- oder (Achtung, Kalauer!) Darmdrücken spielen. Obwohl die Heizung nur langsam Fahrt aufnimmt, steht mir der kalte Schweiß auf der Stirn. Sören, der sich mit seiner Kameraausrüstung eine Reihe vor mir ausgebreitet hat und mit dem Rücken ans Fenster gelehnt sitzt, schaut kurz von seinem Handy auf und wirft mir einen besorgten Blick zu.

„Alles ok mit dir?"

Vor zwei Stunden war es das noch. Um 7.52 Uhr hat mich der melodische Gebetsruf des Muezzins aus dem Schlaf gerissen.

Kein verlässlicher Wecker, wie sich herausstellt, denn er ertönt jeden Morgen kurz vor Sonnenaufgang – mal früher, mal später. In den Wintermonaten glücklicherweise etwas später. Das Frühstück in der von Arzu gepriesenen Simit-Bäckerei direkt neben dem Hotel habe ich ausfallen lassen. Wer braucht Sesamkringel, wenn es am Zimmer eine Kaffeemaschine gibt?

Inzwischen ist auch unsere Reiseleiterin auf mich aufmerksam geworden.

„Möchtest du etwas Wasser? Ich hab ein paar Flaschen dabei."

Wasser war kein gutes Stichwort. Denn genau das läuft mir jetzt im Mund zusammen, allerdings eines von der üblen Sorte.

Nach einem panischen „STOP!" von Arzu kommt der Kleinbus am Pannenstreifen zum Stehen und ich stolpere zur Tür hinaus auf die Leitplanke zu. Eine von den unzähligen Kostproben, die gestern den Weg in meine Eingeweide gefunden haben, möchte jetzt unbedingt wieder raus. Hinter meinen zusammengekniffenen Augen zieht der Vortag noch einmal im Zeitraffer vorbei.

Die bunten Mobiles, die an den Eingängen der Läden von der Decke hingen, sahen aus, als stammten sie direkt aus dem Kinderzimmer von Arielle der Meerjungfrau. Allerdings keine mit violetten, roten und beigen Korallen, sondern mit getrockneten Melanzani, Paprika und Okraschoten, fiel mir bei näherer Betrachtung auf.

Der historische Kadiköy Bazaar auf der asiatischen Seite Istanbuls war ein Labyrinth aus Marktständen, mit von farbenfrohen Markisen und Segeln überdachten Seitenstraßen und kleinen Geschäften, in denen sich bis unters Dach Gläser, Flaschen und Päckchen stapelten. Wer sich darin verlief, brauchte immerhin den Hungertod nicht zu fürchten. Zwischen Säcken voller Hülsenfrüchte und kunstvoll zu Pyramiden geformten Gewürzen waren es vor allem die Fischstände, die unsere Aufmerksamkeit auf sich zogen. Akkurat wie Dachschindeln geschichtete silberne Fische reckten uns ihre leuchtend roten Kiemen entgegen. Dazwischen türmten sich Muscheln in allen Größen und Musterungen. Bis auf die orange-rosa Lachsfilets sah ich das meiste Meeresgetier zum ersten Mal. Auch Pavarotti wusste mit den türkisch beschrifteten Schildern nicht viel anzufangen. Als er auf einen mächtigen platten Fisch zeigte und sich beim Marktverkäufer auf Englisch nach dessen Herkunft erkundigte, erntete er nur einen verständnislosen Blick und die grundehrliche Antwort des Händlers: *„From the sea."*

Für weitere Ausführungen blieb keine Zeit, schließlich waren wir nicht zum Bummeln hier. Arzu drängte uns zur nächsten Station. Ein rundum mit blaugrünen Fliesen verkleideter Laden von der Größe meines Hotelbadezimmers, in dem uns bereits drei Frauen mit bunt gemusterten Kopftüchern und weißen Kitteln erwarteten und schüchtern zunickten. Die älteste von ihnen – unter ihrem grün-gesprenkelten Kopftuch blitzte ein grauer Haaransatz hervor – zog sich weiße Plastikhandschuhe über und mischte in einer großen Schüssel Mehl, Ei, Salz und Wasser. Nachdem sie die Masse einige Minuten energisch geknetet hatte, präsentierte sie uns einen blassen, glatten Teigklumpen, dem sie – wohl als Zeichen ihrer Zufriedenheit – einen kleinen Klaps verpasste. Jetzt war ihre Kollegin mit dem von farbenfrohen Blumen übersäten Kopftuch an der Reihe. Sie streute auf die Arbeitsfläche, die fast zwei Drittel des Raumes einnahm, großzügig Mehl, bis es aussah, als würde hier gleich die Koks-Party des Jahrhunderts steigen. Dann begann sie, den Teig mit einem schmalen Rollholz von der Dicke eines Drumsticks auszurollen. Immer dünner wickelten sich die Schichten um das Holz. Im Gegensatz zu mir schien Jean-Luc von der Geschwindigkeit und Handfertigkeit der jungen Frau wenig beeindruckt zu sein.

„Warum verwenden sie denn keine Nudelmaschine? Das wäre doch viel effizienter", raunte er in Irinas Ohr.

Nach mehrmaligem Auf- und Abrollen befand das Blumenmädchen, dass der Teig die optimale Dicke hatte, streifte die Rolle mit einer zügigen Handbewegung vom Trommelstock und schnitt sie in Teile. Jetzt ergab auch die im Verhältnis zum Laden gewaltige Arbeitsfläche Sinn. Sobald die einzelnen Röllchen in Bahnen ausgerollt und in kleine Quadrate geschnitten waren, bedeckten sie jeden Zentimeter davon.

Die dritte, in schlichtem Beige bekopftuchte Dame im Bunde war kurz durch eine Tür verschwunden und kehrte mit einer Schüssel zurück, deren Inhalt Arzu für uns als Hackfleisch mit Salz, Piment, Kreuzkümmel und Petersilie identifizierte. Ehe wir es uns versahen, hatten die drei Frauen jedes winzige Teigstück mit einer kaum daumennagelgroßen Portion Fleischmasse versehen. Dekonstruierte Schinkenfleckerl mitten in Istanbul?

Mitten im türkischen Nirgendwo umarme ich eine Leitplanke, meinen Mageninhalt vor den Füßen, die Blicke der werten Kollegen, unserer Reiseleiterin und des Busfahrers in meinem Rücken. Von den vielen Eindrücken dieser Pressereise, ahne ich, wird sich dieser Augenblick ganz besonders in mein Gedächtnis einbrennen. Aus einer Ecke meines Kopfes höre ich die Stimme meines Vaters, der mir im Ich-hab's-dir-ja-gesagt-Ton eine Standpauke über fremdländisches Essen hält. Die üblicherweise unmittelbar nach dem Rückwärtsessen einsetzende Besserung will sich einfach nicht einstellen. Stattdessen glüht mein Körper wie nach einem Saunabesuch – und das, obwohl meine Jacke noch im Bus liegt. Auch der Fahrtwind der vorbeirasenden Autos mag gegen die aufsteigende Hitze nichts ausrichten. Als ich mich langsam umdrehe, geht eine Welle der Bewegung durch den Bus. Alle eben noch gereckten Köpfe wenden sich abrupt einander zu und Sören starrt etwas zu konzentriert auf sein Handy. Nur Arzu wagt sich zu mir heraus und will mich mit einer sachten Berührung am Oberarm wieder zum Einsteigen bewegen. Keine sechs Foo Fighters und nicht einmal der auferstandene Kurt Cobain könnten mich dazu bewegen, wieder in den Bus zu klettern und die Klassenfahrt zur Joghurtfarm fortzusetzen. Die Spiegelung in der Fensterscheibe der Bustür gibt mir Recht. Mein Gesicht hat die Farbe des *Mantı*-Teigs von gestern angenommen.

Nachdem jedes Fleckerl mit einem Hackfleischklecks bedacht worden war, bezog das Teig-Trio nebeneinander vor der Arbeitsfläche Stellung und begann, daraus winzige Päckchen zu falten.

„Mantı", verkündete das Fräulein mit der Blumenwiese am Kopf. Ich fühlte mich wie ein Kind, das versucht, einen Zaubertrick zu durchschauen, denn obwohl ich allen dreien aus nächster Nähe genau zusah, kam ich einfach nicht dahinter, was zwischen ihren Fingern geschah. Ein Fleckerl nach dem anderen passierte die flinken Hände und landete als Teigtäschchen auf dem langen Holzbrett.

Da hielt Grünkäppchen inne und warf eine Frage in die staunende Runde.

„Wer will es auch mal probieren?", übersetzte Arzu.

Mangels einer freiwilligen Meldung entschied sie sich für die Person neben sich und reichte mir ein neues Paar Handschuhe. Eine Geste, die mein Unterbewusstsein nach zu vielen Folgen Emergency Room in meiner Jugend falsch deutete und meinen Puls in die Höhe schießen ließ, als wäre mir soeben eine lebensrettende Operation anvertraut worden. Pavarotti, sichtlich erleichtert, dass dieser fragile Kelch an seinen Bärentatzen vorübergegangen war, zwinkerte mir zu: „Mit Liebe, Sofia!"

Die Frau neben mir kniff wohlwollend ihre dunklen Augen zusammen. Die Teigteilchen waren so winzig, dass ich sie kaum zwischen Daumen und Zeigefinger nehmen konnte. Durch das dünne Plastik der Handschuhe spürte ich, wie fein der Teig war. Erst als die Teigtaschen-Meisterin ihr Kunststück mir zuliebe in Zeitlupe vollführte, konnte ich ihren Bewegungen ungefähr folgen. Zuerst zwei gegenüberliegende Ecken zusammenklappen, dann dasselbe mit den anderen beiden wiederholen und alle vier zu einer Art Miniatur-Himmel und Hölle-Faltspiel zusammenführen. Ich brauchte vier Versuche, bis es mir gelang, dass die Füllung dort blieb, wo sie hingehörte. Während die drei Profis neben mir jeweils zehn Mantı falteten, brachte ich immerhin zwei zustande. Hätten nicht besser alle mitanpacken sollen, wenn die komplette Truppe heute noch satt werden sollte?

„Zeit zu essen!", verkündete Arzu mit einem flüchtigen Blick auf ihre Armbanduhr. Die Frau mit dem beigen Seidentuch hatte sich wieder heimlich davongestohlen. Als sie diesmal im Türrahmen auftauchte, hielt sie ein Tablett in Händen. In weißen Schälchen trieben zierliche Mantı – pro Portion bestimmt dreißig Stück – in einer rötlichen Sauce, die sich als geschmolzene

Butter mit Paprikamark und einem Klecks Joghurt herausstellte. Wir fischten das Treibgut mit den dazu gereichten Löffeln heraus und ließen es in unseren Mündern tänzeln. Der kleine Raum füllte sich mit Stille und Glückseligkeit. Sogar Pavarotti schonte seine Stimme.

Der Taxifahrer, den Arzu gerufen hat, trägt eine zu kurze Bomberjacke, die sich über seinen halb entblößten Bauch spannt. Welche Abholadresse sie ihm wohl genannt hat? Rund zwanzig Minuten süd-westlich von Istanbul, der Kleinbus am Pannenstreifen? Inzwischen ist auch Irina ausgestiegen. Auf wackeligen Beinen, um die Nase weiß wie das Joghurt, das heute keine von uns beiden verkosten wird. Da der Taxifahrer kein Englisch spricht, gibt ihm Arzu türkische Anweisungen und lässt uns daraufhin wissen, sie habe ihn instruiert, uns auf schnellstem Weg in ein Krankenhaus mit unverständlichem Namen zu bringen. Ohne um den Fahrpreis zu feilschen, drückt sie ihm drei Geldscheine in die Hand. Benommen klettern Irina und ich auf die Rückbank. Arzu winkt uns vom Straßenrand aus zu, während sich unser gelbes Gefährt in Bewegung setzt. Aus dem Radio poltern unverständliche Silben, am Fenster saust die unscheinbare Landschaft vorbei. Keine Ahnung, ob Istanbul in dieser Richtung liegt oder ob sich unser Ziel in einer ganz anderen Stadt befindet. Was, wenn wir gar nicht ins Krankenhaus fahren? Sein Geld hat der Fahrer bereits. Würde man uns beide in diesem Zustand verschleppen, wir könnten uns kaum bemerkbar machen, geschweige denn wehren. Ob es jemand bemerken würde, wenn ich „HILFE!" auf eine Seite von meinem Notizbuch kritzle und gegen das Fenster halte? Bloß, wie heißt das eigentlich auf Türkisch?

Irina dürfte sich ein ähnliches Szenario ausmalen, sie starrt mich von der Seite mit geweiteten Augen an. Als Teenager war es keine große Sache, per Anhalter zu fahren. Zu Konzerten in der Pampa, zum Plattenabverkauf in Linz oder einer Autogrammstunde nach Graz. Klar waren da ab und an komische Vögel und unangenehme Situationen dabei. Auch wenn mein sechzehnjähriges Ich das niemals zugegeben hätte, ein bisschen Angst fährt immer mit. Nur lässt sich diese wesentlich leichter auf einen der hinteren Plätze verweisen, wenn man die vorbeiziehenden Straßenschilder lesen und sich mit den Einheimischen verständigen kann.

Die Geschwindigkeit und der aufdringliche Lufterfrischerduft im Wagen setzen meinem lädierten Magen zu. Wenn nicht in einem Krankenhaus, landen wir hoffentlich in einer Drogenhöhle mit gutem Stoff. Und ohne Kebab-Grill. Noch mehr intensive Gerüche, die mich obendrein ans Gelage des Vorabends erinnern, verträgt mein in Mitleidenschaft gezogener Verdauungsapparat nicht.

Als ich nach der Mantı-Session auf der Fähre zurück zur europäischen Seite der Stadt saß, meldete mein Handy eine Nachricht von Patrick.

„Na, an wen geht der Titel? Wien oder Istanbul?", wollte er wissen.

Am Tag vor meiner Abreise war Patrick mit dem Mittagessenholen an der Reihe gewesen. „Damit du den direkten Vergleich hast", meinte er und überreichte mir feierlich eine in Alufolie gehüllte Rolle. Als ob ich den gebraucht hätte! Seit der Kebab-Stand sein Lager gegenüber der Börse aufgeschlagen hatte, waren Dürüm (mit allem und ein bisschen scharf) und Döner (ohne

Zwiebeln, mit extra Sauce) von unserem Speiseplan nicht mehr wegzudenken. Meine Antwort musste ich ihm vorerst schuldig bleiben. Seit meiner Ankunft in Istanbul war ich auf Kebab-Entzug. In zwei Stunden dürfte ich mehr wissen. Nach einem kurzen Zwischenstopp im Hotel zum Frischmachen (Irina), Fotos ins Internet stellen (Sören), Zigarillos in der Raucherlounge der Hotellobby qualmen (Pavarotti und Jean-Luc) oder Was-auch-immer-ich-will's-gar-nicht-wissen (Christina und ihr Wein-Kavalier) sollten wir uns zum Dinner in einem traditionellen Kebab-Grillhaus einfinden.

Der Himmel sieht offenbar aus wie ein Wiener Altbau mit Stuckornamenten und großen ovalen Lichtern, die alles in gleißendes Weiß tauchen. Viel zu grelles Weiß! Offenbar hat ein frisch eingeschulter Praktikantenengel vergessen, mich an der Himmelspforte mit der obligaten Ray-Ban *Eternity* Edition auszustatten.

Als ich den Kopf zur Seite drehe, fällt mein Blick auf einen leeren, mit silbernen Beschlägen verzierten Ohrensessel, über den meine Jacke drapiert ist. Von keiner Menschenseele eine Spur. Sollte mich nicht Nonna, Chris Cornell oder wenigstens irgendeine geflügelte Lichtgestalt im Jenseits empfangen? Meine Augen brauchen etwas Zeit, um sich an die Helligkeit zu gewöhnen, erst dann bemerke ich die offen stehende Tür auf der anderen Seite des Raumes. Als ich mich in ihre Richtung in Bewegung setzen will, hält mich etwas am rechten Arm zurück. Ohne den Blick von der Tür abzuwenden, ertaste ich einen Plastikschlauch, der von oben zu meiner Armbeuge führt. Wenigstens nach dem Tod sollten Nadeln und Spritzen der Vergangenheit angehören, finde ich.

Da klopft der Lufterfrischer-Duft des Taxis in meinem Gedächtnis an. Entweder bin ich in der vornehmsten Drogenhöhle der Welt gelandet oder im Domizil des obersten Drogenbosses höchstpersönlich. Moment mal, ruft da jemand meinen Namen? Meine Augen suchen das gesamte Zimmer ab, ohne Erfolg. Oder kommen die Rufe aus meinem Kopf? Nein, aus dem Nebenzimmer!

„Irina!", kämpft sich die brüchige Stimme von Nina Hagen aus meinem Hals. Allein den Namen auszusprechen, erschöpft mich. „Alles ok?"

„Ja. Bei dir?"

„Mhm. Alles gut."

Nichts ist gut. Überhaupt gar nichts ist gut. Was zur Hölle! Zum Teufel mit Horvath! Hat mich wie einen Stapel alter Platten einfach umsortiert. Irgendwohin, wo ich nichts verloren habe, verstaube und mich verforme, bis ich nicht mehr rundlaufe. Verdammt noch mal, Eddi! Du hast mir diese ganze Misere überhaupt erst eingebrockt. Ich hoffe, du wachst neben deiner Weinprinzessin täglich mit einem Mordskater auf! Und Patrick. Der gute alte Patrick – redet mir die ganze Zeit ein, es wäre doch alles halb so wild. Von Einlieferungen in fremdländische Spitäler war nie die Rede gewesen. Fremd trifft es nicht ganz, schaltet sich meine Erinnerung zwischen, zumal es sich bei dem Krankenhaus, in das uns Arzu bringen hat lassen, um ein *„German Hospital"* handelt (nicht zu verwechseln mit einem *German-speaking Hospital*). Eine Privatklinik, wie uns schlagartig bewusst wurde, als die Dame in der marmorgefliesten Empfangshalle nicht nach unseren E-Cards oder Auslandskrankenscheinen, sondern geradewegs nach unseren Kreditkarten verlangt hatte. In meinem Zustand hätte ich ihr bereitwillig auch meine Kontozugangsdaten, meine Handy-PIN und das Notgroschen-Geheimversteck meiner Eltern genannt.

Als Nächstes weiß ich nur noch, dass ich mich auf einer Liege gekrümmt habe, während zwei dunkel behaarte Hände meinen Bauch bis zu den Rippen hinauf abtasteten. Der dazugehörige Mann mit dichten Augenbrauen und Schnauzer hatte mir einen Becher mit rosa Flüssigkeit an die Lippen gehalten, meinen Kopf leicht nach hinten gekippt und den klebrig süßen Saft in meine Speiseröhre laufen lassen. Die Diagnose war klar: Lebensmittelvergiftung.

Berühmte letzte Worte bei Tisch:
- „Der Fisch schmeckt aber interessant."
- „Das ist das erste Mal, dass ich solche Pilze sehe."
- „Es geht doch nichts über authentisches Streetfood!"
- „Ich komm einfach nicht dahinter, womit dieses Tatar gewürzt ist."
- „Roher Keksteig? Wenn das mal kein kreatives Dessert ist!"
- „Sie züchten Ihre Sprossen also selbst? Zum ersten Mal, soso."
- „Könnte ich noch eine Portion von der hausgemachten Mayonnaise bekommen?"
- „Die Sushi waren aber in Rekordzeit fertig!"

Welchem Gericht oder welcher Zutat ich wohl meinen bedauernswerten Zustand verdanke? Mein Kopf verwandelt sich in einen dieser Spielzeug-Klickfernseher aus Plastik, mit denen ich als Kind gerne gespielt habe – mit dem Unterschied, dass er mir statt Märchenbilder noch einmal alle Mahlzeiten von gestern vor Augen führt.

„Berliner Döner!", rief der Mittvierziger im dunkelblauen T-Shirt und der weinroten Schürze mit glänzenden Augen. Als Arzu bei der Vorstellungsrunde erwähnte, dass Christina aus Berlin stammte, begrüßte sie der Grillmeister besonders herzlich.

Die Heimat des Döner-Kebab hat im Herzen der Türken, zumindest jener, die mit langen Grillspießen und Fleisch hantieren, einen besonderen Platz, klärte uns Arzu auf. Schließlich waren es die Deutschen mit ihrer Vorliebe für Currywurst und Pommes, die eingewanderte türkische Gastronomen auf die Idee gebracht hatten, ihren traditionellen Drehspieß als handlichen Imbiss anzubieten. Inzwischen erfreut sich die deutsche Kreation auch in der Türkei großer Beliebtheit. Trotzdem wird Kebab von den Einheimischen nach wie vor am liebsten in Grillrestaurants wie diesem konsumiert. Dass unser Abendessen nicht viel mit dem, was in Wiener oder Berliner Kebab-Buden auf den Plastikteller und ins Papiersackerl kommt, zu tun haben würde, war bereits beim Verlassen des Fahrstuhls im fünften Stock klar.

„Der Ort für Familienfeiern", hatte Arzu das Lokal am Weg nach oben beschrieben.

Einkindfamilien dürften hier spärlich gesät sein. Auf einer Fläche von der Größe der Veranstaltungshalle im Wiener Gasometer reihten sich eingedeckte Tischreihen an Tischreihen, in jeder zählte ich mindestens acht Plätze, in den meisten mehr. Wir waren früh dran, deshalb fühlte es sich zwischen fliegenden Tischdecken und klimperndem Besteck so an, als würden wir mitten in die Vorbereitungen eines Festaktes platzen. Unsere Gruppe schob sich bis ans Ende des Gastraumes durch, wo ein langer Holzkohlengrill mit kupferner Abzugshaube thronte – der *Ocakbaşı*.

Nachdem uns der Grillmeister willkommen geheißen hatte, nahmen wir auf den Barstühlen entlang des Grills Platz, quasi erste Reihe fußfrei. Dann ging das Spektakel los. Während die unterschiedlichsten Fleischstücke, Innereienteile und Faschiertes auf lange dünne Spieße gesteckt und vor unseren Augen laut zischend gebrutzelt wurden, nutzte das Servicepersonal jeden Millimeter der Bar aus, um kleine Schälchen und Tellerchen aufzutragen. Das letzte Mal, als ich ähnlich viele Gerichte auf einmal gesehen hatte, war beim Tafelspitzessen zu Papas Fünfundfünfzigstem. Allerdings überstieg das Aufgebot die klassischen Wiener Beilagen Rösterdäpfel, Cremespinat, Apfelkren und Schnittlauchsauce bei Weitem. Als neben mir ein Korb mit dünnen Fladenbroten abgestellt wurde, hatte ich das Prinzip durchschaut: Wir bastelten uns unser eigenes Dürüm! Der Stolz über meine scharfsinnige Erkenntnis währte nur kurz. Gerade wollte ich Jean-Luc, der seinen Bart mit einem Stück Fladenbrot und Gemüsepüree fütterte, einweihen, da rief Arzu vom anderen Ende der Bar: „Lasst euch die Mezze schmecken!"

Die Haftcreme für ihre Dritten können sich türkische Senioren bei den Vorspeisen getrost sparen. Der breiige Melanzanisalat, die scharfe Tomatenpaste, Hummus und das Walnuss-Paprika-Mus lassen sich auch ohne Zähne ganz gut verputzen. Kniffliger könnte es bei den *Lahmacun*-Variationen werden, die in der Speisekarte mit *Turkish Pizzas* übersetzt wurden. Pavarotti hatte es ein Gericht namens *Atom* besonders angetan. Die dichte Joghurt-Creme wurde von reichlich getrockneten Chilis in zerlassener Butter gekrönt, die so scharf zu sein schienen, dass sich der Schweizer Kollege wiederholt mit seiner Serviette die glänzende Stirn abtupfte und nebenbei zwei große Gläser Ayran hinunterstürzte. Mein Magen meldete an die Kommandozentrale volle Auslastung, dabei hatte unser Kebab-Essen noch nicht einmal richtig begonnen. Christina bekam als Erste eine großzügige Portion gegrilltes Fleisch vorgesetzt und bedachte den berlinbegeisterten Grillmeister mit einem breiten Lächeln, das in direktem Kontrast zu ihrem entsetzten Blick stand. Nach einigen zaghaften ersten Bissen verfielen alle in einen regelrechten Kebab-Rausch. Jegliche Sättigungsgefühle wurden ausgeblendet, die Gespräche eingestellt, die Motorik wurde auf das Nötigste beschränkt: schneiden, kauen, schlucken. Rind, Lamm, Huhn. Jedes Mal, wenn ich dachte, dass wir jetzt aber den letzten Durchgang hinter uns hatten, tauchte der Grillmeister mit einer neuen „Spezialität des Hauses", „der Region" oder „der Saison" auf. Nach einer gefühlten Ewigkeit warf selbst Pavarotti die Stoffserviette. Für das Serviceteam das Zeichen, uns den flüssigen Gnadenstoß zu versetzen: Raki.

„*Şerefe!*", prosteten wir einander mit letzter Kraft, geblähten Backen und Bäuchen zu.

„*Cheers!*" Nachdem die junge Krankenschwester mir ein Plastikteil ins Ohr gesteckt hat, um meine Temperatur zu messen, reicht sie mir einen Shot in Rosarot. Diesmal darf ich ihn – wohl symbolisch für meine Genesung – selbst hinunterkippen. Zehn Minuten später spuckt mich die Krankenhausschiebetür aus dem hell erleuchteten Foyer in die Dämmerung aus. Arzu hat mir die Adresse des osmanischen Restaurants, in dem die Reisegruppe zu Abend isst, aufs Handy geschickt. Für den Fall, dass ich nach meiner Entlassung dazustoßen möchte. Als wäre das Ganze eine Achterbahnfahrt, nach der man sich denkt: „Das war der Wahnsinn! Gleich noch mal!" Auch Irina kann auf eine zweite Runde Türkisches Roulette gut verzichten – meine Leidensgenossin wurde kurz vor mir vom Infusionsschlauch befreit und hat sich ins Hotel zurückgezogen. Nach dem ganzen Nachmittag in der Waagrechten hält sich meine Sehnsucht nach dem Queensize-Bett in meinem Zimmer trotz flauem Magen und Kopfschmerzen in Grenzen. Die kalte Luft tut an den Schläfen und in der Kehle gut. Nur gegen den faden Geschmack in meinem Mund kommt sie nicht an.

Auf der Straße gehen die ersten Laternen an. Gerade als ich ernsthaft einen Abendspaziergang in Zeitlupe erwäge, grüßt mich keine zwanzig Meter weiter eine vertraute Stimme. Aus einer Shisha-Bar dröhnt lautstark die Achtziger-Hymne *Never Let Me Down Again*. Der junge Dave Gahan, anders als ich im Moment, in Bestform. Vielleicht haben die da drinnen was gegen den Gammelteppich auf meiner Zunge. Im schummrigen Inneren der Bar lümmeln einige Studenten auf schwarzen Ledersofas, paffen Wölkchen in die Luft und schlürfen giftig aussehende Cocktails, deren Farben sich mit denen der Strohhalme schlagen. Ich bestelle beim Barkeeper ein Tonic mit viel Eis und eine Wasserpfeife mit einer Geschmacksrichtung seiner Wahl – meine eigenen Entscheidungen lassen in letzter Zeit zu wünschen übrig. Sechs Monate. In der Zeit wäre Cher mindestens auf drei Kontinenten getourt und hätte sich zwischendurch ein, zwei kleinen Schönheitseingriffen unterzogen. Und ich schreibe immer noch über Grüße aus der Küche statt Zugaben in der Konzerthalle. Vielleicht hatte Horvath nie vor, mir das Musikressort zurückzugeben. Womöglich war ich von Anfang an bloß als Übergangslösung gedacht, bis die Redaktion einen angemessenen Ersatz für Eddi gefunden hätte und sie den gesamten Kulturteil in eine Fressbeilage ummodeln könnte. Was, wenn mein Durchhaltevermögen Horvath genauso überrascht hat wie mich?

Ich ziehe am Mundstück meiner Shisha und lasse es in der Bowl blubbern. Der Rauch schmeckt nach einem wahr gewordenen Kindertraum – als würde man mit Brausepulver Zähne putzen. Aber alles besser als der Nachgeschmack der üblen Mixtur aus Kebab, medizinischem Sirup und steriler Krankenhausluft. Während die Dampfwolken Richtung Decke tänzeln, male ich mir aus, wie Horvath auf meine Kündigung reagieren wird. Lieber kommentiere ich künftig die österreichischen Charts für eine dieser Fernsehzeitschriften mit blonden, vollbusigen Sternchen am Cover, als noch eine einzige Geschichte über Essbares zu schreiben. Mein zur Toilette drängender Körper gibt mir Recht – das wäre echt zum Kotzen.

12

„Nur noch diesen einen Beitrag!" Der Ton der Chefredakteurin hat sich in den letzten fünfzehn Minuten verändert. Aus dem Kommando ist erst ein Angebot, dann eine Bitte geworden, die sich inzwischen in ein Flehen verwandelt hat. Statt in ihrem Chefsessel auf der anderen Seite des Schreibtischs die Stellung zu halten, hat sich Horvath zumindest physisch auf meine Seite geschlagen und beugt sich mit einer Hüfte auf der Tischkante balancierend zu mir herunter.

„Ich hatte letzte Woche einen Termin mit der Geschäftsführung. Wir schauen uns nach jemandem Neuen für die Kulinarik um. Die Kulturseiten sollen ganz neu aufgezogen werden – aber das geht nicht von heute auf morgen, wie du weißt."

„Du meinst von einem Jahr aufs andere."

Horvath öffnet die Lippen, schließt sie aber gleich wieder, bevor ein Wort entwischen kann, und sieht mich einen Moment lang aufmerksam an.

„Das mit Istanbul tut mir leid. Ich kann verstehen, dass du dich deswegen aufregst, aber so was kann passieren ..."

Gleich wird sie es sagen. Das B-Wort, auf das ich gewartet habe. Ich würde ein Monatsgehalt darauf verwetten.

„Berufsrisiko gewissermaßen, stimmt's?"

Hätte ich bloß darauf gewettet!

Die Vorhersehbarkeit meiner Chefin lässt meine Mundwinkel Richtung Ohren wandern. Ich verschränke die Arme vor der

Brust – nicht, dass sie auf die Idee kommt, mein Lächeln als Zugeständnis zu werten.

„Vielleicht. Wenn man sich diesen Beruf ausgesucht hat. Hab ich aber nicht. Warum dafür also *irgendein* Risiko eingehen?"

Es scheint, als wären ihr die Argumente, die sie aus dem Trompetenärmel ihrer himmelblau-weiß gestreiften Bluse schütteln könnte, ausgegangen.

„Alles, worum ich dich bitte, ist dieses eine Interview mit Herrn Weigelböck. Das ist wirklich keine große Sache."

Als ich nicht reagiere, legt sie nach: „Du musst nicht mal unbedingt in seinem Restaurant essen. Obwohl *ich* mir das nicht entgehen lassen würde."

Roman Weigelböck. Selbst wer sich nichts aus Gourmet-Essen macht und in einem kulinarischen Vakuum aus Schnitzelsemmel und Dosengulasch lebt, hat schon einmal von Weigelböck gehört. Seit er im November die vierte Haube erhalten hatte und von einem namhaften Restaurantführer zum Koch des Jahres gewählt worden war, war sein Foto in jeder Publikation zu sehen, von der Qualitätspresse *(Mit revolutionärer Gemüseküche zum Aufsteiger des Jahres)* über Gratiszeitungen *(Zeugnisverteilung im Kocholymp)* bis hin zu Klatschmagazinen *(Haubenkoch bald unter der Haube?)*. Bereits im Vorfeld als Favorit gehandelt, hatte es Weigelböck mit seinem gleichnamigen Restaurant nun als einziger Österreicher unter die Top 10 der besten Restaurants der Welt geschafft.

„Ein *aller*letztes Interview?", hake ich mit dem Zögern eines Ganoven im Ruhestand, der für einen finalen großen Coup angeworben wird, nach.

„Das letzte für den Kulinarikteil", nickt Horvath ein wenig zu siegessicher.

„Sollst du haben. Aber das war's dann – ernsthaft."

Horvath strahlt, als hätte sie gerade eine entscheidende Partie gewonnen. Was mich dann wohl zur Verliererin macht.

„Herr Weigelböck ist untröstlich, aber er muss den morgen angesetzten Interviewtermin leider absagen", bemitleidet mich die junge Frau mit dem übersteigert verständnisvollen Callcenter-Ton, der einen bei Beschwerdeanrufen zur Weißglut treibt. Niemand kann auch nur annähernd so viel Empathie besitzen, wie manche Kundendienstmitarbeiter in ihre Stimme legen.

In einem Restaurant, das monatelang im Voraus restlos ausgebucht ist, kommt man nicht einfach unangemeldet vorbei. Auch nicht als Journalistin. Die Gesprächstermine mit unsereins vereinbart der große Küchenzampano selbstverständlich nicht persönlich, das erledigt seine PR-Agentur, sprich die Dame von der Telefonseelsorge. Würde mich nicht wundern, wenn sie meine Nummer inzwischen schon als Kurzwahl gespeichert hat. Es ist nämlich nicht das erste Mal, dass sie mich stellvertretend für ihren vielbeschäftigten Auftraggeber absserviert. Der erste Termin hätte vor gut zwei Wochen, nur drei Tage nach meinem Deal mit Horvath, stattfinden sollen. Den nächsten hatten wir vor zehn Tagen, einen weiteren vor einer Woche und dann noch einen für vorgestern vereinbart. Jedes Mal war Herr Weigelböck kurzfristig verhindert – als Speaker auf einem Kongress, als Gastkoch in einem spanischen Sternelokal unabkömmlich oder „intensiv mit dem Konzipieren des neuen Menüs beschäftigt".

Ob Horvath wusste, zu welcher Sisyphusarbeit sich dieses Interview entwickeln würde, und deshalb so erpicht darauf war, dass ich mich darauf einlasse?

Moment mal, hat sie gerade *absagen* gesagt? Sie hat doch bestimmt *verschieben* gemeint, oder?

Ich schlucke den über die letzten Wochen aufgestauten Frust hinunter und fasse den festen Vorsatz, mich an die professionelle Liebenswürdigkeit meiner Gesprächspartnerin anzupassen.

„Wann wäre es Herrn Weigelböck denn recht? "

Das war wohl nichts. Statt der Freundlichkeit in Person klinge ich wie eine kurz vor dem Konkurs stehende Hexe, die erbittert versucht, ihren Jahresvorrat vergifteter Äpfel loszuwerden.

Am anderen Ende der Leitung raschelt Papier, gefolgt von einem entnervten Seufzer.

„Der Terminkalender von Herrn Weigelböck ist gerade sehr dicht ...“

„Ich habe nicht vor, mehr als dreißig Minuten seiner geschätzten Zeit zu beanspruchen.“

Wieder energisches Papierrascheln, wahrscheinlich vom Blättern in einem Kalender. Verwendet so was noch jemand?

„Donnerstag vor dem Abendservice könnte ich anbieten. Um 16.30 Uhr.“

„Donnerstag, 16.30 Uhr passt wunderbar. Herzlichen Dank.“

Wunderbar? W-u-n-d-e-r-b-a-r? Womöglich verhält es sich mit PR-Sprech wie mit Dialekten – unterhältst du dich lange genug mit Tirolern, hörst du dich früher oder später schließlich auch an wie ein Restaurantgast, der dringend ein Heimlich-Manöver benötigt. Ein Glück, dass die Redaktion um die Mittagszeit halb ausgestorben ist. Auf Sätze wie „Ganz *wunderbares* Wetter heute, nicht wahr?“ oder „Eine *wunderbare* Mittagspause, Sofia!“ kann ich gut verzichten. Wollen wir hoffen, dass sich der wunderbare Weigelböck diesmal an seinen wunderbaren Terminkalender hält.

13

„Und wenn er nicht kommt?", malen Mauerblümchen in sämtlichen Hollywoodschinken seit Beginn der Filmgeschichte den Teufel an die Wand, bevor sie – bereit, sich bis ans Ende ihrer Tage in ihrer Einzimmerwohnung mit drei schnurrenden Mitbewohnern und einem niemals knapp werdenden Vorrat an Chardonnay oder Familienpackungen Eiscreme einzuigeln – Gesellschaft von einem gut aussehenden Gentleman mit einer roten Rose als Erkennungszeichen bekommen.

„Und wenn er diesmal doch noch auftaucht?", schmiede ich Pläne, welche Bosheiten ich dem Herrn an den haubendekorierten Kopf werfen würde, sollte er sich unerwartet zu einem Gespräch mit mir bequemen. Nachdem ich zehn Minuten vor dem geschlossenen Restaurant gewartet und die an der Glastür aufgeführten Hauben, Sterne, Gabeln und Co studiert hatte, blieb mir nichts anderes übrig, als wieder einmal bei Weigelböcks PR-Lady anzuläuten. Kurz danach hatte mich ein schmächtiger Kerl in schwarzer Kochjacke mit den Worten „Frau Vollmer-Böhm sollte gleich da sein" eingelassen. Zählen Doppelnamen eigentlich zu den offiziellen Aufnahmekriterien für eine Public-Relations-Ausbildung, oder warum lassen Köche und Künstler ihre Kommunikationsgeschicke bevorzugt von aparten Damen namens Reichl-Strehl oder Neuner-Heinicke steuern?

Während ich damit beschäftigt bin, mich aus Schal und Jacke zu winden, stellt mir der blasse junge Mann eine Flasche mit stillem Wasser und ein Glas auf einen der runden Tische nahe dem Eingang. Mein Platz zum Warten. Bevor ich ihn fragen kann, ob sich sein Chef bereits im Haus befindet, ist er auch schon durch eine Schiebetür, hinter der sich die Küche verbergen dürfte, verschwunden. 16:48 blinkt mir meine Handyanzeige auf Knopfdruck vorwurfsvoll entgegen. Wenn Doris zu spät aus der Schule kommt, weil sie von einer Elternvertreterin in die Mangel genommen wird, juckt mich das kein bisschen. Hält man mich aber seit über zwei Wochen hin und besitzt obendrein die Frechheit, mit einer weiteren Viertelstunde die Grenzen meiner Geduld auszutesten, bin ich versucht, dem verzögerten Interview mit ein paar unbequemen Fragen eine neue Richtung zu geben. Mit unpünktlichen Promis ist es wie mit Blind Dates: Man weiß nie, ob sich die ganze Warterei letztendlich überhaupt lohnt. Einmal hatte mich ein Soloviolinist zwei geschlagene Stunden in einer Hotellobby Däumchen drehen lassen, nur um anschließend gelangweilt an die Decke zu starren und auf jede zweite Frage zu kontern: „Sie waren doch im Konzert. Sagen *Sie* es mir!"

Vor der Glastür tut sich etwas. Eine blonde Frau in beigem Teddymantel und High Heels stürmt mit einem Tempo darauf zu, dass ich kurz befürchte, sie könnte wie einer der Hunde aus den halblustigen Tiervideos, die sich Konstantin immer auf Zugfahrten reinzieht, dagegen knallen. Ich will gerade nach jemandem rufen, da schießt auch schon die schwarze Kochjacke durch die Schiebetür Richtung Eingang.

„Vollmer-Böhm, freut mich sehr", streckt mir die Dame ihre eiskalte Hand entgegen und lässt sich elegant auf den samtenen Sessel gegenüber von mir fallen, sodass die großen Locken über ihren Schultern nachwippen.

„Herr Weigelböck hat mich gerade angerufen. Er lässt sich vielmals entschuldigen, aber er wird es heute leider nicht schaffen."

Die letzten drei Worte klingen für mich wie mit verlangsamter Geschwindigkeit abgespielt.

Das kann nicht ihr Ernst sein. Das wird doch nicht wirklich ihr Ernst sein? IM ERNST? Während ich mit ungläubig nach unten geklapptem Unterkiefer verharre, fördert V-B aus ihrer übergroßen Louis-Vuitton-Tasche eine weiße Pressemappe zutage.

„Ich habe mir erlaubt, Ihnen hier sämtliche Informationen über Herrn Weigelböcks Laufbahn und Küchenphilosophie zusammenzustellen", schiebt sie mir das Bündel wie eine wertvolle Schatzkarte über den Tisch zu.

„Wozu soll das gut sein?"

„Sie sind natürlich herzlich eingeladen, in zwei Stunden zum Dinner wiederzukommen und sich selbst ein Bild davon zu machen", fährt sie lächelnd fort, ohne auf meine Frage einzugehen.

Der Abendservice! Heute ist kein Ruhetag. Jeder einzelne Tisch vom Eingang bis zum großen Wandbild am Ende des überschaubaren Gastraums ist mit Tellern, Besteck und Gläsern eingedeckt. Das täglich volle Haus will schließlich bekocht werden. Netter Versuch, aber so einfach lasse ich mich nicht abwimmeln! Wenn der Koch-Wunderwuzzi nicht zu mir kommt, komme ich eben zu ihm, wenn nötig an den Herd.

„Frau Sabato, ich fürchte ...", verstummt es am Tisch, als ich auf die Schiebetür am hinteren Ende des Raumes zusteure. Sesam-öffne-dich-gleich weicht die weiße Wand mit einem fast lautlosen Swisch zur Seite, und ich stehe in einem Tresorraum aus Edelstahl, vollgepackt mit Laden und Gerätschaften. Die überraschte Küchenmannschaft erstarrt beim Schneiden, Rühren und Waschen, als wäre sie Teil eines Freeze-Flashmobs. Neben dem bleichgesichtigen Türöffner glotzen mich vier Männer und eine Frau ungefähr in meinem Alter, allesamt in schwarzen Kochjacken, irritiert an.

Das einzig hörbare Geräusch ist das eilige Herbeistöckeln einer sichtlich unzufriedenen V-B.

„Ich habe Ihnen doch gesagt, Herr Weigelböck ist nicht verfügbar."

„Bitte um Verzeihung", wendet sie sich beschämt an das Küchenteam, das zaghaft seine Arbeiten wieder aufnimmt. Wie töricht von mir anzunehmen, ein Koch mit internationalem Renommee würde tatsächlich Tag für Tag, Abend für Abend selbst in der Küche stehen. Bei Bands ist es auch keine Seltenheit, dass sie für ein halbes Jahr weder Auftritte haben noch Interviews geben, um sich ins Studio zurückzuziehen und sich ganz auf ihre kreative Arbeit zu konzentrieren. Ich weiß natürlich, dass die Küche eines Spitzenrestaurants kein Solo ist. Bei den vielen öffentlichen Auftritten in seinem Terminkalender fange ich allerdings an, mich zu fragen, wie viel Weigelböck tatsächlich im gepriesenen Weigelböck'schen Essen steckt. Wenn ich auf ein Konzert der Rolling Stones gehe, erwarte ich mir schließlich auch die rüstige Originalbesetzung und nicht irgendeinen – wenn auch noch so talentierten – Nachwuchsgitarristen. (Außer bei einem der Urgesteine kriselt die Gesundheit, versteht sich.)

Die in ihrem Mantel hochrot angelaufene V-B bugsiert mich, von der Seelsorgerin zur Rausschmeißerin mutiert, energisch Richtung Schiebetür.

„Schon okay", ertönt eine ruhige Frauenstimme hinter uns. „Von mir aus kann sie bleiben."

14

„Das ist Paul, unser Rôtisseur", erklärt meine Retterin. Sie hat nicht nur meinen Rauswurf verhindert, sondern mich auch noch eingeladen, zum Mitarbeiteressen zu bleiben. Die versammelte Mannschaft hat sich am langen Tisch im hintersten Eck der Küche eingefunden. Ich folge der Zeigerichtung ihrer Gabel zu einem muskulösen Typen mit Dreitagebart, der rittlings auf der Bank sitzt und gerade ein Reisgericht in sich hineinschaufelt. Seine Unterarme zieren zwei Tattoos. Ein bunter, prächtiger Hahn und ein Messer, dessen Klinge vom Handgelenk bis zum Ellenbogen reicht. Über die Jahre sind mir Musiker mit den abstrusesten Tätowierungen untergekommen. Ihr Musikinstrument oder ein Mikro hatte sich aber keiner von ihnen stechen lassen. Dagegen scheint es, dass Köche ihre Schneebesen, Pfeffermühlen, Artischockenherzen und Steak-Cuts am liebsten auch mit unter die Dusche und ins Bett nehmen. Allein in den letzten Monaten bin ich bestimmt neun geinkten Köchinnen und Köchen begegnet, denen ihr Beruf und die dazugehörigen Werkzeuge – mal mehr, mal weniger kunstvoll ausgeführt – unter die Haut gehen.

„Moritz – Gardemanger, ein wahrer Texturkünstler", „Dominik – Pâtissier und dein bester Freund, wenn du auf Salzkaramell und Zitrusfrüchte stehst", „Alex – Entremetier", klappert sie gegen den Uhrzeigersinn alle Anwesenden ab, die beim Erklingen ihrer Namen kurz ihr Kinn, eine Hand oder das Besteck darin heben. „Und das hier ist Raffi – unser Meister der *Mise en Place* in Ausbildung." Während sie ihn vorstellt, boxt sie gegen die Schulter des blutarmen jungen Kerls, der V-B und mir die Tür geöffnet hat. Er verzieht die schmalen Lippen zu einem schiefen Lächeln.

„'kay, Messer schleifen, *Brunoise* und *Julienne* schneiden kann ich inzwischen echt ganz gut", fügt er kleinlaut hinzu.

„Du brauchst gar nicht so bescheiden sein", fährt ihn seine Kollegin an. „Ohne eine gute *Mise en Place* kein Kochen *à la minute,* ergo keine zufriedenen Gäste."

Der Vampirjunge scheint davon nur wenig beeindruckt, aber der dunkle Strubbelkopf neben ihm lässt nicht locker.

„Weißt du, welchen Spitznamen mir meine Kollegen während meiner Zeit als *Stagiaire* verpasst haben?", funkelt sie ihn mit ihren aufgeweckten dunklen Augen an. Kopfschütteln. Die junge Frau sieht sich unter dem Rest der Truppe um, der ins Essen und seine eigenen Gespräche vertieft ist, und schirmt ihre Lippen mit einer Hand ab, als würde sie gleich ein gut gehütetes Geheimnis offenbaren.

„Miss *en place.* Weil sich die Küchenchefs darauf verlassen konnten, dass an meinem Posten immer alles genau dort war, wo es hingehörte und gebraucht wurde."

„Ah, ganz vergessen. Ich bin Mari – Weigelböcks Sous-Chefin", richtet sie sich wieder an mich und schiebt sich zwei Zuckerschoten in den Mund. Bevor ich meinen Bissen hinunterschlucken und mich zu Wort melden kann, hat sie es auch schon wieder ergriffen: „Schieß los, wie können wir dir behilflich sein?"

Eine gute Stunde und einige verwertbare Anekdoten später bringt mir Raffi meine Jacke und Mari lässt mich durch den Lieferanteneingang hinaus, während die inzwischen eingetrudelten Servicemitarbeiter vorne im Restaurant die ersten Gäste willkommen heißen. Weigelböcks rechte Hand hat ihren Chef wenig überraschend durchwegs gut dastehen lassen. Keine durch die Luft fliegenden Pfannen, kein rauer Piratenton zur Rush-Hour und offenbar auch keine Leichen von Köchen, die sein Signature-Gericht – eine Waldorfsalat-Spielart aus fermentiertem Miso-Sellerie, Apfelraritäten und einer Leindotter-Mayonnaise – versaut haben, im Kühlkeller. Grundsätzlich nicht der Stoff, aus dem die interessantesten Artikel sind, aber am Ende hatte sie wohl immer noch mehr ausgeplaudert, als es der Haubenkoch selbst getan hätte. Im Gegensatz zu Leadsängerinnen und -sängern stehen die restlichen Bandmitglieder selten im Rampenlicht, was sie zu wertvollen Beobachtern und umso mitteilsameren Quellen macht. Mit ihren Insidergeschichten hat Mari die Hohlräume zwischen den von V-B fein säuberlich aufgelisteten Meilensteinen in Weigelböcks Lebenslauf ein wenig aufgefüllt. Da wäre seine erste Teilnahme in St. Moritz, als die Organisatoren des Gourmet-Festivals in Panik ausgebrochen waren. Am Vorabend des großen Spektakels waren sie nach viel Herumgedruckse wie die Verurteilten vor den Henker getreten, weil sie befürchtet hatten, die im Lager unauffindbare Fleischlieferung für Herrn Weigelböck verschustert zu haben. Zu ihrer Verteidigung: Fleischlose Küche war in der Haute Cuisine damals ungefähr so verbreitet wie Minimal Techno auf Radio Klassik Stephansdom. Oder der Shitstorm und die Skandal-Schlagzeile – „Wird er seinem Gemüse untreu?" –, als Weigelböck kurz nach der Eröffnung seines Vegetarier-Tempels in einem Steakhaus gesichtet worden war. Aus den zwei Wochen, während denen sich der Küchenchef vor Kurzem ohne Handy und Internet, dafür mit zwanzig Kilo Karotten einer speziellen Züchtung in ein Häuschen im Waldviertel zurückgezogen haben soll, um ablenkungsfrei zu experimentieren, lässt sich bestimmt auch etwas machen. Horvath wird über ein Porträt anstelle des geplanten Interviews freilich nicht erfreut sein. Andererseits sind wir in unserer Beziehung über die Stufe, auf der wir uns aufopfern, um einander glücklich zu machen, schon lange hinaus.

„Danke noch mal für deine – eure – Zeit und die vielen Einblicke. Ich weiß das zu schätzen", verabschiede ich mich von Mari.

„Kein Problem. Und falls noch was ist – du hast ja meine Nummer."

Ich nicke ihr dankbar zu. Wer hätte gedacht, dass sich dieser eigentlich schon gescheiterte Termin doch noch zum Guten wenden würde? Mein letzter Auftrag als Eddi-Ersatz, fast zunichte gemacht von einem Karottenfanatiker, der lieber auf der Bühne als hinterm Herd steht.

„Du bist die Musikredakteurin vom *Plafond,* stimmt's?", reißt mich Maris Stimme aus meinen Gedanken.

Ich gehe die drei Schritte, die ich in den Hinterhof gesetzt habe, wieder retour. Mari lehnt im Türrahmen und krempelt sich die Ärmel ihrer Kochjacke bis zur Armbeuge hoch.

„Stimmt genau. Wie kommst du darauf?"

„Dein Nachruf von Mihaela Ursuleasa ... ich hatte ihn eine ganze Weile in meiner Geldbörse."

Ein inzwischen fast verhallter Name. Selten war mir das Schreiben derartig schwergefallen wie bei diesem Abschiedsartikel über die rumänische Pianistin. Die vielversprechende Musikerin stand gerade vor ihrer ersten größeren Tournee, als sie mit 33 Jahren an einer Gehirnblutung gestorben war. Wie zollt man einem Leben Tribut, dessen Geschichte so eindeutig in der Zukunft statt in der Vergangenheit spielt? Einer jungen Frau, die genauso gut mit mir zur Schule hätte gehen können? Eben.

„Du magst Klassik?" Ausgerechnet hier, in der Kakophonie aus kreischenden Mixern und zischendem Fett an die junge Frau mit dem breiten Lächeln und dem Faible für die vertrackten Rhythmen von Béla Bartók erinnert zu werden, hatte ich nicht erwartet. Mari seufzt abwesend und starrt auf den Asphalt, als läge die Klavierspielerin direkt darunter begraben.

„Hat nicht auf Gegenseitigkeit beruht."

Im Kücheninneren scheppern Pfannen und Töpfe, begleitet von leisem Fluchen.

„Mari!", dröhnt die angespannte Stimme eines Kollegen jetzt deutlich lauter nach draußen.

„Da capo! Für deine Geschichte alles Gute."

Schon ist die Sous-Chefin im hellen Bauch des Restaurants verschwunden. Bevor ich die Straßenbahn nach Hause nehme, zieht es mich noch einmal zur Glastür an der Vorderseite des Lokals. Drinnen ist das bis ins kleinste Detail durchchoreografierte Schauspiel aus Gästen und Service, Gläsern und Tellern bereits in vollem Gange. Der eben noch unbelebte, ruhige Raum ist wie verwandelt. Die Show geht weiter. Mit oder ohne ihren Star.

15

Man soll die Feste feiern, wie sie fallen. Es sei denn, sie fallen ungünstig für die lieben Freunde. Dann siehst du besser zu, dass du sie schnell wieder aufklaubst und irgendwo verstaust, wo sie keinem in die Quere kommen, bis zu einem späteren Zeitpunkt endlich gemeinsam auf die zelebrierenswerten Ereignisse angestoßen werden kann ...

Horvath hat Wort gehalten. Seit Montag ist Eddis Schreibtischsessel wieder besetzt. Wechselweise von Charlotte, der neuen Kulinarikredakteurin, und einem der unzähligen Blazer, die sie in ihrem Kleiderschrank – vielleicht auch in zwei oder in einem riesigen begehbaren – zu horten scheint.

„Blazer, die Uniform der Emanzen", habe ich irgendjemanden einmal zu unserem Moderedakteur, Paul, sagen hören. Und wenn sie täglich in ein rot-weiß gestreiftes Zirkuszelt gehüllt auf der Brücke erscheinen würde – ich bin froh, dass Charlotte da ist. Denn das bedeutet, ich kann wieder dort sein, wo die Musik spielt. Meine neue Kollegin ist ein paar Jahre älter als ich und hat einen kleinen Sohn, der wie wahrscheinlich alle Vierjährigen ein wandelndes Panini-Sammelalbum für Kinderkrankheiten ist. An ihrem vierten Arbeitstag musste Charlotte deswegen vom Krankenlager, auch Home-Office genannt, aus arbeiten, weshalb ich für sie bei der Pressekonferenz zu einer Neueröffnung eingesprungen bin. Freiwillig und ohne den kleinsten Anflug von Missmut. In meinen Bericht zur Matinee der Ballettakademie der Wiener

Staatsoper haben sich sogar zwei Nebensätze über das Catering eingeschlichen. Außerdem hat Horvath meine Ideen für den neuen Kulturteil nicht von vornherein abgeschossen. (Bis auf die *Best of Banter*-Spalte, eine Sammlung der bemerkenswertesten gesammelten Sager, die Bands zwischen ihren Songs auf der Bühne zum Besten geben – zu viele Kraftausdrücke.)

Unternehmen, die ihren aufstrebenden Mitarbeitern das Gefühl einer Beförderung geben möchten, ohne sie oder ihr Gehalt tatsächlich höher zu stufen, sollten es einmal mit einer vorübergehenden Versetzung in eine andere Abteilung versuchen. Ich jedenfalls fühle mich seit ein paar Tagen, als hätte ich in der Job-Lotterie gewonnen. Und was macht man, wenn man einen Gewinn einstreicht? Man trommelt seine Freunde in einem versifften Pub zusammen, knallt einen großen Schein auf den Tresen und schwört den Barkeeper darauf ein, die Pint-Gläser unter keinen Umständen leer werden zu lassen. Oder das Pint-Glas, Singular. Patrick ist das gesamte Wochenende bis spät in die Nacht mit Fahrten verplant und ein kurzes Mineralwasser-Intermezzo zwischen zwei Touren wird den Feierlichkeiten zu meinem neuen alten Job alles andere als gerecht. Doris hat so knapp nach den Osterferien (meistens auch knapp vor und eigentlich auch zwischen sämtlichen Ferien) jede Menge Schulkram nachzuholen. Der Teil des Freundeskreises, der sich bereits fortgepflanzt hat, steht nur für Brunch-Verabredungen zur Verfügung, und was ein gemeinschaftliches Besäufnis mit meinen werten Kollegen angeht, gedulde ich mich gerne bis zur nächsten Weihnachtsfeier. Für den Bruchteil einer Sekunde bin ich versucht, mich auf Tinder zu registrieren, um dort unter falschem Vorwand einen One-Night-Friend zu ergattern, wische den Gedanken aber gleich wieder zur

Seite (nach links, wenn ich mich nicht täusche). Bleibt noch die Old-school-Variante: das Telefonbuch (auf meinem Handy – so alt, dass ich auf den gelben Wälzer zurückgreifen würde, bin ich auch wieder nicht!). Nachdem ich die Namen ehemaliger Kollegen und alter Studienfreundinnen überflogen habe und, bereit aufzugeben, beim Eintrag *Mama* angekommen bin, bleibe ich bei der Nummer direkt darunter hängen.

Ans allein essen habe ich mich beim Restauranttesten gewöhnt. Allein zu trinken, ist ein ganz anderes Kaliber. Als Frau überhaupt. Daran hat auch der Anbruch des 21. Jahrhunderts nichts geändert. Einsam am Tresen stehend wirst du automatisch zur Zielscheibe für die mitleidigen Blicke anderer Frauen oder die überheblichen Sprüche von Männern, die an deiner Stelle, also ohne ihr feixendes Gefolge, keine Sekunde überleben würden. Sonntagabend ist das Pub verhältnismäßig leer. Ein paar Expats sitzen um ein großes Fass in einer Ecke und unterhalten sich auf Englisch über Fußball oder irgendeinen anderen Mannschaftssport (Hurling? Fantasy Football? Beer Pong?). Zwei Männer um die fünfzig bestellen ihre zweite Runde Paddy und ein junges Paar mit zerzausten bunten Haaren teilt sich an einem Seitentisch einen Irish Coffee mit üppiger Obershaube. Der Barkeeper stellt das Bier vor mir auf dem Tresen ab und vergewissert sich mit einem diskreten Blick, ob er mir darüber hinaus seine Konversationsdienste anbieten soll. Danke, kein Bedarf, gebe ich ihm mit dem erwartungsvollen Drehen meines Barhockers in Richtung Eingang zu verstehen. Heute trinke ich nicht allein. Wie zum Beweis spaziert einen eisgekühlten Schluck später Mari durch die Tür und wirft ihren Kapuzenpulli über den Hocker neben mir. In dem weiten T-Shirt mit einem riesigen Hanfblatt und der Aufschrift *Cypress Hill* wirkt sie viel zierlicher, als ich sie in Erinnerung habe.

„Danke für die Einladung. Wäre aber echt nicht nötig gewesen."

Bei meinem Anruf vor ein paar Stunden habe ich irgendwas von wegen Revanchier-Bier gefaselt und mir bereits ein paar Reaktionen auf ihre absehbare Absage zurechtgelegt („Ach, an heute hatte ich sowieso nicht gedacht." / „Wäre auch wirklich sehr spontan gewesen." / „Ich wollte nur mal vorfühlen, wie's in den nächsten zwei Wochen aussieht.") Wie sich herausstellt, habe ich Mari am Ruhetag des Restaurants erwischt, an dessen Abend sie noch nichts Besseres vorhatte, als sich von einer Redakteurin, die sie ein einziges Mal zuvor gesehen und von der sie einmal einen Nachruf gelesen hatte, ins Pub ausführen zu lassen.

„Das ist doch das Mindeste", antworte ich und winke gleichzeitig den unterbeschäftigten Barkeeper zu uns. „Du hast mir wirklich sehr weitergeholfen."

„Ich hab das Porträt gelesen. Gemeinsam mit dem Rest vom Team. Hat uns Spaß gemacht."

„Auch Herrn Weigelböck?"

„Klar, Frau Vollmer-Böhm hat es sich nicht nehmen lassen, ihm persönlich die Zeitung vorbeizubringen."

Ich weiß nicht, was mich mehr verwundert – die Tatsache, dass sich der umtriebige Küchenchef für Artikel über sein Restaurant in der heimischen Presse interessiert oder dass V-B denkt, sie hätte tatsächlich irgendetwas mit dem, was darin zu lesen ist, zu tun.

Mari bestellt sich ein Pint Guinness.

„Scheint jedenfalls eine nette Truppe zu sein", versuche ich, die Aufmerksamkeit weg von meinem (ehemaligen) Job auf ihren zu lenken.

„Ist es. Jeder Einzelne arbeitet hart, aber es darf auch mal der Schmäh rennen."

„Ist die Katze aus dem Haus ..."

„Nicht nur dann. Weigelböck ist ehrgeizig und ein Perfektionist. Aber er hat auch Humor. Was man nicht von allen Küchenchefs behaupten kann."

Wenn man unter Humor versteht, jemanden viermal zu vertrösten, um sich letztendlich ganz aus der Affäre zu ziehen, mag das stimmen.

Während sich die Schaumkronen in unseren Gläsern auflösen, erzählt mir Mari von ihrer Zeit in der Küche eines Schweizer Fünfsternehotels. Vorgekommen sei man sich eher wie in einem Fünfsternekloster, denn der Chef de Cuisine sei der Einzige gewesen, dem es erlaubt war, in den heiligen Räumlichkeiten zu sprechen. Ansonsten war es bis auf die übliche Geräuschkulisse beim Kochen so still, als hätte die restliche Brigade ein Schweigegelübde abgelegt. Plötzlich erscheint mir die mit Hip-Hop beschallte Küche des raubeinigen Belgiers, den ich vor zwei Monaten interviewt habe, wie das Paradies.

„Was würde in deiner Küche denn im Hintergrund laufen?"

Mari legt den Kopf zur Seite und kneift nachdenklich ihre Augen zusammen, bevor sie bierernst antwortet: „DJ Ötzi". Ich sehe sie entgeistert an. Dann doch lieber die klösterliche Stille.

„Nein, Quatsch! Um am Nachmittag in den Groove zu kommen, Missy Elliott. The Donnas, bevor der Service losgeht. Und wenn alles im Laufen ist, Lily Allen. Am liebsten Live-Alben."

„Darüber hast du dir nicht das erste Mal Gedanken gemacht, was?"

„Machst du Witze? Welcher Koch malt sich nicht aus, wie er seinen eigenen Laden führen würde? Außerdem gibt's sowieso viel zu wenige weibliche Stimmen in der Küche."

„Also kein Schubert, Bach oder Debussy?"

Mari schaut mich an, als hätte ich sie mit einem Gedankensprung abgehängt.

„Wegen Ursuleasa, meine ich."

Nach zwei weiteren Bieren weiß ich, dass Mari selbst jahrelang Klavier gespielt hat. Ernsthaft, mit täglichem Üben, Vorspielen vor Publikum und so, nicht nur einfach zum Spaß. Um sich ihr erstes Piano zu kaufen, hatte sie mit ihrer Familie eine Art Geschenke-Vorschuss ausgehandelt – im Alter von zwölf bis siebzehn gab es daraufhin zum Geburtstag und zu Weihnachten höchstens ein Päckchen mit Socken oder eine Tafel Schokolade. Mari war richtig gut gewesen. So gut, dass eine Karriere als Pianistin eine realistische Zukunftsperspektive dargestellt hatte. Ihr Weg war im Grunde genau vorgezeichnet gewesen: Matura. Studium am Vienna Konservatorium. Ein Abschluss in Klavier-Kammermusik. Konzerte und Tourneen mit einem Ensemble, zu dem sich Mari bestimmt während der ersten Semester mit ihren liebsten Kommilitonen – voraussichtlich einer talentierten Violinistin und einem ambitionierten Cellisten – zusammenfinden würde. Die Abzweigung vom Konzertsaal in die Küche nachzuvollziehen, will mir nicht so einfach gelingen.

„Was ist dazwischengekommen?"

„Die Noten."

„Oh. Schlechter Durchschnitt?"

„Nein. Oder ja, das auch. Die Notenlehre – die Sprache aller Musiker."

Mari zieht die Schultern nach oben und lässt sie mit einem tiefen Ausatmen fallen.

„Was ist damit?"

„Sie wollte einfach nicht in meinen Kopf."

Ich will die unangenehme Erinnerung nicht noch weiter befördern, aber Maris Gesichtsausdruck verrät mir, dass die damit verbundenen Wunden schon zu lange verheilt sind, um bei jeder Kleinigkeit wieder aufzuplatzen.

„Entschuldige, aber wie lernt man Klavier zu spielen, wenn man keine Noten lesen kann?"

„Auf die gleiche Art, wie man ohne Rezepte Kochen lernt ... Schau mich nicht so an, ich *kann* lesen!"

Daraufhin müssen wir beide lachen.

„Ich hab mir Musikpassagen immer wieder angehört und so lange an den Tasten herumprobiert, bis es sich richtig angehört hat", fügt Mari hinzu, als wäre es das Einfachste auf der Welt.

Die Biere zeigen ihre Wirkung und ich wünschte, mein Barhocker hätte eine Lehne. Neben der Müdigkeit steigt noch ein anderes Gefühl in mir hoch. Ein schlechtes Gewissen. Jetzt wo Mari so viel von sich preisgegeben hat, bin wohl ich an der Reihe. „Weißt du, die Einladung war nicht ganz uneigennützig", gestehe ich, als der Barkeeper unsere letzte Bestellung aufnimmt.

„Noch ein Artikel über Weigelböck?", fragt Mari und klingt dabei eher bereitwillig als genervt.

„Nein, nein. Ganz im Gegenteil sogar. Was zu feiern."

Nachdem ich Mari in meine Verdonnerung zur Fresskritik und die kürzliche Rückkehr in mein angestammtes Ressort eingeweiht habe, hebt sie feierlich ihr Soda-Zitron, um mit meiner Espresso-Tasse anzustoßen. Nicht dasselbe wie mit den vorangegangenen Pint-Gläsern, aber was soll's.

„Ich versteh schon, es ist nicht Musik. Aber was war denn so schlimm an Gastro-Geschichten?", will sie wissen, als wir gemeinsam das Pub verlassen.

Obwohl ich mich monatelang bei wirklich jedem, der mir über den Weg gelaufen ist, über Horvaths Zwangsversetzung beschwert und mich mit jeder Faser meines Körpers dagegen gesträubt habe, kann ich nicht den Finger darauflegen, was für mich das größte Gräuel daran war. Die frische Luft hilft meinem Gedächtnis (oder doch nur dem Alkohol in meinem Blutkreislauf?) auf die Sprünge.

„Die Überflüssigkeit des Ganzen, denk ich. Wer braucht heute noch einen Vorkoster, der einem sagt, wo er den nächsten Tisch reservieren soll, wenn einem Facebook, Instagram und Google Maps die Meinungen von Tausenden auftischen?"

Mari zieht grüblerisch ihre Augenbrauen zusammen. Offenbar ist sie nicht ganz meiner Meinung. Aber ich bin auch noch nicht fertig.

„Und die Köche ... denen geht es doch am Arsch vorbei, was ich von ihrer Vichyssoise oder ihrem Waldorfsalat (ja, dem von Weigelböck, genau dem) halte, solange sie eine halbwegs positive Publicity für ihr Lokal bekommen. Dafür nehmen sie ja auch genug Geld in die Hand, damit ihre PR-Agenturen unsereins mit Pressemappen und -aussendungen füttern, und hofieren uns bei Presseessen, die mit einem normalen Restaurantbesuch so viel zu tun haben wie ein Lapdance mit einer Burlesque-Show von einem Kategorie-4-Sitz aus."

Ich spüre einen Rülpser aufsteigen, was mich dazu zwingt, meine Lippen zusammenzupressen. Damit ist auch mein unkontrollierter Wortschwall beendet.

„Sorry, das ging nicht gegen dich. Köchinnen wie dich. Ich meine ..."

Mari, die, während ich Luft abgelassen habe, dieselbe anscheinend angehalten hat, prustet mitten am Gehsteig laut los.

„Alles gut. *Köchinnen* wie ich halten das aus. Aber ich würde sagen, du irrst dich, was unsere Meinung über Gastro-Kritiker angeht."

Bevor ich nachfragen kann, hat sich die junge Frau ihre Kapuze übergeworfen.

„Ich muss los – morgen wartet wieder die Küche. Aber wir hören uns."

Ich hebe meine Hand zum Abschied. Gesagt hab ich schon genug.

„Danke noch mal!", ruft mir Mari über die Schulter zu.

16

Auch wenn die Böden statt aus Marmor aus hellgrauem Linoleum sind, fühle ich mich beim Betreten des Landesklinikums Baden sofort in die Privatklinik in Istanbul zurückversetzt. Meinem Bauch geht es nicht anders, lässt er mich mit einem flauen Grummeln wissen. Mit seinen hohen Fensterflächen und senfgelben Sofas im Foyer erinnert der Neubau eher an ein Museum als ein steriles Krankenhaus. Über den typischen Geruch mag aber selbst die moderne Architektur nicht hinwegtäuschen. Ich lasse mich vom Farbleitsystem zur Unfallambulanz führen. Da komme ich fast zehn Jahre lang klar, ohne ein Spital von innen zu sehen, und dann lande ich innerhalb von drei Monaten gleich in zwei Krankenanstalten. Diesmal zumindest nicht als Patientin. Der Wartebereich ist an diesem Vormittag gut besucht, obwohl ich befürchte, dass es hier früh morgens und spät nachts nicht viel anders aussieht. In acht durch Grünpflanzen unterbrochenen Sitzreihen harren Menschen aus, denen Ungewissheit und Schmerz in die Gesichter geschrieben stehen. Während die einen versuchen, ihre Umgebung bei geschlossenen Augen auszublenden, lenken sich andere Angehörige mit Klatschmagazinen ab, die über die neuesten Dramen in der Promiwelt berichten. Ein langjähriges Traumpaar lässt sich scheiden, die Gewinnerin einer Casting-Show kämpft mit Cellulite und eine junge Fürstin verrät ihre adeligen Wurzeln an einen Fußballer der dritten Liga – wenn die Wucht des Schicksals nicht einmal vor den Reichen und Schönen Halt macht, wer will sich da über eine Schnittwunde, einen Knochenbruch oder eine Blutvergiftung beklagen? Ich lasse meinen Blick von einer Reihe zur nächsten schweifen, bis er an Mama hängen bleibt, die von ihrem Platz aufgesprungen ist und aufgeregt mit einem Formular in der Luft herumwedelt.

„Was ist denn jetzt mit Papa?"

„Wissen wir noch nicht. Sein Bein wird gerade geröntgt", unterrichtet sie mich kurzatmig. Dann purzeln die Worte aus Mamas Mund wie die Würfel aus dem Becher bei einer Runde Yahtzee.

„Ich hab noch gesagt *Nimm nicht alles auf einmal, Leo!*, aber dein Vater hört ja nicht auf mich ... Und dann auch noch in seinen Pantoffeln ... Kaum war er aus dem Zimmer draußen, zack – Rätsel und Wunder überall."

Nach zwei weiteren nicht weniger konfusen Erzählversionen habe ich das Puzzle so weit zusammengesetzt, dass ich Papas Unfall ungefähr rekonstruieren kann. Begonnen hatte alles mit einem Aufräum-Anfall von Mama – auch wenn sie selbst das natürlich nie so bezeichnen würde. Papa hat den Auftrag bekommen, ihre ausgefüllten Kreuzworträtsel- und Sudoku-Bücher und seine heißgeliebten *Welt-der-Wunder*-Magazine, die jeden Monat per Abo ins Haus flattern und längst das Ablagefach des Couchtischs und die Hälfte der Eckbank vereinnahmt haben, hinunter in die Garage zu tragen. Die Klappbox mit zu hoch gestapelten Magazinen, Papas ausgetretene Pantoffeln mit der rutschigen Sohle und die gefliese Treppe – es kam, wie es kommen musste. Nachdem sie seinen klagenden Schreien in den Keller gefolgt war, hatte Mama erst versucht, ihn selbst vom kalten Boden aufzuklauben, dann aber Nachbar Rudi zur Hilfe geholt.

Gemeinsam hatten sie Papa ins Auto gehievt, damit Mama ihren verunglückten Gatten ins Spital fahren konnte.

Gerade als ich mich auf die Suche nach einem Kaffeeautomaten – den Lebensrettern für Begleitpersonen – machen will, wird Papa wie ein Häufchen Elend in einem Rollstuhl aus einer Tür gerollt. Vom Schock seines Sturzes dürfte er sich inzwischen erholt haben, unsere besorgten Blicke und meine Umarmung genießt er sichtlich. Als er nach drei endlos langen Minuten noch immer kein Wort von sich gibt, wird Mama ungeduldig.

„Was hat der Arzt gemeint, Leo? Sag schon!"

„Oberschenkelhalsbruch."

Am entsetzten Gesichtsausdruck von Mama merkt er, dass es keinen Grund gibt, seinen Zustand auch nur einen Hauch schlimmer darzustellen, als er ist.

„Aber kein komplizierter", legt er in beruhigendem Ton nach. „Der Winkel ist nicht sehr steil, sagen sie. Eventuell werde ich noch heute Abend operiert. Sonst morgen."

„Operiert?!"

Mama würde im Moment lieber mit so mancher Orangenhaut-geplagten Sängerin oder blaublütigen Fußballer-Schwiegermutter tauschen, habe ich das Gefühl.

„Das heißt, du wirst stationär aufgenommen?", versuche ich, Klarheit zu schaffen.

Papa nickt stoisch und greift nach Mamas Hand, als wäre sie diejenige, der Trost gespendet werden muss. Dass die beiden eine Nacht getrennt voneinander verbracht haben, dürfte Jahrzehnte zurückliegen.

Nachdem wir mit einer streng dreinblickenden Dame am Schalter alles für Papas Aufnahme geregelt haben, begleite ich

Mama nach Hause, um das Nötigste für seine bevorstehenden ein bis zwei Wochen im Spital zusammenzupacken. Angesichts ihres dünnen Nervenkostüms scheint es mir sinnvoller, dass ich mich hinters Steuer setze.

„Womit könnten wir Papa eine Freude machen?", versuche ich, das stickige Schweigen im Auto mit etwas Positivem aufzufrischen und uns mit aktivem Planen aus der Hilflosigkeit zu manövrieren.

„Die neue *Welt der Wunder?*", schlägt Mama geistesabwesend vor und bemerkt die Ironie erst, als ich ihr mit dem Ellbogen in die Seite stupse. Auf halber Strecke legen wir einen Zwischenstopp bei einem Supermarkt ein. Von wem die Idee dazu kam, weiß ich schon beim Zusammensuchen der Zutaten nicht mehr.

Mari wäre von Mamas *Mise en Place* begeistert. Während die Kartoffeln vor sich hin köcheln, löst sie einen Hefewürfel in lauwarmem Wasser auf, wiegt Mehl in eine Schüssel und Salz in eine kleine Tasse und gießt eine komplette Flasche Erdnussöl in einen großen Topf.

„Hast du denn noch das Rezept dafür?"

Meine Frage scheint Mama zu belustigen.

„Für *Cururicchi* braucht man kein Rezept, das hat man im Gefühl."

„Auch nach dreißig Jahren?"

„Auch nach sechzig Jahren!"

Als die Kartoffeln gar sind, reicht sie mir ein kleines Messer.

„Wie wär's mit ein wenig Musik?", schlägt Mama vor. „Hast du nicht irgendwas auf deinem Handy?"

Habe ich. Einen Moment später verbrennen wir uns beim Schälen der viel zu heißen Kartoffeln die Finger, während Gianna Nannini uns mit ihrer Schmirgelpapier-Stimme von einer schönen und unmöglichen Begegnung vorschwärmt.

Ich kann mich nicht erinnern, wann ich das letzte Mal gemeinsam mit Mama in der Küche gestanden bin, vom Ausräumen des Geschirrspülers einmal abgesehen. Oder allein in der Küche. Wie auch? Um die Arbeitsfläche des Küchenblocks in meiner Wohnung überhaupt nutzen zu können, müsste ich sie zuerst von den angesammelten Flyern, Festplatten und Konzertpässen befreien. Aber dabei fiele mir doch wieder der grammatikalisch kreative Flyer irgendeines Asia- oder Pizza-Lieferservices in die Hände und jeder Gedanke daran, meine Küche als etwas anderes als einen zweiten Schreibtisch zu verwenden, würde im Keim erstickt.

Nachdem ich alle Kartoffeln durch die Presse gedrückt habe, häuft Mama das Püree zu einem Vulkanberg auf, den sie mit Mehl bestreut und in dessen Krater sie die aufgelöste Hefe gießt. Noch ein bisschen Mehl, noch ein bisschen warmes Wasser, sie gleicht die Konsistenz mit der seit Jahrzehnten in ihren Fingerkuppen und Handballen gespeicherten Erinnerung ab. Nach einer Weile ist sie mit dem Ergebnis zufrieden. Mama schüttelt die Teigreste von ihren Fingern und fordert mich zum Weiterkneten auf. Ich spüre noch die Wärme ihrer Hände im geschmeidigen Teig. Als er sich gut bearbeiten lässt, streut sie das Salz dazu. Während der große gelbe, mit einem X eingeschnittene Teigball liebevoll mit einem Geschirrtuch zugedeckt rastet, beginnen wir mit unserem eigentlichen Vorhaben: Papas Koffer packen. Die Unterhosen und Unterhemden überlasse ich Mama. Unterdessen versuche ich, mir im Badezimmer die Hygieneroutine eines

Mittsechzigers zusammenzureimen. Duschgel, Shampoo, Kamm, Rasierer, Nagelzwicker, Zahnpasta, Zahnbürste – alles kein Problem. Am Kästchen neben dem Waschbecken steht etwas Silbern-Schwarzes, das wie eine Spielzeug-Rakete aussieht. Erst als sich das Gerät auf Knopfdruck laut brummend in Bewegung setzt, komme ich darauf, was ich in der Hand habe. Überlange Nasenhaare sollten in der nächsten Zeit Papas kleinstes Problem sein, entscheide ich und stelle die Rakete zurück an den Start. Mama hat inzwischen Unterwäsche, Pyjama, Jogginganzug, Papas Medikamente und, mangels Alternativen, die mit Pech behafteten Pantoffeln eingepackt. Den Blutdruckmesser, den sich Papa jeden Morgen vor dem Frühstück umschnallt, kann ich ihr ausreden, nachdem ich sie davon überzeugt habe, dass sich in einem Krankenhaus ein gleichwertiger auftreiben lassen sollte. Der Teig hat in derselben Zeit mehr geschafft als wir, habe ich den Eindruck, als wir wenig später den fertig gepackten Koffer im Hausflur abstellen und das Geschirrtuch lüften. Simon & Garfunkel geben beim Formen des Teiges den Takt vor. Ob Mrs. Robinson auch ab und an für ihren Mann oder ihre Boytoys gebacken hat? Die Enden der langen Schnüre, die ich mit meinen Handflächen rolle, verschmilzt Mama geschickt zu Ringen.

„Noch einmal rasten", befindet Mama und wirft das Geschirrtuch über unsere Kunstwerke. Dasselbe haben wir uns auch verdient, finde ich, und mache uns Kaffee, während Mama auf niedriger Flamme das Öl erhitzt.

„Meinst du, du kommst die nächsten Tage allein zurecht?"

„Um mich musst du dir keine Sorgen machen. Leo liegt schließlich im Spital, nicht ich", meint sie zuversichtlich, während sie zwei Teelöffel Zucker in ihrer Tasse versenkt.

Das Backen scheint eine beruhigende Wirkung auf Mama gehabt zu haben. Und nicht nur auf sie. Seit ich in Mamas Küche angekommen bin, habe ich kein einziges Mal aufs Handy geschaut. Die Texte für die nächste Ausgabe hatte ich zum Glück schon abgegeben, bevor ich mich wegen eines Notfalls in der Familie bei Horvath abgemeldet hatte – Mamas kryptisches Gestammel am Telefon klang so, als wäre Papa mit einer laufenden Motorsäge aus dem Dachbodenfenster gestürzt. Auch so eine Sache, die ich am Kulturressort sehr schätze – tagesaktuelle Meldungen sind eher selten gefragt.

„Wenn du willst, schau ich alle paar Tage einmal bei dir vorbei", schlage ich vor.

„Das ist wirklich nicht nötig." Um mich nicht völlig abblitzen zu lassen, fügt sie hinzu: „Aber gerne auf einen Kaffee am Wochenende. Vielleicht bringst du Patrick mit. Ist ewig her, dass ich ihn das letzte Mal gesehen habe."

Mama schnappt sich einen Kochlöffel und hält ihn in den Topf mit dem Öl, der sich prompt in einen fettigen Whirlpool verwandelt und große Blasen rings um den hölzernen Stiel bildet.

„Perfekt! Willst du den ersten reinwerfen?"

Zufrieden beobachten wir, wie unsere Teigkringel im heißen Fett vor sich hinbrutzeln und ihre Blässe langsam einem warmen Goldbraun weicht. Entspannender als White Noise, denke ich mir und frage mich, ob sich der Lärm auf der Brücke durch Frittiergeräusche nicht besser ausblenden ließe.

„*Amara chira casa ch'un si fria*", reißt mich Mama aus meinen Überlegungen.

„Hm?"

Cururicchi

*Die süßen Kringel aus Kartoffel-Hefe-Teig sind eigentlich ein
traditionelles Weihnachtsgebäck, aber sie eigneten sich auch gut, um
Papa den Aufenthalt im Spital zu versüßen. Die Cururicchi, Zeppole,
Grispelle, Cuddrurieddri oder Cullurielli werden mit Zucker bestreut,
mit einem Klecks Marmelade oder einer Kugel Eis gegessen. Das
luftige, frittierte Weihnachtsgebäck hat viele, je nach Region variierende
Namen und bietet mindestens so viele Serviermöglichkeiten.
Und ein Rezept kann nicht schaden.*

(Ergibt 12 Stück)

150 g mehlig kochende Kartoffeln
½ Würfel Hefe (20 g)
2 EL Zucker
200–250 ml lauwarmes Wasser
500 g Weizenmehl (Type W480, 405 oder 00)

1 gestrichener TL Salz (ca. 5 g)
1 l Raps- oder Erdnussöl zum Frittieren
Puderzucker oder Feinkristallzucker
zum Bestreuen

1. Die Kartoffeln in der Schale weich kochen. Abgießen und ausdampfen lassen. Die noch warmen Kartoffeln schälen, durch eine Kartoffelpresse drücken und abkühlen lassen.

2. Die Hefe mit 1 Prise Zucker in 3 Esslöffeln vom lauwarmen Wasser glatt rühren und zugedeckt 10 Minuten an einem warmen Ort stehen lassen.

3. Das Mehl auf ein großes Holzbrett geben und eine Mulde formen. Die aufgelöste Hefe mit den Kartoffeln, Mehl und Salz in diese

Mulde geben und unter Zugabe von Wasser zu einem homogenen, nicht zu klebrigen Teig verkneten. (Einfacher geht es mit den Knethaken einer Küchenmaschine – der Teig ist fertig, wenn er sich vom Rand löst.) Den Teig in eine große, bemehlte Schüssel geben und mit einem sauberen Küchentuch abgedeckt mindestens 1 Stunde an einem warmen Ort gehen lassen, bis sich sein Volumen verdoppelt hat.

4. Den Teig zusammenschlagen. Zu einer Rolle formen und diese mit einer Teigkarte oder einem Messer in 12 gleich große Stücke teilen. Jedes Teigstück zu einer etwa 1 Zentimeter dicken Rolle formen und die Enden verbinden, sodass ein Kringel entsteht. Auf dem bemehlten Brett zugedeckt 15 Minuten gehen lassen.

5. Inzwischen das Öl in einer Pfanne auf 160 °C erhitzen. Jeweils 3 bis 4 Teigkringel ins heiße Fett einlegen, nach 1,5 bis 2 Minuten wenden und für weitere 1,5 bis 2 Minuten leicht golden backen. Aus dem Fett heben und auf Küchenpapier oder einem Gitterrost gut abtropfen lassen.

6. Die Cururicchi abkühlen lassen und mit Puderzucker oder Feinkristallzucker bestreut servieren.

Tipp: Cururicchi kann man ähnlich wie Krapfen (Berliner) gut einfrieren – am besten ungezuckert. Die gefrorenen Kringel ca. 1 Stunde bei Zimmertemperatur auftauen lassen und kurz am Heizkörper oder über dem Kamin erwärmen, dann mit Zucker bestreuen.

„Das hat deine Nonna immer gesagt. Traurig ist ein Haus, in dem nichts ausgebacken wird."

„Mama?"

Da sie nicht reagiert, warte ich, bis sie den letzten knusprigen Kringel zum Abtropfen auf das vorbereitete Küchenpapier befördert hat.

„Warum habt ihr mich eigentlich nicht als Italienerin großgezogen?"

Mama schiebt den Topf von der heißen Herdplatte und lehnt sich gegen den Küchenblock.

„Wie meinst du das?"

„Na ja, ich spreche deine Sprache kaum. Und ich hab das Gefühl, ich weiß nichts darüber, wo du herkommst."

„Da gibt es auch nicht viel zu wissen", murmelt Mama düster, während sie die Hände faltet und zu Boden blickt.

Ich bin fast dazu bereit, das für sie offensichtlich unangenehme Gespräch auf sich beruhen zu lassen, da fasst sich Mama ein Herz.

„Zweisprachig erzieht man Kinder doch nur auf Englisch, meinetwegen Französisch. Damit kann man in der Welt was anfangen. Aber Italienisch, noch dazu mit meinem kalabresischen Zungenschlag? Uns war viel wichtiger, dass du gut in Deutsch bist. Hat sich ja ausgezahlt, wie man sieht." Den letzten Satz begleitet sie mit einer Geste, als könne man mir meinen Beruf direkt ansehen.

„Hast du Rossano denn nie vermisst?"

„Ach, woher denn! Als ich nach Wien gekommen bin, ist mir alles, was es zu Hause gab, noch ärmlicher vorgekommen. Natürlich, heute servieren sie auch hierzulande in jedem besseren Gasthaus Weißbrot mit Olivenöl und Fernsehköche geraten bei einer einzelnen reifen Tomate mit Salz ins Schwärmen. Aber bei uns gab's nicht viel anderes. Was sind schon *Pasta e Fagioli* verglichen mit einem Stefaniebraten oder einem Tafelspitz?" Mama schüttelt den Kopf.

„Willst du das übernehmen?" Sie hält mir die Zuckermühle hin. Ich nehme sie ihr aus der Hand und verpasse dem duftenden, abgekühlten Gebäck eine weiße Puderschicht. Keine Donuts. Keine Krapfen. *Cururicchi.*

Papa ist von den *Cururicchi* hellauf begeistert. So sehr, dass er die Visite gar nicht bemerkt. Erst als ihn die Chefärztin dreimal mit seinem vollen Namen anspricht und ich mich einmal vielsagend räuspere, wandert seine Aufmerksamkeit von den süßen Kringeln zu ihr und ihrem Klemmbrett. Seine Operation findet morgen Vormittag um 9.45 Uhr statt. Das Hüftgelenk sei nicht betroffen – in seinem Alter ein echter Glücksfall –, weshalb lediglich der Bruch verschraubt und verplattet werden müsse. Schrauben und Platten unter der Haut – das „lediglich" ist da irgendwie fehl am Platz, finde ich. Nach einer halben Stunde sollte die OP abgeschlossen sein, Papa müsse sich aber auf eine längere Heilungsphase mit konsequenter Entlastung des Beines und Krankengymnastik und anschließender Physiotherapie einstellen. Vielleicht liegt es am Doping mit Fett und Zucker, aber statt bei den Worten „länger" und „Gymnastik" in Selbstmitleid zu zerfließen, nickt Papa der Chefärztin verständnisvoll und dankend zu.

„Vielen Dank, Frau Doktor", meldet sich auch Mama zu Wort, die mit der Gesamtsituation deutlich weniger zufrieden wirkt. Kein Wunder, schließlich wird sie diejenige sein, die Papa in den nächsten Wochen zu Nachsorgeuntersuchungen, Physiotherapie-Terminen und weiß Gott, wohin sonst noch, kutschieren darf.

Resigniert beißt sie in ein goldbraunes Exemplar. Das Ärzteteam ist erst halb zur Tür hinaus, da leckt sich Papa schon wieder die zuckrigen Finger und bietet seinem Zimmerkollegen – einem rüstigen Rentner, der vor ein paar Tagen ein neues Hüftgelenk erhalten hat – etwas von seinem üppigen Schatz an.

Erschöpft und trotz der schweren Delikatesse in unseren Bäuchen irgendwie erleichtert, verabschieden wir uns von Papa, der heiter durch die Kanäle seines Zimmerfernsehers zappt. Nachdem ich Mama zu ihrem Auto begleitet habe, lasse ich mich im Wartehäuschen der Badner Bahn-Station auf der Bank nieder. Ich schließe für einen Moment die Augen und sehe Mama vor mir, wie ihre Hände geschickt die aus der Erinnerung zusammengemischten Zutaten in einen geschmeidigen Teig verwandeln.

Die digitale Anzeige prophezeit mir das Eintreffen des nächsten Zuges in neun Minuten. Als ich mir über die Lippen lecke, haftet daran noch eine Ahnung von knusprig-flaumigem Kartoffelteig und Staubzucker.

Für Cururicchi braucht man kein Rezept. Für manch anderes im Leben eines zu haben, wäre gar nicht schlecht.

17

Ein Treffpunkt wie gemacht für Übergaben von illegalen Substanzen, von irgendwelchen Lastern gefallenen Küchengeräten oder das Verschwindenlassen unliebsamer Gäste mit einer Meeresfrüchte- oder Nussallergie. Mit ihren in die Jahre gekommenen Industriegebäuden würde die abgelegene Betonwüste auch das perfekte Paintball-Gelände abgeben. Andererseits, wer will seine Ausrüstung samt Farbkugeln schon fünfzehn Minuten von der nächsten U-Bahn-Station anschleppen? Die Wahrscheinlichkeit, hier mitten im Nirgendwo des 21. Bezirks eine Bar ausfindig zu machen, dürfte gegen null gehen. Hatte Mari das Wort Bar überhaupt erwähnt? Oder war das lediglich meine Annahme, als sie vorgestern vorgeschlagen hatte, mich heute, Sonntag, um zwanzig Uhr am Kreisverkehr der Louis-Häfliger-Gasse zu treffen? Viel Zeit zum genaueren Besprechen des Abendprogramms hatten wir nicht. Unser dreiminütiges Gespräch war zweimal von Zwischenfragen aus dem Hintergrund – wahrscheinlich von Maris Küchenmannschaft – unterbrochen worden.

Meine Augen springen von den dunklen Fenstern in einem Stockwerk zu denen im nächsten, da höre ich Stimmen. Keine davon gehört Mari. Wenig später biegen die dazugehörigen Männer um die Ecke. Einer hebt beiläufig die Hand zum Gruß, ohne das Gespräch zu unterbrechen, der andere reckt sein Kinn zwei Zentimeter in die Höhe, als er mich sieht. Die beiden verschwinden in der Finsternis des Geister-Industrieparks. Kurz nach acht biegt Maris rote Vespa in den Kreisverkehr und hält neben der Gehsteigkante.

„Spring auf!", begrüßt mich Mari und deutet mit ihrem behelmten Kopf ohne Visier hinter sich. „Ich hab keinen zweiten Helm. Sind aber nur ein paar Meter."

Ich klettere also auf den Sitz hinter ihr und verschränke meine Arme vor ihrer Taille. Ich denke an damals, als ich per Roller mit Freunden auf die Donauinsel oder zur Shopping City Süd gebraust bin. Immer war ich Beifahrerin, nie selbst am Lenker. Ein Moped- und dann noch zwei Jahre später der B-Führerschein waren einfach nicht drin. Von meinen Eltern vor die Wahl gestellt, hatte ich mich nach gründlichem Abwägen für Zweiteres entschieden. In einem Auto hatten schließlich nicht nur mehr Freunde Platz, man konnte auch darin übernachten, wenn ein Festival mal wieder ins Wasser zu fallen drohte. Außerdem waren Kofferraumpartys auf Parkplätzen zu der Zeit gerade total angesagt, und wie lange würde eine Party, die aus dem Helmfach eines Motorrollers gespeist wurde, schon dauern?

Wir halten hinter einem mächtigen Backsteingebäude, das zu seinen besten Zeiten wohl eine Fabrik beherbergt hat.

„Willst du mir jetzt verraten, wo wir hier sind?", versuche ich mein Glück, während Mari ihren Helm verstaut und sich durch die Haare fährt, bis diese in alle Richtungen abstehen. Underdressed dürfte ich in meiner Standard-Uniform wenigstens nicht sein. Mari trägt ein weißes Shirt mit dreiviertellangen Raglanärmeln in Olivgrün und eine beige Cargohose.

„Lass dich überraschen", grinst sie und marschiert auf ein großes graues Tor zu, bevor sie auf halbem Weg, offenbar von einem Geistesblitz gebremst, innehält.

„Eins noch: Wenn dich jemand fragt, wer du bist und was du machst, sag einfach, du arbeitest in einem neuen Fusion-Restaurant. In Berlin, oder Frankfurt meinetwegen."

„Ähm, ok. Und falls jemand genauer nachhakt?"

„Denk dir einfach irgendeinen schrägen Namen aus. Was mit einer Alliteration. Oder mit *House* im Namen. Dir fällt schon was ein!"

Beinahe erwarte ich im Tor einen Guckschlitz, der lautstark zur Seite rasseln und den Blick auf ein misstrauisches Augenpaar in Erwartung eines streng geheimen Codeworts freigeben wird. Als sich meine kleine Begleiterin mit der Schulter dagegenstemmt und es ohne größeren Widerstand nach innen aufdrückt, bin ich fast enttäuscht. Statt einer leeren Lagerhalle erwartet uns dahinter ein weitläufiger Raum, in dem bereits zahlreiche andere Gäste an ein paar Stehtischen lehnen und auf ausrangierten Sofas fläzen. Hinter den riesigen Eisenfenstern, die vom Boden bis zur Decke reichen, blitzen die Lichter der Stadt auf. Mari bahnt sich den Weg zu einem langen Tisch, auf dem kleine braune Bierflaschen aufgereiht sind. Ob es sich beim Inhalt tatsächlich um Bier handelt, lässt sich nicht sagen. Auf den Flaschen kleben keine Etiketten.

„David vom Hungrigen Hawara macht gerade eine Home-Brewing-Phase durch. Wir sind die Versuchskaninchen für seine neuesten Experimente", erklärt Mari, öffnet zwei Flaschen von dem anonymen Gebräu mit dem danebenliegenden Kapselheber und reicht mir eine.

„Apropos: Hunger?"

Ich zucke mit den Schultern. In Wahrheit habe ich seit einem Schinken-Käse-Toast am frühen Nachmittag noch nichts gegessen. Allerdings bin ich skeptisch, welches Speisenangebot man an einem Ort wie diesem erwarten kann. Ein beachtliches, wie sich in einer anderen Ecke des Raumes herausstellt. Auf einem Block aus aufgestapelten Paletten sind große Tabletts und Schalen arrangiert, einige davon auf Obstkisten platziert, sodass sie zwischen den übrigen herausragen. Ein junger Typ mit Baseballcap in rot-schwarzem Karohemd hievt sich eine Ladung Couscous mit Karotten und Granatapfelkernen auf seinen Bambusteller, auf dem sich bereits Süßkartoffeln mit einer hellen Soße und Fisolen mit Radieschen und Fetakrümeln befinden.

„Wer hat das alles gekocht?", versuche ich gar nicht erst, mit meiner Begeisterung hinterm Berg zu halten.

„Diesmal Amelie von Salad Supreme. Im zweiten Bezirk. Kennst du?"

Ich schüttle den Kopf und häufe mir buntes Gemüse auf einen Teller. Die übrigen Gäste scheinen sich weniger für das Buffet zu interessieren als für etwas, das auf der gegenüberliegenden Seite des Raumes passiert. Vor einer nackten Wand ist eine kleine Bühne aufgebaut, ebenfalls aus Paletten. In ihrer Mitte steht ein einsamer Mikrofonständer. Eine Kundgebung? Karaoke vielleicht? Während ich meinen Salat in mich reinschaufle und versuche, die Menschen um mich herum einzuordnen, unterhält sich Mari mit einer Frau, die gerade ihre wilde, schwarze Lockenmähne zurückstreicht. Die Dunkelhaarige in Jeans und einem senfgelben Strickpulli überragt Mari um gute zwei Köpfe und ihr breites Lachen kommt mir seltsam bekannt vor. Zuerst denke ich, es muss sich um ein Model handeln, das ich auf irgendeinem Plakat gesehen habe. Mit ihren dicken dunklen Augenbrauen und dem karamellfarbenen Teint könnte sie ohne Weiteres für eine Parfum- oder Kosmetikmarke werben. Auf einen Kommentar von Mari muss sie laut lachen. Da fällt bei mir endlich der Groschen: Die junge Frau ist ebenfalls Köchin. Vor einem guten Jahr hatte sie ein peruanisches Restaurant mit Pisco-Bar eröffnet und damit sämtliche Kritiker – auch Eddi – ins Schwärmen gebracht. Als ich meinen bis aufs letzte Couscous-Korn leer gegessenen Teller abgestellt habe, schenkt mir die junge Peruanerin ein ansteckendes Lächeln. Pia, Maria, Mia ... wie war noch gleich ihr Name?

„Gia, hi", streckt sie mir ihre Hand entgegen, an deren Gelenk ein dicker Holzarmreifen baumelt.

„Sofia", stelle ich mich, plötzlich verunsichert, vor. Hätte ich mir vielleicht einen anderen Namen zulegen sollen? Und wenn ich meinen vollen Namen genannt hätte? Wahrscheinlich hätte Gia mich auch dann nicht einordnen können. Immerhin war es Eddi gewesen, der damals berichtet hatte. Mari, die meine Verlegenheit bemerkt, kommt mir zu Hilfe.

„*Sofia* (hat sie meinen Namen gerade merkwürdig betont, oder bilde ich mir das nur ein?) ist übers Wochenende zu Besuch. Sie kocht in Berlin."

Den weiteren Gesprächsverlauf vorausahnend, schaltet mein Gehirn sofort in einen panischen Brainstorming-Modus, um im Frankenstein-Prinzip aus leblosen gleichen Anlauten und dem Wort „House" einen möglichst realistisch klingenden Restaurantnamen zu fabrizieren. Blackout. Alles, was mir einfällt, geht maximal als schlechter Filmtitel durch. Durch eine glückliche Fügung wird unser Gespräch von einem lauten, durch das Mikrofon verstärkten Räuspern und einem darauffolgenden schrillen Rückkopplungspfeifen unterbrochen.

„Wir sehen uns später", versichert uns Gia und verschmilzt mit der Runde am benachbarten Stehtisch.

„Wollen wir?", will Mari wissen und schwenkt ihre Bierflasche in Richtung Bühne.

Am Weg nach vorne scanne ich den Raum nach bekannten Gesichtern ab. Der hagere Mann mit Ziegenbart und dünnem Pferdeschwanz, der mit überkreuzten Beinen in einem Sofa zu versinken droht, kocht der nicht in diesem einen Rooftop-Restaurant an der Ringstraße? Mari und ich schieben uns an einer Herrenrunde mit leger hochgekrempelten Hemdärmeln vorbei und positionieren uns links von der Bühne vor einer Säule. Guter Überblick, geschützter Rücken, fällt mir die Aussicht-Zuflucht-Theorie ein, in die mich ein Veranstalter bei der Begehung eines Eventgeländes eingeweiht hatte. Kein Wunder, dass ich mir keine Namen mehr merke, bei dem ganzen unnützen Wissen, das meinen Gedächtnisspeicher belegt.

Der Lautstärkepegel im Raum senkt sich. Als ein Glatzkopf mit prägnanter, schwarzer Brille die Bühne betritt, verstummen auch die letzten Gespräche. Dem Gesicht mit den Bilderrahmen um die Augen kann sogar ich auf den ersten Blick einen Namen zuordnen. Vor Jahren als Jungtalent der Branche gefeiert, hat Oliver Cermak mittlerweile zwei Restaurants und eine eigene ORF-Kochshow vorzuweisen. Mit der sonoren Stimme, die jeden Dienstag am frühen Nachmittag durch die heimischen Wohnzimmer – auch durch das der Familie Sabato – dröhnt, und einem unterschwelligen Akzent, der seine steirische Heimat verrät, heißt der Mittvierziger die versammelten Gäste willkommen. Nachdem er sich bei Amelie Neuwirth und Salad Supreme für das „knackige Catering" bedankt, „unserem hungrigen Hawara,

David Ernst" zu seinem „leiwanden Lager" gratuliert hat und der ihnen gebührende Applaus abgeebbt ist, streckt er seinen rechten Arm schwungvoll zur Seite aus.

„Soweit ich weiß, war die Journaille wieder fleißig. Darum würde ich sagen: Legen wir los!"

Wie von Cermaks Arm magnetisch angezogen, findet sich ein korpulenter Mann mit roten Bäckchen und streng nach hinten gegelten Haaren auf der Bühne ein und nimmt das Mikrofon mit seiner freien Hand entgegen. Mit der anderen klammert er sich an ein Stück Papier.

„Hi Leute!"

Nachdem er den Ständer gute zwanzig Zentimeter tiefer gestellt hat, befestigt er das Mikrofon daran und hüstelt verlegen. Danach beginnt er vorzulesen.

„Das Goldene Quartier ist ein notwendiges Übel. Wo sollen die oberen Zehntausend der Touristen sonst ihr Transchelgeld ausgeben? Zugegeben, als Sacré-Cœur-Schüler haben mich Einkaufsstraßen wie der Graben mit ihren aufwändig dekorierten Schaufenstern in ihren Bann gezogen. Damals hielt ich allerdings auch den gebackenen Emmentaler im Wienerwald und die Schaumspitze von der Süßwarentandlerin in der U-Bahn-Station für die Krone der Koch- und Backkunst. Einmal dem Schulalter entwachsen, lassen sich die Gründe für eine Verabredung in der Wiener Innenstadt an einer Hand, ach was, an einem Finger abzählen: Besuch aus dem Ausland."

Ein Poetry-Slam? Ich muss sofort an Doris denken. Das würde ihr gefallen! Aber wozu dann die ganze Geheimnistuerei von wegen, ich sei Köchin in Deutschland? Aus dem Augenwinkel beobachte ich Mari, wie sie ihre Bierflasche leert. Alles nur eine Verarsche?

„Nun hat sich doch ein Gastronom in das luxusmarkenüberfüllte und meist menschenleere Geschäftsviertel zwischen Tuchlauben und am Hof vorgewagt. Und kein unbekannter. Mit seinem L8 hat Alexander M. Ludwig vielen Wienerinnen und Wienern ein zeitloses Lieblingslokal beschert."

„Alex! Woohoo!", grölt ein Mann im Publikum, woraufhin der Vortragende, dessen komplettes Gesicht sich inzwischen an den Rotton seiner Wangen angepasst hat, eine kleine Verbeugung macht.

„Ob sein neuester Streich an diesen Erfolg anknüpfen kann, wird die Zeit zeigen. Das Ludwig & Cie ist ein Ganztags-Edelbistro, auch wenn einen die Assemblage unterschiedlicher samtener und lederner Sitzgruppen auf die Idee bringen könnte, man habe sich in den Flagship-Store eines Luxusmöbelmachers verlaufen."

Einem aus der Hemdenrunde hinter uns entfährt ein belustigtes „Autsch!".

Jetzt dämmert es mir. Bei dem, was der gute Mann da vorträgt, handelt es sich nicht um ein jegliches Versmaß ignorierendes Gedicht. Das Blatt Papier in seiner Hand ist ein Zeitungsausschnitt, der Text zweifellos eine Restaurantkritik. Über *sein* Restaurant. Als hätte mir jemand heimlich eines dieser Wärmepflaster, die bei Rückenbeschwerden Wunder wirken sollen, aufgeklebt, wird es heiß in meinem Nacken. Wahrscheinlich bildet mein Hals bereits solidarische rote Flecken aus. Nervös wie ein Bankräuber, der versehentlich in die Kaffee-Warteschlange eines Polizeitrupps geraten ist, schaue ich mich noch einmal unter den

Gästen um. Glücklicherweise sind alle Blicke auf den lesenden Kollegen gerichtet. Was, wenn sich einer der Gastronomen, über die ich während meines Kulinarik-Gastspiels berichtet habe, unter den Anwesenden befindet? Würde er oder sie mich wiedererkennen? Ich bin sehr dankbar für die Säule in meinem Rücken. Kein Marché, kein Kelm, vergewissere ich mich. Auch sonst keine Spur von meinen Interviewpartnern der vergangenen Monate.

„... leider scheint die lässig mit schwarzen Westen und Doc Martens uniformierte Armee an Servicepersonal so kurz nach der Eröffnung noch *out of service* zu sein. Uns und den Gästen am Nebentisch bleibt also nichts anderes übrig, als im halbleeren Restaurant um Aufmerksamkeit, um eine Speise- oder zumindest die Weinkarte, um ein Quäntchen Liebe zu heischen."

Beim letzten Teil streicht sich der Vorleser vielsagend über seinen Gel-Helm und verfällt in einen weinerlichen Ton. Das Publikum schenkt ihm ein mitleidiges „Oooh!".

„Hat man erst einmal ein Menü in die Finger bekommen, stimmt das Angebot zuversichtlich, zunächst. Geschmorte Rindsbackerl kommen butterzart mit Zweigelt-Safterl und reichhaltig buttrigem Püree auf den Teller. Der Saibling mit Persillade hätte einige Momente mehr unter dem Flämmer vertragen und die ungewürzten Beilagen zum Spanferkelfilet wären besser in der Küche geblieben – bis auf die picksüßen Senffrüchte, die den italienischen Diskonter nie hätten verlassen dürfen."

Der bekrittelte Gastronom lässt den Zeitungsausschnitt mit dramatischer Geste sinken und greift nach dem Bier, das ihm von einer Hand aus dem Publikum entgegengestreckt wird. Zwei große Schlucke und anerkennendes Klatschen von einzelnen Zuschauern später nimmt er die Lektüre wieder auf.

„Ein Burger muss natürlich auch auf die Karte. Um den Erwartungen an den Standort gerecht zu werden, wird dieser freilich nicht wie schnödes Streetfood, sondern als exklusives Prunkstraßen-Mahl mit Galloway-Patty, Reblochon und 24-Karat-Blattgold serviert. Letzteres verhält sich im Mund ungünstigerweise umgekehrt proportional zum Füllstand des eigenen Portemonnaies, denn die Getränkeempfehlung zum Protz-Burger ist wenig überraschend der zweitteuerste Champagner auf der Karte."

„Pfffff!", prustet Mari los und hält sich die Hand vor den Mund. Sie lacht so heftig, dass ihre schmalen Schultern dabei auf und ab hüpfen. Als sie sich wieder gefangen hat, wirft sie mir einen amüsierten Blick zu. Oder doch einen hämischen? Das Feuer in meinem Nacken lodert erneut auf. Was, wenn die Tarnung nicht dazu gedacht war, die anderen auf eine falsche Fährte zu führen, sondern mich in die Irre? Mari und ich verstehen uns, aber wir kennen uns kaum. Warum also sollte sie mir zuliebe ihre Kollegen, ihre Clique täuschen? Es sei denn, durchfährt es mich, sie hatte etwas ganz anderes im Sinn. Hat mich Mari nur hierhergelockt, um mich vor ihrer Zunft bloßzustellen und sich an mir stellvertretend für die ganze Gastrokritiker-Fraktion zu rächen? Ich rufe mir meine Lokalkritiken ins Gedächtnis, kann mich aber an keine verschriftlichten Boshaftigkeiten erinnern, die eine solche Vergeltungsaktion rechtfertigen würden. Rundumschläge, wie sie der Verfasser der vorgetragenen Kritik ausgeteilt hatte, hätte ich mir als Rookie nicht angemaßt.

„… die Lust, den eigenen Teller leer zu essen, hält sich in Grenzen. Wer seinen Optimismus während der zehnminütigen Wartezeit auf einen Espresso nicht verloren hat, könnte darin auch etwas Gutes sehen. Für die Pâtisserie ist es Ludwig nämlich gelungen, Ausnahmekünstlerin Isabelle Fischer zu gewinnen, die ihr Handwerk in Paris gelernt und bereits im Café Cancan bewiesen hat, dass sie zwischen klassisch französischer und altösterreichischer Backtradition hin- und herspringen kann wie eine Bilinguistin. Prächtige *Religieuses* mit Powidl und Mohn gelingen ihr so wunderbar luftig, dass man geneigt ist, gleich noch ein Schokoladen-Marillen-Törtchen, das sich als kecke französische Cousine der Sachertorte präsentiert, hinterherzuschicken. Eine der vielen Versuchungen im Goldenen Quartier und der bedauerlicherweise nicht ganz so zahlreichen im Ludwig & Cie, der man unbedingt nachgeben sollte!"

Ludwig faltet den Zeitungsausschnitt mit Akribie mehrfach zusammen, lässt ihn in seiner Brusttasche verschwinden und macht eine tiefe Verbeugung, die von lautem Applaus, Pfiffen und Rufen begleitet wird. Meine Nerven sind gespannt wie die Gitarrensaiten eins Jazzgitarristen. Aber: Es folgen keine Hasstiraden auf den Verfasser der Kritik – der Name des Urhebers bleibt ungenannt. Keine gewetzten Damastmesser oder gezückten Flambierbrenner. Das Publikum scheint begeistert und zollt dem monierten Küchenchef – einem von ihnen – Respekt. Ich stimme staunend in das Klatschen ein. Nach Herrn Ludwig, der mit Handschlägen, Schulterklopfen und High Fives in die Schar seiner Kolleginnen und Kollegen aufgenommen wird, ergreifen fünf weitere Vortragende das Mikrofon. Eine Asiatin mit auf der Stirn verknotetem blauen Bandana, die für einen bitterbösen Verriss („... Rezept für einen günstigen Appetitzügler: Man bestelle Yukis flachsige Ente mit zu Tode gekochtem Pak Choi und fotografiere das Trauerspiel mit dem Handy. Ein Blick auf das

Foto sollte selbst den loderndsten Heißhunger augenblicklich ersticken …") schallendes Gelächter und anerkennende Rufe erntet. Ein Jogginghosenträger mit Dutt schleppt einen Notenständer auf die Bühne, faltet darauf ein Magazin auf und trägt die Kritik zu seinem Pop-up – dem Verfasser zufolge ein veganer Hawaii-Bowl-Laden mit der „Behaglichkeit eines Goldfischglases", dessen „müde Kresseblätter und zahnlose, hausgemachte Sobanudeln" dem Kritiker zufolge „reif für die Insel" sind – singend vor, während er sich selbst auf der Ukulele begleitet. Jemand im Publikum wirft in Groupie-Manier ein Haarnetz anstelle eines BHs auf die Bühne, so gekonnt, dass es am Mikrofonständer hängen bleibt. Die gute Stimmung überträgt sich auf mich, mein Nacken und Dekolleté sind inzwischen wieder auf Raumtemperatur abgekühlt. Ich kann mich nicht erinnern, wann ich mich das letzte Mal so gut amüsiert habe. Insbesondere über die Missgeschicke anderer Menschen und dann auch noch mit deren voller Unterstützung. Einige Auszüge über ein von einem Schwesterngespann neu übernommenes Theatercafé verpasse ich. Leider. Sie dürften gut sein, wie mir die bis zur Toilette durchdringenden Lachsalven verraten. Ein Szene-Lokal im Museumsquartier kommt im journalistischen Gutachten nicht viel besser weg, wohingegen dieses bei den Zuhörern ganz hervorragend ankommt. Auf die rhetorische Frage des Urhebers, ob es sich bei dem triefenden Scheiterhaufen mit zusammengefallener Eischneehaube nicht eher um hochpreisige Konzeptkunst mit dem Titel „Gescheiterter Haufen" handle, geht eine La-Ola-Welle durch die ersten zwei Reihen. Der letzte Kandidat hat zwar kein Instrument, aber ein kleines Plastikgerät dabei, das sich als Geräusch-Generator entpuppt. Die Ausführungen zu seiner italienischen Tagesbar („Das Konzept geht auf: Der Anblick der Vitrinen voller labbriger Tramezzini mit undefinierbarem Käse und zerknautschter Cornetti lässt dich schon mittags nach einem Negroni dürsten.") unterstreicht er mit Trommelwirbel, zerbrechendem Glas und einer Horrormelodie. Für Oliver Cermak, der sich nach dem Schlusssatz zu ihm gesellt, hat sein Wunderapparat sogar einen sexy Pfiff parat.

Cermak bittet alle Vortragenden des Abends, sich noch einmal auf der Bühne einzufinden – „zum Voting", wie er sagt. Der Reihe nach legt er seine Hand auf oder um die Schulter der Kandidatinnen und Kandidaten und zeigt uns im Publikum mit einer animierenden Handbewegung, dass wir an der Reihe sind. Alle Teilnehmer werden bejubelt. Ob für ihren Mut oder Humor, ihre Nonchalance oder Kritikfähigkeit, geht aus dem Beifall nicht hervor. Die kreative Darbietung dürfte aber keinen unbeträchtlichen Teil der Wertung ausmachen.

Beim Ukulele spielenden Bowl-Boy scheinen die Hände eine Nuance beherzter ineinanderzuklatschen und die begeisterten Pfiffe einen Augenblick länger anzudauern. Musik ist eben unbesiegbar. Nachdem er die lautstarken Urteile zu allen fünf eingeholt hat, schlendert Cermak in Zeitlupe zurück zur Bühnenmitte und reißt, ganz Ringrichter, den Arm des Favoriten mit einer Wucht in die Luft, die den Dutt auf dessen Hinterkopf wild hin und her schlackern lässt. Vom Bühnenrand nimmt der Moderator eine Flasche Schampus entgegen und überreicht sie feierlich dem Sieger.

Wie viele von Eddis Lokalbesprechungen wohl schon an Abenden wie diesem dargeboten worden sind? Ob jemand aus einer seiner Rezensionen einen Song gemacht und den eigenen Abgesang in eine Siegeshymne verwandelt hat? Solche Critic-Slams fänden alle zwei Monate statt. Nicht immer in der alten Industriehalle, erfahre ich, und natürlich würde man sich mit dem Catering abwechseln, das Prinzip sei aber immer dasselbe: Je übler man sein Fett wegbekommt, desto besser.

„Chefs only", betont Mari, als wir nach der Siegerehrung frische Luft schnappen, und gibt mir mit einem eindringlichen Blick zu verstehen, dass meine Stippvisite selbstverständlich unter uns bleiben muss.

„Also", Mari verschränkt die Arme vor der Brust, während sie sich an die Backsteinwand lehnt, „was denkst du? Dass es allen da drin am Arsch vorbei geht, was deine Kollegen über sie schreiben?"

Den „Arsch" versieht sie mit in die Luft geschriebenen Anführungszeichen.

Ich wiege den Kopf. Ein Zugeständnis, das meine Gesprächspartnerin mit einem Lächeln annimmt.

„Eine Sache verstehe ich trotzdem nicht. Klar, es macht einem bestimmt Mut, wenn man sieht, dass selbst die Aushängeschilder der Branche ..." Ich stocke.

„Dass auch nicht alles Gold ist, was sie aus ihrer Fritteuse fischen?"

„Mhm. Aber was ist mit denen auf der Bühne? Was haben die davon? Von der Chance auf einen Gratisrausch einmal abgesehen."

Mari starrt in den halbdunklen, sternenlosen Himmel und zieht die Schultern zu ihren Ohren.

„Weißt du, negative Bewertungen können auch befreiend sein." Meine hochgezogenen Augenbrauen geben Mari zu verstehen, dass ich mit ihrer Antwort nicht allzu viel anfangen kann.

„Jeder von uns hat Angst zu versagen, Erwartungen nicht zu erfüllen. Wenn dir dann gesagt wird, das, was du machst, ist nicht gut genug, ist das schon scheiße. Aber es bringt auch kreative Freiheit und treibt dich an."

Ich folge Maris Blick nach oben, als wäre ihr Gedankengang dort auf einem riesigen Flipchart dokumentiert.

„Wie bei Green Day, meinst du?"

Mari legt ihren Kopf in den Nacken und lässt ihn fragend in meine Richtung kippen.

„Die mussten für *Warning* auch ordentlich einstecken. Als nächstes Album haben sie *American Idiot* rausgebracht und dafür sogar einen Grammy kassiert."

„Dann wie Green Day, ja."

Als das Hausgebraute ausgetrunken ist, ziehen Mari, Gia und eine Handvoll Kollegen noch weiter in eine Bar. Ohne mich – während die anderen über ein paar Drinks ihren Arbeitsalltag vergessen wollen, könnte mir dasselbe mit meiner erdichteten Köchinnen-Existenz passieren. Einen Vorwand für meinen Abgang muss ich nicht lange suchen, schließlich wartet morgen in aller Frühe ein imaginärer Flieger nach Berlin auf mich.

18

Obwohl es seine Besitzer inzwischen bestimmt öfter gewechselt hat als so manches Zimmer im dahinterliegenden Studentenwohnheim, hat sich das Kaffeehaus in der Spitalgasse Ecke Währinger Straße seit unserer Studienzeit kaum verändert. Die ehemals rötliche Holzvertäfelung an den Wänden hat ihre weißgraue Shabby-Chic-Phase wieder hinter sich gelassen und glänzt heute in gediegenem Dunkelbraun. In einer Ecke, unter mehreren Farbschichten verborgen, ist die Nummer 13 eingeritzt. Nicht als Unglückszahl – ganz im Gegenteil – stellvertretend für das gleichnamige Album der Ärzte, das Patrick und ich, kaum dass wir es aus seiner CD-Hülle befreit hatten, rauf und runter gehört haben. Das Personal ist trotz der starken Fluktuation über die Jahre gleich geblieben, es setzt sich auch heute noch aus müden Fräuleins und noch müderen jobbenden Studenten zusammen. Anfangs mit einem Päckchen Zucker, das etwas über ein Sternzeichen (nie das eigene) zu berichten wusste, wurde der Kaffee eine Weile lang mit einem Karamellkeks serviert, dann – von den großen Zuckerstreuern auf den Tischen abgesehen – ganz ohne süßes Beiwerk und neuerdings von einer schokolierten Mandel begleitet. Wahrscheinlich sind auch die Torten in der Vitrine je nach Eigentümer mal höher und verzierter, mal gröber und schlichter ausgefallen. Von Patrick und mir wurden sie selten eines Blickes gewürdigt. Wenn wir unsere Vorlesungen am Institut für Publizistik- und Kommunikationswissenschaften abgesessen hatten, ließen wir unsere Rucksäcke von unseren Schultern rutschen und verschanzten uns hinter einem Ecktisch. Die wechselweise in Passepartout-Rahmen eingefasste, zellophanierte oder auf kleine Holzboards geklippte Karte brauchten wir gar nicht erst zu studieren, denn unser Einsermenü war immer verfügbar.

„Ich hab schon für uns bestellt", heißt mich Patrick mit einer Umarmung willkommen. Kein Ecktisch diesmal – die aktuellen Besitzer haben sich für runde Bistrotischchen entschieden.

Eigentlich wären wir schon mittags verabredet gewesen, aber dann hatte Patrick kurzfristig abgesagt und vorgeschlagen, dass wir uns nach der Arbeit im Café treffen.

„Gut so, du bist ja auch mit dem Spendieren dran."

Anstelle meiner in der Kurzparkzone abgestellten Psychiatercouch musste ich in der Mittagspause mit einem Sofa im Think-Tank vorliebnehmen. Zu faul, um einen der umliegenden Nudelbratenden, Dürüm-drehenden oder Würstel-grillenden Nahversorger aufzusuchen, hatte ich mich mit einem Erdbeerjoghurt aus dem Redaktionskühlschrank und einem Schokoriegel aus dem Automaten begnügt.

„Zwei Verlängerte, schwarz, und zwei große Spezi", fasst die Kellnerin – ein besonders müdes Fräulein, deren Augenringe selbst denen des Studenten hinter der Theke Konkurrenz machen – zusammen, was sie zwischen uns abstellt. „Die Schinken-Käse-Toasts kommen gleich."

„Mit doppelt Ketchup", fügt Patrick hinzu, woraufhin das Fräulein erschöpft nickt.

„Na, alles gut bei dir? Ist Horvath immer noch auf dem Wiedergutmachungs-Trip?", fragt Patrick und leert sein Spezi mit einem Schluck bis zur Hälfte.

Auch wenn ich ihr den Wunsch nach einem Interview mit Weltenbummler Weigelböck nicht erfüllen konnte, hatte Horvath meinen Einsatz für die Geschichte zu schätzen gewusst und war die ersten Wochen rund um Charlottes Arbeitsbeginn besonders bemüht gewesen, meinen Wünschen nachzukommen. Eine ausführliche Besprechung zur neuen Platte einer jungen Singer-Songwriterin anstelle der üblichen Kurzkritiken zu drei unterschiedlichen Alben? „Klingt gut!" Ein Round-Table mit österreichischen Indie-Labels (der sogar für meinen Geschmack viel zu nischig für unser Blatt war)? „Mach nur!" Inzwischen war, wie bei allen Zerwürfnissen, deren nachfolgende Versöhnung immer weiter in die Vergangenheit rückt, auch in die Beziehung von meiner Chefredakteurin und mir der Alltag zurückgekehrt.

„Schön wär's! Aber schon okay. Immerhin ist bald wieder Festivalsaison."

„*The most wonderful time of the year*", ahmt Patrick den Singsang von Andy Williams Weihnachtsklassiker nach.

„Du sagst es! Außerdem hab ich jemand Interessantes kennengelernt."

Patrick stützt das Kinn in seine Hand und beugt sich mit einem schulmädchenhaften Augenaufschlag zu mir nach vorne.

„Lass mich raten: Musiker? Intendant? Nein, warte, ein Produzent?"

Bei dem Versuch, ihn in den Oberarm zu boxen, bringe ich fast mein Spezi zum Kippen.

„So stereotyp ist mein Beuteschema auch wieder nicht", verteidige ich mich und verbrenne mir am heißen Kaffee die Oberlippe.

Statt mich eines Besseren zu belehren, lehnt sich der Mensch, der mich besser kennt als jeder andere, in seinem Stuhl zurück, verschränkt die Arme vor der Brust und sieht mich mit dem Blick eines Lehrers an, der sagen will: „Wirklich? Papa hat deine Hausaufgaben versehentlich in den Aktenvernichter gesteckt?"

Ich stelle in meinem Kopf eine Liste mit meinen Liebschaften der letzten Jahre und ihren jeweiligen Betätigungsfeldern auf.

„Tobi war Biologe! Ha!", bohre ich meinen Zeigefinger ein bisschen zu energisch in die Luft.

„Hat aber ausgesehen wie der Gitarrist einer Punkband."

Touché. Einen anderen Kandidaten könnte ich noch ins Treffen führen. Da mir dieser aber direkt gegenübersitzt, behalte ich seinen Namen für mich.

„Eure Toasts, bitte schön. Mit extra Ketchup", reißt mich die Kellnerin aus meinen Gedanken und für einen Moment ist alles wieder wie früher. Als wäre inzwischen nicht mehr als ein Jahrzehnt vergangen.

Nachdem ich den Ketchup-See auf meinem Teller mit einem der beiden Dreiecke mit dunklen Bräunungsstreifen zu guten zwei Dritteln aufgetunkt habe, versuche ich, das Gespräch in eine andere Richtung zu lenken.

„Du würdest sie mögen, denk ich."

„Sheeee?" Patrick kämpft mit einem fetten Käsefaden, der sich von seinen Lippen bis über den Teller spannt.

„Mari. Meine neue Bekanntschaft. Sie kocht in dem Restaurant, von dem Horvath unbedingt wollte, dass ich es noch vorstelle."

„Schau an, schau an. Wer hätte gedacht, dass du Köche einmal *interessant* finden würdest?"

„Nicht Köche. Mari. Mit ihr kann man wirklich Spaß haben. Letztens zum Beispiel waren wir bei diesem schrägen ..."

Chefs only!, poppt ein Warnhinweis vor meinem geistigen Auge auf.

Patrick hat gerade den letzten Bissen von seinem Toast verspeist und ist dummerweise ganz Ohr.

„Ach, so ein schräges Lokal. Nicht so wichtig. Ihr solltet euch auf jeden Fall kennenlernen."

Vor Patrick ein Geheimnis zu haben, und sei es auch noch so ein unbedeutendes, fühlt sich komisch an. Was sollte er mit dem Wissen über den geheimen Club von ein paar Köchen auch anstellen? Trotzdem habe ich das Gefühl, ich würde Maris Vertrauen verraten, wenn ich etwas vom Abend in der Lagerhalle ausplaudere. Normalerweise lässt sich mein Psychologe auf Rädern nicht so leicht abwimmeln und hätte mein Ausweichmanöver sofort entlarvt, heute wirkt Patrick allerdings irgendwie abwesend.

Ich erzähle Patrick von Papas Unfall, dem unverhofften Backnachmittag mit Mama und ihrem Wunsch, dass er sich mal wieder blicken lassen soll. Patrick meint, gerne – wenn er dann auch frittierte Curu-Dings-Donuts bekommt. Als ich frage, ob wir (womit ich meine: er) langsam zahlen und aufbrechen sollen, macht er einen verlegenen Eindruck. Jetzt kommt wahrscheinlich, dass er sein Portemonnaie im Auto vergessen hat und ob ich diesmal nicht doch einspringen könnte.

„Soll ich das ausnahmsweise übernehmen?"

„Nein, nein, das ist es nicht", druckst Patrick herum.

„Geht's um heute Mittag? Was war überhaupt los? Was Unangenehmes?"

„Überhaupt nicht. Na ja, wie man's nimmt", weicht er aus und rutscht dabei nervös auf seinem Stuhl herum. Das ist eine von Patricks liebsten Maschen. Er tut so, als wäre etwas richtig Schlimmes passiert, bevor er mit einer ziemlich guten Nachricht herausrückt, die dann im Angesicht der erwarteten Schreckensmeldung umso großartiger wirkt. Auf diese Art und Weise hatte ich über die Jahre von Gratiskinokarten, einem saftigen Trinkgeld, das sogleich in die nächste Happy Hour investiert wurde, und seiner verfrühten Krankenhausentlassung erfahren.

„Ich hab ein Angebot für einen Job bekommen. Ein richtig gutes."

Paukenschlag. Konfettiregen. Der Good-News-Guy hat wieder zugeschlagen.

„Hey, gratuliere!", umarme ich ihn über den Tisch hinweg und merke dabei, dass ich mich über seine Neuigkeiten offenbar mehr freue als er selbst.

„Danke." Sein Gesichtsausdruck gleicht dem eines Teenagers, der gerade VIP-Tickets für Semino Rossi gewonnen hat.

„Was ist los? Ich denke, der Job ist richtig gut."

„Ist er auch. Das heißt aber nicht, dass er dir gefallen wird."

„Wirst du menschlicher Crashtest-Dummy?"

Mit meinem Scherz scheine ich gar nicht so weit danebenzuliegen.

„Ach komm, so wild wird's schon nicht sein", versuche ich, Patrick, in erster Linie aber mir selbst gut zuzureden.

„Einer meiner Stammkunden, ich fahre ihn schon seit Jahren, jedenfalls will er, dass ich sein persönlicher Chauffeur werde."

„Okay. Was genau wird mir daran nicht gefallen?"

„Seine Investmentfirma sitzt in Dubai."

Viele von Patricks Kunden arbeiten für internationale Firmen, weshalb ich annehme, dass es sich bei seinem potenziellen, neuen Arbeitgeber um ein politisch oder moralisch fragwürdiges

Unternehmen handeln muss. Ob sie wohl in Waffen investieren? Patrick sitzt geduckt da wie jemand, der gerade eine Feuerwerksrakete gezündet hat und wartet, dass sie losgeht.

„Du sollst ihn *in* Dubai chauffieren?!"

„Mhm."

„Und das willst du? Ich meine, dort hat es was, 35, 40 Grad? Die Autobahnen haben zwölf Spuren, hab ich letztens in einer Doku gesehen."

„Er hat einen riesigen Fuhrpark. Chrysler, Porsche, McLaren, alles da. Klimatisiert, eh klar."

„Und solche Schlitten kannst du hier nicht fahren? Wofür gibt's Leasing?"

„Das ist meine Chance, hier mal rauszukommen, Sofia. Weiter als bis zum Flughafen Schwechat oder zum Sommerfrischesitz irgendwelcher Kunden im Salzkammergut. Gerade du müsstest das doch verstehen."

„Tu ich. Irgendwie. Aber willst du nicht noch mal drüber schlafen? Ein paar Tage Bedenkzeit sind doch sicher drin."

Patrick nimmt einen tiefen Atemzug und schiebt seine Finger auf der Tischplatte ineinander.

„Heute Mittag ... hab ich meinen Vertrag unterschrieben."

So muss es sich anfühlen, wenn du zum Stagediving von der Bühne springst, und keiner fängt dich auf.

„Bei euch noch alles in Ordnung?", will das Fräulein wissen, ohne sich der Ironie ihrer Frage bewusst zu sein, und serviert unsere mit Ketchup verschmierten Teller nach einem stoischen Nicken von Patrick ab.

„Aber wie ...? Wann geht das Ganze los?"

„In zwei Monaten fang ich an."

Weil ich Patrick nicht in die Augen schauen kann, versuche ich etwas anderes im Raum zu fixieren. Mein Blick streift die Lampenschirme, die schlaff und träge von der Decke hängen, die traurigen Topfpflanzen auf den Fensterbrettern und die Menagen mit Salz, Pfeffer und Zahnstochern, die an einer Ecke der Bar zusammengedrängt stehen.

Alles im Café kommt mir mit einem Mal fremd vor.

„Ich werde alle paar Monate wieder hier sein, wenn er in Wien Termine hat. Auch mal eine ganze Woche", höre ich Patrick wie durch Watte gedämpft sagen. Ich will mich im Winkel der alten knorrigen Eckbank verkriechen, die es nicht mehr gibt. Genauso wenig wie die mit dem Kugelschreiber eingeritzte 13, die vor dem Neuanstrich der Vertäfelung bestimmt sorgfältig abgeschliffen worden ist.

Er hat mich nicht einmal gefragt, bevor er unterschrieben hat. Klar hätte ich versucht, ihm das auszureden. Immerhin geht es da nicht um eine neue Stadt oder ein anderes Bundesland, sondern um einen anderen Kontinent! Wie schickt man jemanden in die Wüste, der freiwillig dorthin will?

„Sofia", probiert es Patrick noch einmal, aber mein Unterbewusstsein ist damit beschäftigt, einen Best-of-Zusammenschnitt aus gemeinsamen Erinnerungen abzuspulen, der eigentlich einer Nahtoderfahrung vorbehalten sein sollte. Patricks kleine Gesangseinlage am ersten Unitag. Patrick mit kolossalem Sonnenbrand und weißen Sonnenbrillenrändern am FM4 Frequency Festival. Patrick, der zum Tatort-Marathon mit zehn Packungen Popcorn vor meiner Tür aufkreuzt. Patrick mit türkisblauem Irokesen, nachdem er unsere Wette zum Musikvideo des Jahres verloren hatte. Patrick lachend am Vordersitz des Patmobils. Patrick, wie er sich verschlafen zu mir umdreht und mich küsst.

Bevor sich das Bild des zerknirschten Patrick, der versucht, mich vom Gehen abzuhalten, einbrennen kann, muss ich raus. Aus dem Kaffeehaus. Aus meinem Kopf. Aus der Erinnerung an diese eine Nacht und den verdammten Morgen danach. Eigentlich waren wir uns einig gewesen, dass nichts es wert war, unsere Freundschaft aufs Spiel zu setzen. Aber. Wenn wir beide damals nicht so feige gewesen wären, würde er dann hierbleiben?

19

Das übertriebene Zwirbeln meiner Haare hätte ich mir getrost sparen können. Beim Anblick der solariumgebräunten Schmalzlocke in einem schwarzen T-Shirt, das enger saß als mein eigenes, wäre mir Patrick auch ohne unser vereinbartes SOS-Zeichen zu Hilfe geeilt. Selbstvertrauen hatte der Typ, das musste man ihm lassen. Auch als sich Patrick als offensiver Nebenbuhler in Position gebracht hatte, machte er keinerlei Anstalten, den Rückzug anzutreten und zu seinem nächsten Opfer weiterzuziehen. Der Freitagabend war noch jung, die Bar gut gefüllt, wir hatten schon einige Biere geleert und der DJ schien unsere Gedanken lesen zu können; warum sollten wir uns keinen Spaß daraus machen? Patrick lud mich auf ein Bier ein. Schmalzlocke zog mit einem hochpreisigen Cocktail nach und spendierte, ganz der Gönner, auch seinem vermeintlichen Konkurrenten einen Schirmchendrink. Patrick machte mir ein Kompliment zu meiner wirklich alles andere als bemerkenswerten Frisur. Schmalzlocke flüsterte mir was von wegen Augen wie Sterne ins Ohr. Nachdem Schmalzlocke mehrmals meinen Rücken betatscht hatte, legte Patrick seinen Arm um meine Schultern. Dazwischen gab es für unser unfreiwilliges Dreiergespann noch eine Runde Tequila. So hätte das ewig weitergehen können. Womöglich hatte mein Verehrer inzwischen einen Dreier ins Auge gefasst. Um deutlich zu machen, dass meine Wahl auf den anderen gefallen war, und um Schmalzlocke die Gelegenheit zu geben, sich selbst unauffällig

165

aus dem Spiel zu nehmen, sahen Patrick und ich uns übertrieben lang übertrieben tief in die Augen. Ich weiß nicht, wer die letzten Zentimeter zwischen uns überbrückt hat, nur noch, dass seine Lippen perfekt auf meine passten und ich dringend herausfinden musste, auf welche ungeahnte Weise wir beide noch kompatibel waren. Nachdem wir uns wieder voneinander gelöst hatten, sagte keiner was. Worte waren jetzt Nikotinpflaster, Berührungen der richtig gute Stoff und wir waren angefixt. Patrick hatte meine Hand genommen und nicht mehr losgelassen, bis wir uns durch das Gedränge aus der Bar hinaus gekämpft hatten. Schmalzlocke war schneller vergessen, als das Taxi fahren konnte. Meine Wohnungstür nichts als eine leidige Barriere. Jeder Millimeter Stoff zwischen uns ein einziges lästiges Hindernis. Das größte Tabu unter besten Freunden auf einmal ein harmloses Knicklicht und unsere Neugier auf sein magisches Leuchten viel größer als die Scheu davor, es zu brechen.

Ich erinnere mich, dass ich am nächsten Morgen, der irgendwann am Nachmittag angebrochen sein musste, rundum zufrieden aufgewacht bin. Eine ungewohnte Glückseligkeit, die genauso kurz anhielt wie der Dämmerzustand zwischen Schlaf und vollständiger Wachheit. Dann wurde sie vom dumpfen Hämmern in meinem Kopf, dem Sandpapier in meiner Kehle und den folgenden beiden Tatsachen verdrängt: Erstens – ich war nackt. Und zweitens – ich war nicht allein. Was aber noch viel schlimmer war: Ich wusste genau, wieso. Hinter meinen zusammengekniffenen Augen liefen Episoden des vergangenen Abends ab, gestochen scharf und in Farbe. Wo war der gute alte Filmriss, wenn man ihn brauchte?

Patrick!

Wie von meinem inneren Aufschrei geweckt, drehte sich Patrick im Halbschlaf um und gab mir einen Kuss. Was sich vor ein paar Stunden ganz natürlich, harmonisch, einfach großartig angefühlt hatte, war – oh Gott! – immer noch viel zu gut. Als wären wir in einem Sofia-Coppola-Film aufgewacht, passierte erst einmal eine Weile lang nichts. Wir lagen uns reglos und schweigend gegenüber und sahen uns an. Unfähig, das Chaos in meinem Kopf, geschweige denn Herz zu ordnen, stand ich auf und fing an, die verstreuten Klamotten aufzusammeln. Kam es mir nur so vor, oder war Patrick über meinen nicht vorhandenen Kaffeevorrat ähnlich erleichtert wie ich? Wieder in Klamotten und draußen auf der Straße fiel es wesentlich leichter, zurück in die gewohnten Rollen zu schlüpfen. Erst als wir mit zwei großen Bechern auf der Fensterbank vor dem Coffeeshop Platz genommen hatten, begann Patrick verlegen das unausweichliche Gespräch.

„Heute Nacht war ...“

Wahnsinn. Schön. Echt heiß. Falsch! Falsch! Falsch!, versuchte mein Bewusstsein die Lücke, die durch Patricks Zögern entstanden war, zu füllen.

„Mach dir keinen Kopf. Wir müssen ja nicht mehr daraus machen, als es ist. Ich meine, was sollte das auch sein?“

Erst als die Frage meinen Mund verlassen hatte, merkte ich, wie sehr ich mir eine Antwort darauf wünschte.

„So was nennt man dann wohl *Friends with benefits*“, versuchte Patrick, die Situation mit Humor zu entschärfen. Für einen Moment schien es ihm zu gelingen, aber als ich ihm reflexartig in den Arm boxte, traf mich sein hinreißendes Lächeln völlig unvorbereitet. Wie von selbst erstellte sich hinter meiner Stirn eine

Pro- und Kontraliste. Jedem Pro – unfassbar guter Küsser, volles gegenseitiges Vertrauen, bringt mich immer zum Lachen, der beste Sex seit Langem – folgte auf der anderen Seite unweigerlich dasselbe alles überbietende Kontra: mein bester Freund.

Patrick war meine Reaktion nicht entgangen. Jetzt wirkte er plötzlich verunsichert, fingerte nervös am Plastikdeckel seines Bechers herum.

„Das, was wir haben – so eine Freundschaft, meine ich –, sind *Benefits* ...", griff ich dankbar Patricks unverfängliche Bezeichnung auf, „es denn wert, das zu riskieren?"

Patrick atmete tief durch und blickte konzentriert in die Ferne.

„So was weiß man erst, wenn man's ausprobiert hat, denk ich."

Diesmal folgte kein Lächeln. Meinte er das ernst? War das ... ein Angebot? Mein Herzschlag beschleunigte sich.

„Oder eben, wenn es schon zu spät ist", fügte er hinzu.

Kein Angebot also. Natürlich nicht.

„Und was machen wir jetzt? Tun, als wäre nichts passiert?"

Patrick nahm einen letzten Schluck, bevor er sich mir mit gerunzelter Stirn zuwandte.

„Wie bist *du* gestern eigentlich nach Hause gekommen?"

Er versuchte ganz offensichtlich, es mir leicht zu machen. Wieso fiel es mir so schwer, ihm denselben Gefallen zu tun und es gut sein zu lassen? Ich pfefferte unsere leeren Becher zusammen mit meinen verwirrenden Gefühlen in den nächsten Mülleimer. Zum Abschied umarmten wir uns halb, so vorsichtig, als wäre einer von uns verletzt, ohne zu wissen, wer.

20

Ich brauche 'Nduja. Mehr steht in der Textnachricht nicht. Genervt von der mit Prosecco-Stößchen und unverblümt neidischen Beglückwünschungen unnötig in die Länge gezogenen Redaktionssitzung, weil Toni aus der Innenpolitik seine Bildungskarenz antritt, bin ich geneigt zurückzuschreiben: Ich brauche Urlaub, die neuen Sennheiser-Kopfhörer und die Telefonnummer von Jared Leto. Da das allerdings auch den SMS-Verkehr mit Mama unnötig in die Länge ziehen würde, versuche ich stattdessen zu entschlüsseln, welches Wort Mama getippt haben könnte, bevor die Autokorrektur ihrer Kreativität freien Lauf gelassen hat. Nadja? Nudeln?

Mamas glorreichste Autokorrektur- und Tippfehler:

7. Ich hab mir heute die Haare töten lassen. Papa gefällt's.
   (Verbrechen aus Leidenschaft, oder was?)
6. Kann ich die Zeitschrift von dir wegscheißen?
   (Passt schon, war ja nur die Gratiszeitung aus der U-Bahn.)
5. Hab heute 6 Kilo Marillen eingelocht. *(Sportlich!)*
4. Freu mich schon auf morden!
   (Vielleicht sollten wir unser Treffen verschieben.)
3. Hab mich lieb. *(Dich. Denke ich zumindest.)*
2. Wir haben Papa einen neuen Anzug besorgt.
   Sieht sehr elefant aus. *(Hoffentlich habt ihr ihn
   zwei Größen größer genommen.)*
1. Du hast deine Kacke bei uns vergessen. *(Oh, shit!)*

'Nduja. Seltsamerweise kommt mir das Wort, das aussieht, als sei ihm ein Vokal abhandengekommen, bekannt vor. Bevor mir seine Bedeutung einfällt, spült mein Gedächtnis aus dem letzten Winkel seines Archivs ein anderes heraus. *Codarda.* Als würde der kleine lockige Junge mit der breiten Lücke zwischen den Schneidezähnen direkt neben mir stehen, höre ich seine hohe Stimme: „*Codarda! Codarda!*"

Dass mich der Mini-Macho damit wiederholt einen Angsthasen gerufen hatte, wusste ich damals nicht. Als Kind braucht man aber keine großen Fremdsprachenkenntnisse, um unterscheiden zu können, ob dir jemand netterweise einen Bissen von seinem Pausenbrot anbietet oder dich zu einer Mutprobe herausfordert. Wie so oft in meinem Sommer bei Nonna hatte ich mit den anderen Kindern auf dem Vorplatz einer der unzähligen Kirchen gespielt – ich glaube, es war die große mit dem gruseligen Madonnenbild, von dem alle Besucher (für mich völlig unverständlich) unbedingt ein Foto machen wollten –, als mich der Kleine zu sich vor den Eingang eines kleinen Ladens winkte. Das Einzige, was diesen von den anderen Hauseingängen unterschied, waren die mit Worten und Zahlen handbeschriebenen Zettel, die an die geöffneten dunkelbraunen Flügeltüren geheftet waren, und der kleine Mann im weißen Kittel, der ab und zu vor sein Geschäft trat und uns beim Herumtoben zusah. Dass der Junge irgendetwas ausheckte, war nicht zu übersehen. Er feixte übers ganze sommersprossige Bubengesicht, als er mir auffordernd seine Hand mit einer dicken Scheibe Weißbrot mit einer nicht weniger dicken Schicht leuchtend roter Paste entgegenstreckte. Inzwischen hatten auch einige der anderen Kinder ihr Spiel unterbrochen und beobachteten uns. Vor meinen neuen Freunden wollte ich mir natürlich keine Blöße geben, also griff ich tapfer nach dem Brot. Mir der Blicke der anderen wohl bewusst, führte ich es vor den immer größer werdenden Augen meines Herausforderers an meine Lippen und biss ein großzügiges Stück ab – nicht, dass er später noch behaupten würde, ich hätte nur daran geknabbert. Keine zwei Kaubewegungen später fühlte es sich an, als stünde mein ganzer Mund in Flammen. Ich nahm einen tiefen Atemzug, aber der schien das Feuer nur noch weiter anzufachen und ließ mir das Wasser in die Augen schießen. Das Schlitzohr war mit meiner Reaktion zufrieden und sprang, seinen Zeigefinger auf mich gerichtet, lachend von einem Bein aufs andere. Das Teufelszeug immer noch in meiner Hand tat ich das Einzige, was mich jetzt noch retten konnte. Ich nahm einen weiteren Bissen, versuchte, ihn so schnell wie möglich hinunterzuschlucken, und rieb mir mit meiner freien Hand genüsslich den Bauch, sodass es auch die anderen Kinder sehen konnten. Mein Mund brannte noch heftiger als zuvor, doch dem kleinen Fiesling war das Lachen vergangen. Sichtlich enttäuscht, nahm er mir das essbare Kriegsbeil mit einer ruppigen Bewegung weg, rief einen Freund herbei und verschwand mit diesem in einer schmalen Gasse. Als ich Nonna später von dem Erlebnis und meiner Heldentat erzählte, schmunzelte sie nur.

„La 'Nduja non ti piace, he?"

Um auf Nummer sicher zu gehen, dass es auch wirklich die scharfe Streichsalami war, nach der Mama plötzlich der Sinn steht, rufe ich sie in einer Kaffeepause an. Einen Espresso später habe ich Gewissheit und den Auftrag, bis zum Wochenende dreihundert Gramm 'Nduja aufzutreiben. Den Beweggrund dafür herauszufinden, dauert wesentlich länger.

Nachdem Papa, aufgrund seiner Operation immer noch außer Gefecht gesetzt, alles Lesbare im Haus – von sämtlichen alten *Welt-der-Wunder*-Ausgaben über Tages-, Wochen- und Gemeindezeitungen bis hin zu Flugblättern – eingehend studiert hatte, war ihm ein Bildband über die Geschichte Niederösterreichs eingefallen, den er zu seiner Pensionierung geschenkt bekommen hatte und der irgendwo bei seinen alten Dokumenten im Keller sein musste. Beim Stöbern danach hatte Mama, wie sie ausschweifend erzählte, bemerkt, dass eine Glühbirne durchgebrannt war. Auf der Suche nach einem Ersatz war ihr der prall gefüllte Rot-Kreuz-Sack ins Auge gefallen, den Papa eigentlich schon längst hatte zur Altkleidersammlung bringen wollen. Dieser thronte auf zwei alten Kartons, an die sich Mama nicht erinnern konnte und deren Inhalt sie – „wer weiß, vielleicht ist ein nützliches Gerät drinnen, auf das wir vergessen haben" – selbstverständlich überprüfen musste. Was sie darin gefunden hatte, sei sogar noch besser gewesen als eine Brotschneidemaschine oder ein Pürierstab. Tatsächlich waren in den Kartons einige Hinterlassenschaften von Nonna verstaut, die Mama und Papa nach dem Begräbnis zusammengepackt und aus Rossano mitgebracht hatten. Das Begräbnis, auf dem du nicht warst, meldet sich sofort mein schlechtes Gewissen. Bei dem Gedanken daran wird mein Brustkorb eng und die alten Gewissensbisse fangen wieder an zu nagen.

Zwischen Vasen, etwas Schmuck und Devotionalien hatte Mama jedenfalls Nonnas handgeschriebenes Rezeptheft entdeckt. Sie hatte darin gelesen und beschlossen, den wertvollen Fund mit einem Familienessen zu feiern, vorausgesetzt, sie würde bis zum Wochenende die nötigen Zutaten dafür auftreiben können.

Noch vor einem Jahr wäre Mama nicht im Traum eingefallen, ausgerechnet mich um eine solche Besorgung zu bitten. Wenn doch, hätte ich Eddis Schreibtisch am anderen Ende der Brücke aufgesucht und mir von ihm eine Adresse geben lassen. Statt dasselbe mit Charlotte zu machen, die mir bereitwillig ihre Feinkost-Finder-Dienste anbieten würde, tippe ich eine Kurznachricht an Mari. Kurios, was Papas Unfall für Früchte trägt, denke ich mir, als die zwei Häkchen am Handybildschirm den Versand bestätigen.

21

Die drei in Grün, Weiß und Rot angesprühten Fahrradreifen, die an der Wand über dem Tresen befestigt sind, bestätigen, dass ich hier richtig bin, noch bevor mein Blick die italienischen Waren in der Vitrine und auf den Regalen streift. Während in den Geschäften links und rechts daneben längst die Lichter abgedreht und die „Geschlossen"-Schilder an der Tür angebracht wurden, herrscht in dem kleinen Ladenlokal in der Haidgasse noch reges Treiben. Obwohl es kurz nach halb acht am Abend ist, scheinen in diesem Mikrokosmos sämtliche Tageszeiten aufeinanderzuprallen. Ein paar junge Kerle, Studenten wahrscheinlich, schlürfen am Tresen Kaffee, während an den Hochtischchen mit Weingläsern über Antipasti- und Salumi-Tellern angestoßen wird und eine Frau mit getigertem Einkaufstrolley einen Großeinkauf an Olivenöl und Teigwaren tätigt.

„Grüß Luca und Mario von mir", hatte Mari in der Nachricht unter die Adresse geschrieben. Die Besitzer – beide in schwarzen T-Shirts und Jeans – ausfindig zu machen, fällt auch im Getümmel nicht schwer. Einer, ein großgewachsener Mann mit grau durchzogenen Haaren, die auf seinem Hinterkopf verknotet sind, ist an einem silbernen Ungetüm von Espressomaschine zugange, der andere, ein dunkler Lockenkopf mit Oberlippenbart, manövriert ein Tablett mit Oliven und Chips in kleinen Schälchen zwischen den Kunden und Tischen hindurch. Die schnelle Erledigung für Mama dürfte sich langwieriger gestalten als gedacht.

Gerade als ich beschließe, mir die Zeit, bis ich an der Reihe bin, mit dem Studieren des Sortiments zu vertreiben, spüre ich eine Hand auf meinem Schulterblatt. „Scusa! Ganz schön viel los heute. Darf ich dir inzwischen einen Kaffee oder ein Glas Wein bringen?"

Schon sitze ich auf einem Barhocker, nippe an einem dunklen Roten und brösle mir Chipskrümel in den Schoß. Der große Einkaufsansturm ist bald vorüber und die sich langsam auflösende Kundenschar gibt den Blick auf die beleuchtete Vitrine und einen Tortenständer mit Glashaube frei. Da entdecke ich sie, meine zweite Sommerliebe nach den *Pan di Stelle:* die Vanille-Tasche mit den unzähligen hauchdünnen, knusprigen Teigschichten. Ich kneife meine Augen zusammen, um von meinem Hocker aus das handgeschriebene Täfelchen zu entziffern. *Sfogliatella.* Als sich der Lockenkopf zu mir über die Bar beugt und wissen möchte, was er für mich tun könne, erkläre ich, dass ich, also eigentlich meine Mama, 'Nduja für ein Familienrezept braucht, und richte Maris Grüße aus. 'Nduja hätten sie selbstverständlich, aber er könne sie mir natürlich nur verkaufen, wenn ich sie vorher probiert und für gut befunden hätte, verkündet Luca, der sich mir inzwischen vorgestellt hat. Während sein Cousin Mario mein Glas wieder auffüllt, reicht mir Luca ein Crostino, das er zuvor mit ein paar Tropfen Olivenöl benetzt und dem unheilvollen Rot bestrichen hat. Eine Kostprobe, keine Herausforderung. Ich nehme einen laut krachenden Bissen und warte auf den Hilferuf meiner Mundschleimhaut. Statt dem erwarteten Inferno melden meine Geschmacksknospen eine pikante Würze mit einer feinen, angenehmen Schärfe als Schlusslicht. Ich denke an Nonna und amüsiere mich über die achtjährige Sofia, deren schärfste Mahlzeit bis zum 'Nduja-Erlebnis vermutlich eine Pfefferoni von Papas Brettljause beim Heurigen war. Beim zweiten Glas Wein erfahre ich, dass die Familie von Luca und Mario aus Catanzaro stammt. Die Provinz im Süden Kalabriens kenne ich nur von vorbeisausenden Autobahnschildern. Mario erzählt mir, wie sie ursprünglich per Interrail durch Europa reisen wollten und dann bei ihrer dritten Station, mit einem Koffer voller Olivenöl, *Sardella* (einer kräftigen Fischkonserve aus Babysardellen und Chilis, wie ich mir erklären lasse) und *Riso Nero* in Wien hängen geblieben waren. Während Mario nebenbei leere Teller abserviert und beginnt, die ersten Hocker auf die Tischplatten zu stürzen, lasse ich die beiden an meinem Sommer in Rossano teilhaben und gebe die Geschichte von meinem ersten Mal 'Nduja zum Besten.

„*Il bambino,* das hätte ich sein können", meint Luca und das schelmische Funkeln in seinen Augen lässt daran keinen Zweifel aufkommen.

„Apropos 'Nduja. Was ist das für ein Rezept, das deine *Mamma* nachkochen will?"

Ich zucke mit den Schultern. Ich solle besser nachfragen, findet Mario, nicht dass am Ende noch andere Zutaten fehlen.

„Sofia? Alles in Ordnung?", wundert sich Mama über meinen verhältnismäßig späten Anruf. Wahrscheinlich habe ich sie kurz vor dem Ende eines Hauptabendfilms – Melodram oder Thriller, wenn sie aussuchen durfte, Krimi oder Quizshow, wenn Papa an der Reihe war – erwischt.

„*Arancini alla 'Nduja",* wiederhole ich Mamas Worte für Luca und Mario, woraufhin die beiden wissend nicken und sich Luca unverzüglich in Bewegung setzt. Als ich auflege, hat er bereits eine Selektion an Produkten zusammengetragen, die er mir auf der Theke feilbietet.

„Unsere *'Nduja di Spilinga* kennst du ja schon. Hier haben wir *Carnaroli-Reis* aus dem Piemont – die beste Wahl für Risotto *al dente*. Safran aus Navelli. Und für den Kern – ich denke nicht, dass deine Nonna Mozzarella verwendet hat – *ecco, il Caciocavallo!*"

„Wenn du dazu einen Wein möchtest: Unser Nero d'Avola würde gut passen", fügt Mario hinzu.

„Prima, kommt alles mit!", lasse ich mich von der Begeisterung der beiden anstecken. „Nur zwei Fragen noch: Kann ich mit Karte zahlen? Und was sind gleich nochmal *Arancini?*"

Mit zwei gut gefüllten Papiertragetaschen und einem herrlichen Damenspitz trudle ich kurz vor 23 Uhr in meiner Wohnung ein. Ich räume den Käse, dessen birnenförmige Konturen mich in meinem Zustand mehr als angebracht belustigen, in den Kühlschrank und widme mich dem in dünnem Papier eingeschlagenen Päckchen, das ganz oben auf Mamas Einkäufen liegt. Als unter dem raschelnden Papier großzügig mit Puderzucker bestreute Teigschichten zum Vorschein kommen, wechselt mein Herz von Adagio auf Allegro. Luca war es nicht entgangen, dass ich den ganzen Abend mit der *Sfogliatella* geflirtet hatte. Bevor er mir zum Abschied die beiden Taschen überreichte, hatte er dezent die Glashaube gelüftet und das Päckchen, ohne ein Wort darüber zu verlieren, dazugeschummelt.

Während der zarte Fächer unter meinen Zähnen nachgibt und darunter die üppig-cremige Vanille-Fülle in seinem Inneren zum Vorschein kommt, überkommt mich eine vertraute Euphorie, die sich seit einiger Zeit rar gemacht hatte. Meine Gedanken verselbstständigen sich, formen Sätze und suchen nach treffenden Formulierungen für das am heutigen Abend Erlebte. Die

Arancini alla 'Nduja

Diese scharfen, knusprig frittierten Risottobällchen, die Mama
in Nonnas Rezeptheft wiederentdeckt hat und die mich zu Mario und
Luca geführt haben, sind nicht nur ein beliebtes Finger- und Partyfood,
sondern auch als Resteessen mit übrig gebliebenem Risotto Gold
wert – in dem Fall einfach mit Schritt 4 beginnen.

(Ergibt 8–10 Stück)

1 mittelgroße Zwiebel	Pfeffer aus der Mühle und Salz
50 g Parmesan	100 g 'Nduja
3 EL Olivenöl	60 g Caciocavallo (oder anderer Pasta-
250 g Risotto-Reis (Arborio oder Carnaroli)	Filata-Käse wie Provola, Scamorza)
100 ml trockener Weißwein	70 g Mehl
1 l warme Gemüsebrühe	2 Eier (L)
1 TL Safranfäden (optional, siehe Tipps)	120 g Semmelbrösel
1 EL Butter	1 l Rapsöl zum Frittieren

1. Die Zwiebel schälen und fein hacken. Den Parmesan grob reiben. Das Olivenöl in einer großen Pfanne erhitzen, die Zwiebeln hinzugeben und bei mittlerer Hitze etwa 10 Minuten glasig anbraten.

2. Den Reis hinzufügen und unter Rühren anschwitzen. Sobald er knistert, mit Weißwein ablöschen und diesen verkochen lassen.

3. Eine Schöpfkelle Brühe angießen, umrühren und köcheln lassen. Wenn in der Pfanne keine Flüssigkeit mehr vorhanden ist, Brühe nachgießen. So verfahren, bis der Reis nach 15 bis 20 Minuten bissfest gekocht ist. Butter und Parmesan einrühren und das Risotto salzen und pfeffern. Das Risotto etwa 1 Stunde abkühlen lassen oder über Nacht im Kühlschrank aufbewahren.

4. Den Käse in 1 × 1 Zentimeter große Würfel schneiden. Die Eier aufschlagen und in einer Schale verquirlen. Mehl und Semmelbrösel in zwei separate Schalen füllen.

5. Die Hände mit kaltem Wasser befeuchten. 2 Esslöffel Risotto in eine Handfläche geben und mit der anderen Hand leicht flach drücken. 1 Teelöffel 'Nduja und einen Käsewürfel in die Mitte setzen und die Füllung mit einem weiteren Esslöffel Risotto umschließen. Mit beiden Händen zu einem kompakten Bällchen mit 5 bis 6 Zentimeter Durchmesser formen. 8 bis 10 solche Bällchen herstellen.

6. Jedes Reisbällchen leicht bemehlen, durch die Eier ziehen und in den Semmelbröseln rollen.

7. Den Backofen auf 100 °C Ober-/Unterhitze vorheizen. Das Öl etwa 5 Finger hoch in einen Topf füllen und auf 170 °C erhitzen. Zum Temperaturtest ein paar Semmelbrösel hineinwerfen – wenn sie knisternd oben schwimmen, ist das Öl heiß genug. Portionsweise je 2 bis 3 Arancini für 4 bis 6 Minuten goldbraun frittieren, auf Küchenpapier abtropfen lassen und im Backofen warmhalten.

Tipp: Für einen noch feineren Geschmack und eine schöne Farbe Safranfäden im Mörser zerstoßen und in die Brühe geben. Einfacher lassen sich die Bällchen formen, wenn das Risotto vollständig abgekühlt ist.

familiäre Atmosphäre. Der Wein mit seinem betörenden Kirsch-
aroma. Das unzertrennliche Cousin-Gespann, das seine Wahl-
heimat mit Delikatessen von Zuhause verwöhnt. Auch als ich
später satt und selig unter die Decke krieche, will die Flut an Eindrücken, die darauf warten, in Worte gegossen zu werden, einfach nicht verebben. Meine Finger beginnen zu kribbeln. Jetzt
schlaf endlich, meldet sich meine Vernunft. Spar dir deine Energie für die Alben-Rezensionen morgen früh. Oder für das Interview mit den Kultclub-Betreibern am Nachmittag. Wenigstens
fürs längst überfällige Ausmisten des E-Mail-Posteingangs. Um
Horvath erfolgreich aus dem Weg zu gehen, nachdem ihr „Überraschung – ein angegrauter Schlipsträger" den Titel Chefredak-
teur*in des Jahres vor der Nase weggeschnappt hatte. Um Horvath gar nicht erst aus dem Weg gehen zu müssen, sondern mir
das finale Go für die Geschichte über die Green Festivals zu holen. Für den einen Kilometer zum Gasthaus Wenzel, um in dieser
Woche wenigstens *eine* Mittagspause abseits vom Schreibtisch zu
verbringen. Für die zwei Straßenbahnstationen, die ich doch einmal früher aussteigen und zu Fuß gehen könnte. Für eine gesun-
de Schlafdauer von annähernd sieben vollen Stunden. Aber wem
soll ich hier eigentlich was vormachen? Erst als ich das Licht wieder anknipse, nach einem Stück Papier und einem Kugelschreiber taste und die Essenz dieses Abends auf die Rückseite eines alten Print-at-home-Tickets fließen lasse, stellt sich langsam Ruhe
in meinem Kopf und Weite in meinem Brustkorb ein. Schreiben
war schon immer die beste, wenn nicht die einzig wirksame Me-
dizin gegen einen überbordenden Mitteilungsdrang. Das war damals so, als ich nach einem Konzert, statt hundemüde ins Bett
zu fallen, Stunden mit Notizenmachen verbracht habe, erst für

mein Tagebuch, später für das Jugendkultur-Magazin. Und jetzt ... ja, wofür eigentlich?

Dank meiner von *Sfogliatella* befeuerten Nachtschicht bin ich entsprechend gerädert, als es kurz vor sieben an der Tür klingelt. Hatte ich gestern bei unserem Telefonat allen Ernstes eingewilligt, dass Mama die Einkäufe heute vor der Arbeit abholen kommt? Vielleicht sollte ich Horvath das nächste Mal, wenn ich sie um eine Gehaltserhöhung oder eine Reise zu einem Festival in den USA auf Firmenkosten bitte, zu Luca und Mario ausführen. Als ich Mama in Boxershorts und meinem XL-Guns-N'-Roses-Shirt die Tür öffne, strahlt sie über das ganze, für meinen Geschmack und für die Uhrzeit viel zu muntere und befremdlich gut aufgelegte Gesicht.

„Einen schönen guten Morgen!"

„Morgen", gähne ich ihr entgegen.

In der einen Hand hält sie den Autoschlüssel und ihr Portemonnaie, in der anderen ein kleines Heft mit dunkelrotem Umschlag. Mangels anderer Optionen biete ich meinem frühen Gast einen schwarzen Kaffee an und befreie eine Ecke des Couchtischs von alten Zeitungsausgaben und verstaubten Pressemappen, darunter auch die über Maris Chef, Weigelböck.

„Wie geht's Papa?", versuche ich mich an frühmorgendlicher Konversation – nicht gerade meine Stärke – und fülle den so gut wie ungebrauchten Espressokocher mit Kaffee.

„Wie soll's dem schon gehen? Er wird abwechselnd im Bett und auf dem Sofa bewirtet. Daran hat er sich inzwischen so gewöhnt, dass ich nicht weiß, wie er in zwei Wochen mit der Physiotherapie anfangen soll. Der Arzt ist mit dem Heilungsverlauf jedenfalls zufrieden."

Während Mama beim Pusten in ihre dampfende Tasse skeptisch meine vier Wände mustert, schlage ich das abgegriffene Rezeptheft auf und blättere durch die vergilbten Seiten. Die ausladende Handschrift lässt keinen Zweifel daran, dass es einmal Nonna gehört hat. Mit den bauchigen Buchstaben war meine Großmutter ähnlich verschwenderisch umgegangen wie mit dem Olivenöl beim Kochen, wovon auch die Fettflecken an den Rändern zeugen. *Polpette di Melanzane, Morsello, Ziti con Tonno e Acciughe, Mostaccioli di Soriano* – unter jeden Rezeptnamen hatte Nonna eine feine Linie mit einem verschlungenen Schnörkel am Ende gezogen, als ob sich der gezeichnete Faden ohne diesen Knoten von seinem Platz lösen und verselbstständigen könnte. Mama blättert ein paar Seiten weiter und tippt mit dem Zeigefinger auf ein Rezept, das, übersät mit roten und gelben Tapsern, besonders mitgenommen aussieht. *Arancini alla 'Nduja.*

„Was bin ich dir schuldig?", will Mama wissen, als ich ihr die Beute meines *Selezione-Italia*-Einkaufs überreiche.

„Lass nur. Mein Beitrag zum Familienessen."

Mama drückt mir einen Zehneuroschein in die Hand.

„Dann hol dir wenigstens ein gutes Frühstück. Und einen ordentlichen Kaffee."

Dass sie damit auf den Kaffee, den ich ihr gerade vorgesetzt habe, anspielt, kapiere ich erst, als Mama bereits zur Tür hinaus ist. Wird Kaffee eigentlich schlecht? Ich kann mich nicht erinnern, wann ich das letzte Mal einen zu Hause und nicht, um keine Minute Schlaf zu verschenken, aus einem Pappbecher am Weg getrunken habe.

„Also bis Sonntag um zwölf. Sei pünktlich! Und bring gerne Patrick mit", hallt Mamas Stimme durch das Stiegenhaus.

22

Die lange Schlange schiebt sich und ihre mit Campingsesseln, Bierpaletten und zerlegten Pavillons beladenen Sackkarren langsam in Richtung Eingang des großen weißen Zeltes. Mari, die sich gerade an eine Gruppe in kurzen Armeehosen und Kapuzenpullis dranhängen will, wirft mir über ihre Sonnenbrille einen skeptischen Blick zu, als ich, statt mich ebenfalls anzustellen, auf einen der daneben platzierten Container zuspaziere. Erst als ich ihr mit einer Handbewegung zu verstehen gebe, dass sie mitkommen soll, setzt sie sich in Bewegung. Verglichen mit früher sind die Festival-Veranstalter heute wesentlich knausriger, was Gratistickets für Begleitpersonen betrifft. Die Zeiten, in denen du am Eingang kurz deinen Presseausweis gezeigt und direkt in den VIP-Bereich durchgewinkt wurdest, sind vorbei. Wenn du dich nicht Wochen im Voraus online akkreditieren lässt, hast du eben Pech gehabt. Nachberichterstattung bekommen sie auch über die Facebook-, Instagram- und Twitter-Accounts von Tausenden Besucherinnen und Besuchern mehr als genug – und die spielen obendrein Geld in die Kassen. Zumindest die Vorverkaufsgebühren hatte ich mir für Maris Ticket gespart. Und selbst wenn ich den vollen Preis dafür hätte blechen müssen, wäre mir kein perfekterer Weg eingefallen, um mich bei ihr für die Weigelböck-Geschichte und den Critic-Slam zu revanchieren. Wie es der Zufall will, treten Cypress Hill, die Latino-Hip-Hop-Truppe aus Kalifornien, deren T-Shirt Mari bei unserem Treffen in der

Bar getragen hat, am Nova Rock Festival auf. Kaum hatte ich die Band im Line-up entdeckt, hatte ich Mari auch schon eingeladen, ohne mich davor auch nur um mein eigenes Ticket gekümmert zu haben. Meine Voreiligkeit hatte sich letztendlich aber bewährt, denn es dauerte fast zwei Wochen, bis sich Weigelböck breitschlagen ließ, seiner Sous-Chefin für den Mittags- *und* Abendservice an einem Samstag freizugeben. Damit würde er wohl einen kompletten Tag lang in der Küche seines eigenen Restaurants festsitzen, statt sich auf irgendeiner Bühne in der Bewunderung seiner Kollegenschaft zu sonnen.

Nach einem kurzen Wortwechsel mit der Dame am Containerschalter zieren zwei bunte Bändchen unsere Handgelenke und das Zelt, das als Zutrittsschleuse zum Festivalgelände dient, liegt hinter uns. Cypress Hill, verrät uns das Programm, spielen erst um 23 Uhr auf der Roten Bühne, genug Zeit, um das von der sengenden Nachmittagssonne aufgeheizte Areal zu erkunden. Auf dem hundertfünfzig Hektar großen Gelände lassen sich an einem einzigen Wochenende sämtliche Erlebnisse nachholen, die man das restliche Jahr über verpasst hat. Noch nicht im Prater gewesen? Riesenrad und Bungee-Jumping-Kran stehen bereit. Keine Gelegenheit zum Shoppen gefunden? Bei den Merch-Ständen kannst du dich von Kopf bis Fuß mit Käppis, T-Shirts, ja sogar Socken mit dem Logo deiner Lieblingsband neu einkleiden. Nicht in den Zoo geschafft? Ein paar Affen triffst du auf Festivals immer – mit etwas Glück tragen sie Gorilla-Kostüme, wenn du Pech hast, nichts als Stringtangas in Neonfarben. Wir lassen uns die Gitarrenriffs von Zebrahead am Trommelfell zergehen, staunen über das Schottenrock-Aufgebot im Publikum der irisch-amerikanischen Dropkick Murphys und noch mehr über die Energie, mit der ein inzwischen fast siebzigjähriger Alice Cooper über die Bühne wirbelt. Bei *Poison* grölen wir jede Textzeile mit, die sich uns während unserer Jugend in erster Linie dank mittelmäßiger Cover-Versionen ins Langzeitgedächtnis eingebrannt hat *("One look, could kill. My pain, your thrill")*.

„Die üppige Schminke mal weggedacht, sieht Alice Cooper haargenau so aus wie mein erster Chef", behauptet Mari.

„Was bleibt nach dem Abschminken denn noch von Alice Cooper übrig?"

„Sag ich doch, Seppi Steidl vom Buffet im Angelibad", meint Mari trocken.

Während Alice seinen schwarzen Gehstock in die Luft bohrt, als würde er damit eine Armee der Dunkelheit dirigieren, wandern wir die von Flutlichtern beleuchtete Passage hinüber zur Roten Bühne, um den Beginn der Band, wegen der wir eigentlich hier sind, nicht zu verpassen. Kaum bahnt sich der eingängige Beat von *Insane in the Brain* durch die Lautsprecher den Weg ins Publikum, verwandelt sich das Gelände in eine riesige Hüpfburg. Alles springt, leere und volle Plastikbecher fliegen durch die Luft. Mari gibt ein beherztes „Woohoo!" von sich, dann werden auch ihre Gelenke zu Sprungfedern und katapultieren ihre kleine Gestalt in die von warmem Bier, Schweiß und AXE-Bodyspray geschwängerte Luft. Ich kann nicht anders, als mich der wabernden Masse anzuschließen. Das erste Mal seit Langem erlebe ich selbst ein Festival mit Haut und Haaren, statt den aufregenden Festival-Geschichten anderer hinterherzujagen.

„Halt mich für einen Snob, aber warum gibt's auf Festivals eigentlich nie gutes Essen?", will Mari von mir wissen und stochert in ihrem Nasi Goreng herum. Mitternacht stellt im Festival-Tagesablauf so was wie den zweiten Mittag dar. Nach der letzten Show des Abends wimmelt es am Food-Court nur so vor hungrigen Nacht-eulen, die vor den Foodtrucks Schlange stehen, um wenig später auf Bierbänken oder am Boden kauernd über ihre Beute herzufallen. Ich geniere mich ein wenig, dass mein Bambusschälchen mit dem leuchtend gelben Reis schon halb leer gegessen ist – eine Stunde lang menschlicher Flummi spielen macht aber auch Appetit.

„Wahrscheinlich aus demselben Grund, warum in Restaurants nie gute Musik gespielt wird", mutmaße ich. „Was anderes ist wichtiger."

Mari unterbricht ihr lustloses Stochern und neigt ihren Kopf zur Seite, als hätte ich gerade etwas höchst Philosophisches gesagt, das weiterer Kontemplation bedarf.

„Wie bist du eigentlich in der Küche gelandet", frage ich auf der Rückfahrt im Vierer-Golf von Moritz, dem „Texturkünstler" aus Maris Küchenteam, bei dem sie noch was guthatte.

„Die ganze Geschichte?"

„Klar, schieß los!"

Mari erzählt mir von ihrem ersten Sommerjob bei Alice Coopers Wiener Doppelgänger im Angelibad-Buffet und wir landen blitzartig bei einem Contest der schlimmsten Ferien- und Studentenjobs aller Zeiten:

- Eisverkäuferin. Wenn schon Stimmen im Kopf, dann bitte keine, die dir die ganze Nacht in Dauerschleife Eissorten aufzählen: „Stracciatella, Vanille, Erdbeere, Pistazie ...".
- Kinderanimateurin. Die Eltern geben ihre kleinen Biester nicht ohne Grund ab.

- Empfangsdame beim Zahnarzt. Für geschwollene Wangen, eingerissene Mundwinkel und taube Zungen hält sich das Trinkgeld leider in Grenzen.
- Copyshop-Mitarbeiterin. Stundenlang den Dämpfen der Druckertoner ausgesetzt, beginnst du dich unwillkürlich zu fragen, welche Papier-Grammatur wohl die tiefsten Schnittwunden hinterlässt.
- Promoterin. Seit wann suchen Teenager das Gespräch mit Erwachsenen?
- Praktikantin bei den Stadtgärten. In der sengenden Hitze zwischen Fahrstreifen Unkraut zu zupfen, ist eine Sache; dabei von deinen Freunden, die mit dem Moped ins Schwimmbad kurven, angehupt zu werden, eine ganz andere.
- Türaufhalterin in einer Nobelboutique. Dir jede Pelzträgerin und jeden Macker im Anzug mit von dir höchstpersönlich gebrochener Nase vorzustellen, verliert schon nach dem ersten Arbeitstag seinen Reiz.

Nach diversen Ferienjobs hatte Mari abends und an den Wochenenden in Gasthäusern im Univiertel gejobbt, um die Miete zu bezahlen. Währenddessen waren zwei Semester Musikwissenschaftsstudium mehr oder weniger spurlos an ihr vorübergezogen. Die theoretischen Grundlagen der Musiklehre hatten sich am Unicampus noch genauso trocken wie im Musikunterricht am Gymnasium angefühlt. Während der Rest ihrer Lerngruppe für die nächste Prüfung Fachbegriffe und deren Definitionen hin und her warf und sich gegenseitig über die musikgeschichtlichen Epochen abfragte, kümmerte sich Mari wie selbstverständlich um die Truppenverpflegung.

„Mein Schinken-Käse-Toast mit Pringles, eingelegten Jalapenos und Sauce Tartar war …", Mari beendet den Satz, indem sie mit Zeigefinger und Daumen einen Kreis bildet, den sie an ihrem Mundwinkel zerbersten lässt.

„Das glaub ich gern", nicke ich, ein bisschen enttäuscht darüber, dass Toast mit Chips inzwischen wohl nicht mehr zu ihrem Repertoire gehört. Vom Nasi Goreng des indonesischen Foodtrucks unbefriedigt, hatte Mari irgendwo zwischen der Autobahnabfahrt und ihrer Wohnung im 16. Bezirk beschlossen, uns bei sich zu Hause noch einen Nach-Mitternachtssnack zuzubereiten.

Während sie sich auf der Uni immer mehr wie jemand zu fühlen begonnen hatte, der beim Kinobesuch versehentlich im falschen Saal gelandet war, entwickelte sie in der Küche eine seltsame Art Ehrgeiz, erzählt Mari, während uns der Lift in den vierten Stock befördert.

„Normalerweise habe ich automatisch auf Durchzug geschaltet, wenn jemand – meine Eltern, die Dozenten, was weiß ich wer – irgendwas von mir wollte. Erinnerst du dich an den Suppen-Kaspar?"

„Aus dem Struwwelpeter?"

„Mhm. Der immer schreit: *Nein, meine Suppe ess' ich nicht!* Das war ich in meiner Studienzeit. Und wenn es die geilste Suppe der Welt gewesen wäre und ich einen Riesenhunger gehabt hätte … Sobald mir irgendwer gesagt hätte, *Iss!*, wäre ich eher verhungert, als auch nur einen Löffel davon zu nehmen."

Mari schließt die Tür auf und wir stolpern über ein paar am Boden verstreute Sneaker in ihre Wohnung. Ich hebe den Blick von einem ausgebleichten schwarzen Converse-Chuck und stelle fest, dass wir schon mittendrin stehen in ihrem Reich. Die komplette linke Seite des Raumes wird von einem Schrank und einem großen Bett in Beschlag genommen. In der Mitte erfüllt ein Regal einen Doppeljob als Nachtkästchen und Raumtrenner vom Essbereich, der aus einem kleinen Tisch und vier Stühlen besteht. Rechts drängt sich eine kleine blaugraue Kochnische mit dunkler Arbeitsfläche an die Wand. Obwohl ich mir keine Vorstellung von Maris Zuhause gemacht habe, irritiert mich irgendetwas. Nicht die Größe oder die fehlenden Zimmer. Auch nicht die zusammengewürfelte Einrichtung. Die Küche! Sofort schäme ich mich für die Klischee-Falle, in die ich zielsicher getappt bin. Als hätten alle Köche eine Nachbildung der vollausgestatteten Profiküche von ihrem Arbeitsplatz zu Hause. Apropos Arbeit ...

„Korrigier mich, aber lautet der häufigste Satz in der Küche nicht: *Oui, Chef!*? Wie kommt der Kaspar denn damit klar?"

Meine nächtliche Gastgeberin hat inzwischen Zutaten aus dem Kühlschrank hervorgekramt und stöbert auf den Zehenspitzen balancierend in einem der oberen Küchenkästchen.

„Das ist es ja, nirgends gibt's strengere Hierarchien. Vom Militär mal abgesehen. Laufend sagt dir jemand, was du zu tun hast, oder kritisiert dich – meistens nicht gerade objektiv oder gar konstruktiv."

Eine gelb-rote Plastikpackung mit Tortillas in der Hand lässt sie sich wieder auf ihre Fersen sinken und lehnt sich mit einer Hüfte gegen den Küchenblock.

„Aber wenn du *das* aushältst und jeden Tag zeigst, was du draufhast, dass du's ernst meinst, dann kannst du echt was erreichen."

„Vom Tellerwäscher zum Millionär?"

„Träum weiter! Aber sagen wir … zum Executive Chef. Machst du uns Musik?"

Als ich von den Kastagnetten im Intro von *Tequila Sunrise* und dem nasalen Sprechgesang von B-Real begleitet wieder von meinem Handy aufblicke, hat Mari bereits eine Ladung Pilze gehackt und schiebt diese gerade vom Schneidebrett in eine Pfanne. Bevor ich fragen kann, ob ich ihr irgendwie zur Hand gehen kann, drückt sie mir ein fettes Stück Käse und eine Küchenreibe in die Hand.

Dass Mari im Fine-Dining-Bereich gelandet ist, war dann eher Zufall. Ein dringend zu besetzender Posten, eine Empfehlung, schon war sie Teil des sechsköpfigen Küchenteams eines aufstrebenden Restaurants. Dem Küchenchef war es egal gewesen, dass sie keine klassische Kochlehre absolviert und die übliche Stufe einer Stage – der schicken französischen Bezeichnung für ein unbezahltes Praktikum – übersprungen hatte. Sein Restaurant hatte kurz zuvor seinen ersten Stern erhalten und er war äußerst motiviert, diesen zu verteidigen. Wenn es sein musste, auch mit einer kleinen Quereinsteigerin mit großem Mundwerk. Die nächsten sechs Jahre hatte Mari in den Küchen von vier Spitzenrestaurants Station gemacht, war von einem Sous-Chef abgeworben worden, der sie für die Eröffnung seines eigenen Lokals an Bord geholt hatte, und schließlich – vor neunzehn Monaten – bei Weigelböck gelandet. Länger als zwei Jahre habe sie es bisher noch in keiner Küche ausgehalten.

„Du kennst die Küchenlinie, die Stärken und Macken deiner Kollegen, die Gäste – wo bleibt da der Spaß?"

„Hast du das Musikmachen eigentlich nie vermisst?", frage ich und stecke mir ein paar Späne Käse in den Mund.

„Klar, anfangs schon. Ich hab auch noch ab und zu gespielt. Aber immer seltener. Nach stundenlangem Schälen, Schneiden, Schwenken, Rühren zieht es einen nicht gerade zum Klavier … Du *magst* Käse, was?"

Beim Lauschen auf Maris Geschichte habe ich den kompletten Käseblock zu einem gelben Häufchen geraspelt. Mari hat inzwischen eine Dose Bohnen zu den Pilzen gekippt, einen Bund Grünzeug zerpflückt und eine zweite Pfanne mit einem Tortillafladen am Herd platziert.

„In Wahrheit sind Kochen und Musik gar nicht so verschieden, weißt du." Die Köchin außer Dienst zuckt mit den Schultern und fischt mit den Fingern eine Pilzscheibe aus der dampfenden Pfanne, um sie zu probieren.

So was Ähnliches habe ich doch schon mal gehört. Hatte Doris bei meinem ersten Testessen nicht auch versucht, mich davon zu überzeugen, dass über Essen zu schreiben beinah dasselbe war wie über Musik? Ein Gedanke, gegen den sich immer noch jede Zelle in mir sträubt.

„Dazwischen liegen ja auch nur Welten."

Mari lässt sich von meinem Zynismus nicht beirren: „Nein, im Ernst. Irgendwelche Töne beliebig zusammengewürfelt ergeben noch keine Melodie, richtig?"

Ich weiß, die kurze Pause hat sie bewusst gelassen, damit ich sie mit meiner Zustimmung fülle. Bevor ich ihr den Gefallen tun kann, brauche ich aber noch mehr Infos.

„Wenn du sie aber so zusammenfügst, dass sie als Gesamtheit wirken, miteinander harmonieren, meinetwegen auch mal eine spannende Disharmonie ergeben, dann hast du eine in sich geschlossene Tonfolge."

Mari, die merkt, dass mich das noch nicht überzeugt, angelt mit einem Löffel ein weiteres Pilzstück aus der Pfanne und hält es mir unter die Nase.

„Jede Zutat hat eine Klangfarbe, wenn du so willst. Nimm den Shiitake-Pilz zum Beispiel. Sein Aroma erinnert mich an einen dunklen, tiefen Bass. So in Richtung Kontrabass."

Ich schiebe den gebratenen Pilz in meinem Mund hin und her und versuche, Mari zu folgen, die ihre Rolle als Lehrerin sichtlich genießt und als Nächstes nach dem Grünzeug greift.

„Dann hier, Koriander", streckt sie mir ein zartes Blättchen entgegen. „Der sorgt für die hellen, kühlen Töne. Stell dir eine Querflöte vor." Bevor das imaginäre Orchester in meinem Kopf seine Plätze einnehmen kann, wartet schon eine weitere Kostprobe auf mich. Diesmal handelt es sich um ein kleines Gläschen mit orangerotem Inhalt, der es in sich haben dürfte. Statt mir einen Teelöffel davon zu verabreichen, tunkt Mari sachte lediglich die Spitze des Löffelstiels hinein.

„Meine Spezialität: Sweet Habanero Hot Sauce", verkündet sie mit der Ernsthaftigkeit eines Dorfpfarrers beim Austeilen der Kommunion. Kaum ist die sämige Masse mit meiner Zunge in Berührung gekommen, beginnen die Geschmacksnerven in meinem ganzen Mund unter der süßlichen Schärfe zu vibrieren.

„Wie der Tusch von großen bronzenen Becken, oder?", meint Mari und gönnt sich ebenfalls einen Löffelstiel voll Hot Sauce.

Als ich kurz meine Augen schließe, spüre ich, was sie meint. Die glänzenden Tschinellen, die hohen Obertöne, der lange Nachhall. Nicht hörbar, aber doch so klar wie der Sound eines nagelneuen High-End-HiFi-Systems. Bevor Mari die mit Pilzen und Käse belegte und mit Koriander bestreute Tortilla mit einem zweiten Teigfladen bedeckt, träufelt sie zusätzlich zu ihrer Geheimzutat eine grüne Sauce aus einem weiteren unbeschrifteten Gläschen darüber. Einmal mit dem Pfannenwender gewendet, lässt sie den duftenden Doppeldecker aufs Schneidebrett gleiten, zerteilt ihn mit einem großen Messer in vier Dreiecke und fordert mich auf zuzugreifen. Auch wenn ich meine Portion Nasi Goreng bis zum letzten Reiskorn verputzt habe, lasse ich mich nicht lange bitten und nehme einen großen Bissen. Die Komponenten, die ich zuvor einzeln probiert habe, vereinen sich beim Kauen zu einem großen Ganzen. Ein Gedicht – nein, eine Komposition.

23

Schläuche, überall. Sie stecken in Patricks Nase, ragen unterhalb der Halskrause aus der Grube unter seinem Kehlkopf hervor, hängen von der Infusionshalterung, entspringen weißen Klebebinden und mäandern seinen Brustkorb entlang. Patricks linkes Knie ist mit einem Gestänge und zahlreichen Schrauben fixiert, sein linker Ellenbogen dick eingebunden. Die Gerätschaften um ihn herum piepen in einem monotonen Kanon. Seine Mutter, die ihm über den Kopf streicht, das Gesicht voller Sorgenfalten. Sein Vater, der mich früh morgens per Anruf verständigt hatte, ein fassungslos am Ende des Zimmers auf und ab marschierender Schatten. Und in der Mitte ihr Sohn, der sich nicht bewegt. Gar nicht bewegen kann vor lauter Gestellen um sein Bett. Diesen Patrick hatte mir mein Gedächtnis beim Best-of-Zusammenschnitt nach dem Platzen der Dubai-Bombe im Café erspart.

Obwohl ihm seine begüterte Kundschaft bestimmt ein Hotelzimmer spendiert hätte, war Patrick damals, nachdem er sie in Kitzbühel abgesetzt hatte, spät nachts noch die vierstündige Rückfahrt nach Wien angetreten. Irgendwo auf der Höhe der Abfahrt Amstetten dürfte er kurz eingenickt sein. Lange genug, um in einer leichten Kurve mit über hundert Stundenkilometern in die Leitplanke zu donnern. Totalschaden. An Patricks damaligem Mercedes und an meinem besten Freund.

Als mich dieses aufwühlende Traumbild vor Sonnenaufgang aus dem Schlaf reißt, schießt mir nur eine Frage durch den

Kopf: Welches Datum haben wir heute? Verschlafen wische ich mein Handy vom Hocker, der als Nachtkästchen neben meinem Bett steht, und muss im Finstern danach tasten, bevor mir der grell aufleuchtende Bildschirm verrät, was ich wissen möchte. Seit meinem Treffen mit Patrick im Café sind fast fünf Wochen vergangen. Was hatte er gleich noch gesagt, wann sein neuer Job anfangen würde? In ein paar Wochen? Waren es zwei Monate? Was, wenn er schon früher nach Dubai gereist wäre, um sich ein wenig einzurichten, bevor sein neuer Boss ihn einspannt?

Mamas Einladung zum Familienessen hatte ich natürlich nicht an Patrick weitergegeben. Wenn jemand mit dir Schluss macht, fragst du ihn zwei Tage später auch nicht, ob er auf Kaffee und Kuchen vorbeikommen möchte. Mama hatte meinen eisigen Blick auf die Frage, ob Patrick auch noch vorbeischauen würde, richtig gedeutet und nicht weiter nachgehakt. Papa vertrat ohnehin die Ansicht, je weniger Gäste, desto besser. Im engsten Kreis der Familie musste er seine Jogginghose nicht extra gegen vorzeigbarere Kleidung eintauschen. Außerdem blieb so mehr für ihn. Nachdem wir uns mittags eine großzügige Portion von Nonnas *Arancini alla 'Nduja* einverleibt und Mama unter lautstarken Genussbekundungen für das perfekte Verhältnis von Reishülle zu Fleischfülle, den großzügigen geschmolzenen Käsekern und die mustergültige Panade gelobt hatten, waren noch sechs goldbraune Bällchen übrig. Eines davon genehmigte sich Papa zwei Stunden später als Nachmittagssnack, zwei weitere folgten Mamas Erzählung zufolge abends zu den Nachrichten vorm Fernseher, und als sie die restlichen drei am nächsten Morgen in den Tiefkühler übersiedeln wollte, war im Kühlschrank nur noch ein einsamer *Arancino* auffindbar.

Patrick, der mich besser kennt als ich mich manchmal selbst, hatte zwar noch einmal angerufen. Und er hatte versucht, mich mit einem alten Foto von unserem Roadtrip zum Metal-Camp in Slowenien aus der Reserve zu locken. Nachdem ich nicht darauf reagiert hatte, hatte er aber nichts mehr von sich hören lassen. Was, wenn die Funkstille keine Absicht war? Wieder blitzt die Erinnerung mit den Schläuchen und Klebebinden auf. Soll er meinetwegen durch die Arabische Wüste cruisen wie Vin Diesel in *Fast & Furious 7*, wenn es ihn glücklich macht – Hauptsache, ich muss ihn nie wieder so an ein Krankenbett gefesselt sehen wie nach diesem schrecklichen Unfall vor fünf Jahren. Je nachdem, wann Patricks Flieger geht, bleiben noch zweieinhalb bis drei Wochen bis zu seiner Abreise, überschlage ich hastig, während ich die Textnachricht mit dem Erinnerungsfoto öffne. Der Cursor im leeren Textfeld blinkt mich vorwurfsvoll an. *Ich bib ein Idioz,* tippe ich mit zittrigen Daumen, nur um den Satz gleich wieder zu löschen. *Tut mir leid, dass ich ...,* setze ich erneut an. Dass ich was? Mich wie ein riesiges Arschloch verhalten hab? Blink. Blink. Nur an mich gedacht hab, statt mich ehrlich für meinen besten Freund zu freuen? Blink. Blink. Blink. Weil mich der erwartungsvolle Cursor verrückt macht und mir keine angemessene Entschuldigung einfallen will, schicke ich Patrick den Link zum Unplugged-Video von Nirvanas *All Apologies* und eine simple Frage hinterher: *Übermorgen Lunch? Geht auf mich!*

24

„Doris, piacere!", flötet Doris, deren Wangen sich binnen Sekunden an das Rosa ihrer mit Spitzen besetzten Bluse angepasst haben, während sie Luca ihr schönstes verlegenes Lächeln schenkt. Der Italiener fährt sich durch die dichte Lockenmähne und stemmt seine Hände in die Hüften: „Ich hoffe, die Tische passen für euch. Was darf ich euch bringen?"

„Für den Anfang gerne nur zwei Gläser Wein. Der Hauptgast kommt erst", schlage ich vor.

„Am besten lässt du dir von Luca die Auswahl zeigen und suchst eine gute Flasche für uns aus", wende ich mich an Doris und beobachte, wie sie immer noch lächelnd zum großen Weinkühlschrank hinter der Bar schwebt. Das braucht es also, um meine Freundin so sehr aus dem Konzept zu bringen, dass sie sogar auf ihre Mathe-Witze vergisst – einen charmanten Italiener. Ich setze mich an einen der beiden Hochtische, die Luca und Mario für uns in einer Ecke aneinandergeschoben haben, und verstaue die prall gefüllte Tragetasche, die ich mitgeschleppt habe, zwischen den dürren Beinen des Barstuhls.

„Und, wie sind die *Arancini* deiner *Mamma* geworden?", will Luca wissen, als er zwei Gläser mit Weißwein vor uns abstellt.

„Richtig gut! Ich hab natürlich keinen Vergleich, aber ich denke, Nonna wäre begeistert gewesen."

„Che figo!" Luca klatscht sanft in die Hände und strahlt dabei übers ganze Gesicht.

„Was trinken wir hier?", halte ich Doris mein Glas zum Ansto-
ßen entgegen, nachdem er wieder verschwunden ist.

„Was? Oh, keine Ahnung. Hab ich vergessen." Gerade als ich
einen Kommentar über die Herzchen, die in ihren Augen auf-
blinken, loswerden will, spaziert die zweite Hälfte unseres Ab-
schiedskomitees durch die Tür. Robert, den Patrick und ich
noch vom Studium kennen, und Marlene.

„Ach gut, wir sind nicht zu spät", keucht Marlene. „Mein
Mann hat mal wieder die Autoschlüssel verlegt", funkelt sie diesen an. Die beiden haben zwar erst vor gut einem halben Jahr ge-
heiratet, lassen seitdem aber keine Gelegenheit aus, den Rest der
Welt darauf hinzuweisen, dass sie nun Mann und Frau sind. Als
es uns das erste Mal aufgefallen war, hatten Patrick und ich gewitzelt, ob die zwei wohl auch unter vier Augen die ihnen neu
verpassten Rollen anstelle anderer Kosenamen verwendeten:
„Gibst du mir mal die Fernbedienung, Frau?"

„Ach was, ich hab Patrick sowieso eine Viertelstunde später
herbestellt", beruhige ich sie und schiebe ihnen die Glück-
wunschkarte mit einem Stift zum Unterschreiben über den
Tisch zu. Auf der Vorderseite ist ein Armaturenbrett abgebildet,
darüber glänzt der Schriftzug *Wheel miss you*. Nachdem alle drei
unterschrieben haben, stecke ich das Billett zurück in das dazugehörige Kuvert und lasse es in die Tasche mit den Geschenken
plumpsen. Da kommt auch schon – pünktlich wie immer – Patrick um die Ecke gebogen und begrüßt uns alle mit seinem breiten Grinsen. Wohl zum letzten Mal für mindestens vier Monate. Der Gedanke legt sich wie eine um zwei Nummern zu kleine
Lederjacke um meinen Brustkorb und zieht ihn um einige Zentimeter enger zusammen. Das Gefühl kenne ich inzwischen nur

zu gut. Von unserer letzten gemeinsamen Mittagspause im Patmobil, der letzten Runde Schinken-Käse-Toast mit Spezi, dem letzten nächtlichen Telefonat, bei dem wir uns beide in derselben Zeitzone befinden. Angeblich ist doch das erste Mal immer am schwersten. Wie viele verdammte letzte Mal hält so ein Mensch eigentlich aus? Bemüht, die aufsteigenden Tränen zurückzuhalten, lege ich meine Arme um Patricks Nacken. Dann bekommt er von Doris und Marlene jeweils zwei Küsschen auf die Wangen aufgedrückt und wird von Robert mit der männlichen Version einer Umarmung – fester Händedruck gepaart mit einem Klopfen aufs Schulterblatt – begrüßt. Als Luca kommt, um die Bestellung aufzunehmen, streift Patricks Blick unsere Weingläser.

„Wein?", mustert er den Inhalt in meinem verblüfft. „Letztens dieses Bánh-Irgendwas-Sandwich zu Mittag, jetzt Wein. Wer bist du, und was hast du mit Sofia gemacht?"

Patrick und Robert ordern zwei Bier und Marlene einen Aperitif ohne Alkohol, schiebt aber sogleich die Erklärung nach: „Ich bin *nicht* schwanger, falls ihr das denkt!"

Wir glauben ihr. Stünde tatsächlich eine Schwangerschaft im Raum, hätte sie uns bestimmt in der Sekunde, nachdem der rosa Streifen am Test aufgetaucht wäre, per Gruppennachricht darüber informiert.

„Morgen Nachmittag ist es also so weit?", kommt Robert gleich auf den Grund unserer Zusammenkunft zu sprechen.

„Mhm", brummt Patrick durch die aufeinandergepressten Lippen und bewegt dabei seinen Kopf auf und ab, als wäre er eine zehn Kilo schwere Marmorbüste.

Morgen um 14.35 Uhr wird Patricks Flieger vom Terminal 3 des Wiener Flughafens in Richtung Istanbul abheben, von dort

aus geht nach einem zweieinhalbstündigen Stopover sein An-
schlussflug nach Dubai. Bis zur Nummer seines Sitzplatzes auf
beiden Flügen hatte ich ihn über jedes kleinste Detail seiner Reise
ausgefragt. Vielleicht würde ich ja doch noch auf eine Ungereimt-
heit stoßen und herausfinden, dass alles nur ein ebenso ausgeklü-
gelter wie boshafter schlechter Scherz ist.

„Wo wirst du überhaupt wohnen? In einem dieser riesigen
Wolkenkratzer aus Glas?“, platzt Marlene zwischen zwei Zügen
an ihrem Strohhalm heraus.

„Quasi. Die Firma, für die ich fahre, besitzt drüben eine Ho-
telkette. Sie haben mir in einem davon eine Suite organisiert.“

„Schiiick!“, kreischt Marlene mit großen Augen.

„*Scusate!*“, Mario drängt sich zwischen ihr und Robert durch
und platziert unter begeisterten Oohs und Aahs ein Holzbrett
und einen Teller in unserer Mitte.

Das Brett ist großzügig mit Focaccia, Oliven, Käsewürfeln
und Rohschinkenröllchen belegt, in denen jeweils ein Zahn-
stocher steckt; auf dem Teller sind *Sfogliatelle* zu einer kleinen
Pyramide gestapelt. Einer der beiden Cousins hat offenbar Frau
Holle gespielt und der Mehlspeise eine extra Schicht Puderzucker
verpasst.

„Du meinst mit Chauffeursmütze und so?“, meint Patrick auf
Doris' Frage, ob er im Dienst eine Uniform tragen müsse. „Zum
Glück nicht – in *der* Hitze. Klassisch Hemd und Krawatte, also
im Prinzip wie gehabt.“

„Apropos …“, fädle ich mich in das Gespräch ein und hieve
die Tasche vom Boden auf meinen Schoß. „Wir haben dir zum
Abschied ein kleines Carepaket, mit allem, was du so brauchen
könntest, zusammengestellt.“

Patricks schiefes Lächeln und der Glanz in seinen Augen verraten, dass ihn unsere Überraschung ehrlich rührt. Wie die Kinder in der Überraschungsei-Werbung hält er sich jedes Päckchen schüttelnd ans Ohr, um einen Hinweis auf ihren Inhalt zu erhaschen, bevor er diesen aus seinem Zeitungspapier-Kokon befreit. Unter einem politischen Kommentar kommt eine Flasche Sonnencreme mit Lichtschutzfaktor 50+ zum Vorschein. Aus einer Interview-Doppelseite mit dem Wiener Bürgermeister quillt der rot-weiß-rote Plüsch eines Fake-Fuchsschwanz-Schlüsselanhängers heraus. Die verspiegelte Retro-Fliegerbrille à la Tom Selleck in Magnum setzt Patrick gleich auf. So geht das noch eine ganze Weile, bis jeder freie Zentimeter am Tisch mit Papierknäueln und Zeug übersät ist. Als er all unsere nützlichen Präsente ausgepackt und begutachtet hat, bedankt sich Patrick bei jedem von uns mit einer dicken Umarmung.

„Ich glaube, jetzt brauchen wir alle erst mal was zu trinken!", wischt er sich eine kleine Träne aus dem Augenwinkel und ordert bei Luca eine Runde *Briccone*. Der Name von Lucas Interpretation eines Negroni mit Limonade passt zum Drink so gut wie zu seinem Erfinder – ein echter Schlawiner mit italienischem Charme und Wiener Schmäh.

Da die nicht-schwangere Marlene ihren Cocktail verweigert, stößt an ihrer Stelle Luca mit uns an und bleibt mit seinen Augen, wie mir scheint, einen Tick zu lang an denen von Doris hängen. Als sich Robert und Marlene kurz nach halb elf verabschieden, schließt sich Doris ihnen an – nicht, ohne sich vorher zigmal für ihren zeitigen Aufbruch zu entschuldigen. Sie habe morgen Gangaufsicht und müsse deshalb noch früher in der Schule sein als sonst, das Kopieren der Arbeitsblätter dauere auf dem Kopierer aus dem Jahre Schnee ewig, und überhaupt gehe es so kurz vor den Sommerferien drunter und drüber.

„*Grazie ragazzi!*" Luca hält den dreien die Tür auf und schickt ein „*Ci vediamo*" hinterher, bei dessen letzten Silben seine Stimme leicht nach oben geht.

„*Ciao. Ci vediamo!*", zwitschert Doris und ich weiß schon jetzt, dass sie sich damit nicht allzu lange Zeit lassen wird.

Patrick nimmt die Sonnenbrille, die er sich in die Haare hochgeschoben hat, ab und legt sie zu seinen anderen neuen Besitztümern.

„Danke für das alles."

„Ach, dafür doch nicht", schüttle ich den Kopf über unsere Gag-Geschenke.

„Den ganzen Abend, meine ich."

„Erwarte bloß nicht, dass wir jetzt jedes Mal so was veranstalten, wenn du dich nach einer Stippvisite in der Heimat wieder vertschüsst", versuche ich, den Kloß in meinem Hals zu überspielen. Vielleicht hilft mir die letzte *Sfogliatella* dabei, ihn zusammen mit der süßen Vanillecreme hinunterzuschlucken.

„Und wie sieht's mit einer Willkommensfeier aus, wenn ich im November wieder da bin?", kontert Patrick.

Der Staubzucker wirbelt in meine Luftröhre. Als ich mich von meinem kurzen Hustenanfall wieder erholt habe, deckt sich meine Stimme mit meiner Stimmung.

„November", wiederhole ich japsend wie eine Ertrinkende.

„Dazwischen hören wir uns. Dubai ist nur zwei Stunden voraus. Bestimmt geht sich auch der eine oder andere Videoanruf in der Mittagspause aus", versucht er, mich aufzumuntern.

Ich zwinge meine Lippen zu einem Lächeln und nicke. Nach einer langen Umarmung zum Abschied zieren Patricks T-Shirt im Schulterbereich einige feuchte, dunkle Flecken. Die Mascara hatte ich in weiser Voraussicht weggelassen.

„Außerdem, was sind schon vier Monate? Dir wird bestimmt nicht langweilig, wie ich dich kenne."

Damit dürfte er recht haben, schießt es mir durch den Kopf, als Patrick, die Tasche mit den Geschenken geschultert, sich noch einmal zu mir umdreht, bevor er um die Ecke biegt. Dafür hatte Horvath mit ihrem Spezialauftrag gestern Nachmittag vorgesorgt.

Briccone

Ein Aperitivo, bei dem ein italienischer Bar-Klassiker mit einer meiner liebsten österreichischen Kindheitserinnerung gemixt wird. Damals hat das „Himbeerkracherl" mir Freibadbesuche und Wandertage versüßt, heute macht es dasselbe mit dem eher herben Aperitif.

(Ergibt 1 Glas)

1 unbehandelte Orange

4 cl trockener roter Wermut

2 cl Campari

2 cl Gin

4–6 Eiswürfel (oder 1 großer Eiswürfel)

10 cl Himbeerlimonade

1 Thymianzweig

1. Die Orange mit heißem Wasser abwaschen, gut abtrocknen und mit einem Sparschäler eine breite Zeste abziehen. Eine Orangenscheibe abschneiden und halbieren.

2. Ein großes Tumbler-Glas mit Eiswürfeln füllen. Wermut, Campari und Gin eingießen und umrühren. Mit Himbeerlimonade aufgießen, kurz verrühren.

3. Die Orangenzeste zum Glas hin knicken und andrücken, um den Drink mit den ätherischen Ölen zu parfümieren. Dann die Zeste mit den Orangenscheibenhälften und dem Thymianzweig ins Glas geben. Cincin!

Tipp: Statt mit der legendären österreichischen Himbeerlimonade lässt sich diese Negroni-Abwandlung auch mit *Limonata,* der typisch italienischen Zitronenlimonade, verlängern – und für alle, die es weniger süß mögen, mit Soda.

25

„Diiiesen Dezember?", fragt der höfliche junge Mann am anderen Ende der Leitung ungläubig. Ich kann durchs Telefon förmlich hören, wie seine Augenbrauen in die Höhe schießen.

„Verzeihen Sie, wenn ich das sage", räuspert er sich, „aber dafür sind Sie reichlich spät dran. Wir sind schon seit März völlig ausgebucht, tut mir leid." Absage, die vierte. Auch meine Gesprächspartner der vorangegangenen Telefonate hatten mir nichts sagen können, was ich nicht schon längst wusste und auch Horvath mitgeteilt hatte. Im Juni für das laufende Jahr eine Weihnachtsfeier für 157 Mitarbeiter auf die Beine zu stellen, ist, als würde man eine Stunde vor Beginn des letzten Konzerts einer Abschiedstournee seine Scheine auf den Ticketschalter knallen und allen Ernstes erwarten, noch eine der begehrten Karten zu bekommen, für die andere tagelang campiert haben.

Am Vortag hatte sich Horvath mit dem sichtlich nervösen Assistenten der Geschäftsführung im Schlepptau vor meinem Schreibtisch aufgebaut und war gleich zur Sache gekommen: Die diesjährige Weihnachtsfeier unseres Verlages stand auf der Kippe. Die Eventagentur, die bereits zu Jahresbeginn für die Organisation von Catering und Abendprogramm gebucht worden war, hatte Insolvenz angemeldet. Offenbar war es um die Firma so schlecht bestellt, dass sie nicht einmal mehr die paar Monate bis zur gewinnbringenden Vorweihnachtszeit überbrücken konnte. Die Location – ein zum Kunst- und Veranstaltungsort umfunktioniertes ehemaliges Kulissen-Depot – war glücklicherweise schon fixiert. Um eine neue Agentur anzuheuern, wäre es jetzt allerdings zu spät. Die Feier würde „inhouse", wie es der Assistent ausdrückte, geplant werden müssen.

„Was ist das Wichtigste auf jedem Fest? Essen, Trinken und Musik!", schmetterte Horvath, als würde sie gerade eine Verkaufspräsentation vor potenziellen Werbepartnern abhalten. „Keiner und keine hier kennt sich damit so gut aus wie du, Sofia", schloss sie ihren Vortrag, untermalt vom energischen Nicken des Assistenten.

„Glaubt mir, ihr wollt auf keine von mir geplante Feier!", versuchte ich, ihren Blick auf meinen Arbeitsplatz zu lenken. Aber die beiden ließen sich von meinem Stapelchaos nicht abschrecken. Nicht bereit, nein, unfähig, eine Abfuhr zu akzeptieren, hatte sich Horvath beeilt, mir einen dicken Knochen hinzuwerfen. Selbstverständlich würde sie mich so gut wie möglich freispielen, einen freien Mitarbeiter einchecken und könnte die eine oder andere Geschichte zukaufen. Inzwischen war die Unruhe ihres Begleiters auch auf die sonst so gelassene Chefredakteurin übergesprungen, die das Gewicht wiederholt von einem Absatz auf den anderen verlagerte.

„Du hättest bei der Planung absolut freie Hand!"

Keine Vorgaben also, aber, wie es aussieht, auch keine Optionen. Vier Absagen an einem Vormittag sind genug, beschließe ich und widme mich dem angenehmeren Part meines unliebsamen Auftrags: dem musikalischen Rahmen der Feier. Meine Idealvorstellung wäre, dass eine Vorgruppe den Abend eröffnet und nach dem Essen, für dessen Zubereitung sich hoffentlich noch irgendjemand finden wird, eine Hauptband für Stimmung sorgt.

Leider deckt sich das nicht mit dem Budget. Kein Wunschkonzert also. Außerdem sind die meisten Live-Bands im Dezember ähnlich gefragt wie Catering-Firmen und Restaurants. Das gilt zumindest für die gern gebuchten Coverbands, deren Jazz-, Funk- und Pop-Einlagen weder den Geschmack des 23-jährigen Praktikanten noch den der 55-jährigen Buchhalterin treffen und damit exakt das Maß an Gleichbehandlung erfüllen, das den Mörtel in einem Unternehmensgefüge bildet. Es sei denn, überlege ich, man wählt eine Band, die sonst im Traum keiner für eine Veranstaltung im Dezember anfragen würde. In meiner Fantasie marschiert gerade ein mexikanisches Mariachi-Ensemble in voller Tracht samt Sombreros, Gitarren, Trompeten und Maracas auf, als ich bemerke, dass ich bereits zehn Minuten zu spät für mein Telefoninterview mit dem künstlerischen Leiter der Sommerkonzerte in Grafenegg dran bin.

Konstantin zuckt mit den Schultern. Mangels des Patmobils und seines weisen Fahrers verbringe ich meine Mittagspausen neuerdings öfter im Think-Tank. Da ich meistens die Einzige bin, die eine fensterlose Kammer dem lauen Frühsommerwetter vorzieht, habe ich freie Platzwahl auf den beiden Sofas. Nur Konstantin, dem das blaue Licht eines Bildschirms lieber ist als Sonnenschein, leistet mir von Zeit zu Zeit Gesellschaft. Seine Ratgeberqualitäten lassen allerdings zu wünschen übrig. Kommt es mir nur so vor, oder beißt er, wann immer ich ihm eine Frage stelle, ein besonders großes Stück von seinem Sandwich, Dürüm oder seiner Leberkäsesemmel ab, um darauf hilflos mit vollen Backen und Achselzucken reagieren zu können. So wie jetzt, wo ich mich über die unliebsamste Pflichtveranstaltung des Jahres auslasse.

Nachdem ich meine Brandrede beendet habe, fixiere ich ihn mit meinem Blick und verfolge geduldig sein Kauen und Schlucken, bis er mir wohl oder übel antworten muss.

„Hauptsache, es gibt kein Motto, nach dem wir uns verkleiden müssen", murmelt Konstantin und pult etwas zwischen seinen Zähnen hervor. Damit spielt er auf die Weihnachtsfeier vor vier Jahren an, die irgendein Witzbold mit Kostüm-Fimmel als Weihnachtsgala im Stil der *Golden Twenties* ausgerufen hatte. Der Verantwortliche dafür hätte mit den auf besagter Party im Überfluss gebotenen Krabbencocktails und Federboas geteert und gefedert werden sollen. Die Krönung des Abends war die Kostümwahl der Geschäftsführung gewesen, die geschlossen als Gangster in Feinripp, Nadelstreifen und Hosenträgern aufgetreten war, ohne die Ironie ihrer Verkleidung auch nur ansatzweise zu bemerken.

Einen Augenblick spiele ich mit dem Gedanken, Horvath und meinen geschätzten Kollegen mit einer kitschigen Tiki-Party ein für alle Mal klarzumachen, derartige Projekte besser nicht in meine Hände zu legen. Die Vorstellung von Konstantin in einem knallbunten Hawaiihemd belustigt mich. Deutlich weniger lustig wäre es, dass ich als Organisatorin wohl oder übel mit gutem Beispiel, womöglich mit Baströckchen und Blumenkette, vorangehen müsste. Kein Motto, also. Auch keine Live-Band. Im schlimmsten Fall würden wir mit dem Neffen eines Kollegen vorliebnehmen müssen, der uns den DJ macht, um sein Taschengeld um ein paar Euro aufzubessern. Die nicht gerade rosigen Aussichten der musikalischen Rahmengestaltung bringen mich direkt zum Thema Catering. Warum das Rad neu erfinden? Vielleicht lässt sich ja einer der letztjährigen Lieferanten zu einer Wiederholung breitschlagen. Ungefähr die gleiche Personenzahl, ähnliche Aufgabenstellung, andere Location. Aber so sehr ich mir auch das Hirn zermartere, ich kann mich beim besten Willen an keinen einzigen Gang erinnern, der bei den Weihnachtsfeiern der letzten Jahre aufgetischt worden war. Die einzigen Schnappschüsse, die ich aus den hintersten Winkeln meiner Erinnerung herauskramen kann, sind der Cuba Libre, von dem der angeheuerte Show-Barkeeper einen Deut zu viele für mich gemixt hatte, die sensationelle Live-Einlage eines jungen Singer-Songwriter-Duos und Horvath, wie sie barfuß mit ihren goldenen Stilettos in der Hand zu *So Lonely* von The Police über die Tanzfläche wirbelt. Auf die anfängliche Frustration folgt Erleichterung. Wenn es den anderen wie mir ging, würde sich später ohnehin niemand an mein Debüt als Partyplanerin erinnern. Ich mache mir eine geistige Notiz zum Thema reichlicher Einsatz von Hochprozentigem und mich wieder an meine richtige Arbeit.

Als ich Mari beim dritten Versuch erreiche, klingt ihre Stimme gedämpft, als hätte sie jemand am Mischpult nach unten gepitcht und die Lautstärke gedrosselt.

„Alles okay bei dir?", erkundige ich mich vorsichtig im Wissen, dass ich zu 99,9 Prozent den falschen Zeitpunkt für mein Anliegen erwischt habe. Am anderen Ende der Leitung rauscht und klackt es. Wahrscheinlich sucht Mari einen Ort, an dem sie ungestört reden kann. Ich werfe einen Blick auf die Uhr. Für den Abendservice ist es noch zu früh. Allerdings habe ich Mari schon zu so gut wie jeder Tageszeit angerufen und sie fast immer bei der Arbeit, gerade dorthin unterwegs oder am Heimweg erreicht. Abgesehen von ihren freien Tagen, ist mir die Mari nach Feierabend am liebsten. Auf geheimnisvolle Weise scheint ihr ganzes Wesen nach einer langen, fordernden Schicht bei vollem Haus auf einer höheren Frequenz zu schwingen. Wie hatte sie das widersprüchliche Gefühl nach Küchenschluss einmal beschrieben? „Wow, wir haben tatsächlich überlebt – lasst uns das morgen gleich noch mal machen!"

Im Moment klingt Mari allerdings mehr nach Amy Winehouse in *Back to Black* als nach Gloria Gaynors *I Will Survive*.

„Nicht so wichtig. Ist nicht mein Tag heute. Oder meine Woche. Was gibt's?"

Wenn uns beiden etwas nicht liegt, ist das Smalltalk, deshalb komme ich gleich zur Sache, fasse mein Partyplaner-Dilemma kurz zusammen und bitte Mari um die Nummer von Gia. Keine Ahnung, wie weihnachtsfeiertauglich peruanisches Essen ist, bei Pisco-Cocktails besteht jedenfalls kein Zweifel. Mari verspricht mir außerdem den Kontakt eines jungen Paares zu schicken, das zwar kein eigenes Restaurant betreibe, aber regelmäßig Pop-up-Dinner veranstalte.

„Großartig! Wer immer dir einfällt", bedanke ich mich. „Wenn ich nicht bald ein Catering auftreibe, muss ich 157 Lieferpizzen bestellen." Als ich aufgelegt habe, kommt mir die Idee gar nicht so abstrus vor. Sollen sie doch Pizza essen!

26

Ich schneide Mick Jagger mitten in seiner Vorstellung als um Sympathie heischender Teufel *(„Pleased to meet you, hope you guess m ...")* das Wort ab und schalte die Stereoanlage aus. In letzter Zeit kann ich es kaum erwarten, ins Bett zu kommen. Nicht weil ich unter größerem Schlafmangel als sonst leide, und schon gar nicht, weil unter den Laken ein attraktiver Lover auf mich wartet – verantwortlich dafür ist mein neues Abendritual. Als ich Mama gebeten hatte, mir Nonnas Rezeptheft auszuleihen, war sie dermaßen perplex gewesen, dass sie nicht einmal nachfragte, was ich damit wollte. Kochen, das wissen wir beide, bestimmt nicht. Stattdessen habe ich mich seitdem jeden Abend vor dem Einschlafen in ein bis zwei Rezepte vertieft. Nicht genug damit, dass ich den neuesten Krimi von Tess Gerritsen gegen italienische Kochnotizen eingetauscht habe, neben der Lektüre ist mir auch die Sparsamkeit im Umgang damit neu.

Ich habe nie verstanden, warum jemand seine Lieblingsserie auf eine Folge täglich rationiert, wo er sich im goldenen Zeitalter von On-Demand-Fernsehen doch gleich die komplette Staffel reinziehen kann. In einem Artikel über die Entwicklung des Buchmarktes bin ich einmal über eine amerikanische Studie gestolpert, der zufolge achtzig Prozent der Kochbücher wider Erwarten nicht in der Küche, sondern im Bett gelesen würden. Der älteste Trick der Welt, war mein erster Gedanke: Man nehme den Umschlag eines möglichst unverfänglichen Buches und lege ihn um den Groschenroman, das Comic- oder Pornoheft oder jeglichen anderen Lesestoff, bei dessen Konsum man lieber nicht ertappt werden möchte. Andererseits werden manche Köche heutzutage verehrt wie Popstars. Wer weiß, vielleicht himmeln die Fans von Jamie Oliver und Nigella Lawson die Coverfotos von deren Kochbüchern genauso an, wie es meine Generation früher mit den CD-Booklets der Hanson-Brüder und von Britney Spears getan hat. Wenn's ums Einschlafen geht, dürften Strudel und Tafelspitz tatsächlich förderlicher sein als Mord und Totschlag.

Das fragile Papier unter meinen Fingerkuppen zu spüren und den gleichmäßigen Schwüngen von Nonnas Handschrift zu folgen, hat jedenfalls eine seltsam beruhigende Wirkung auf mich. Einige der Rezepte strahlen eine Art Dringlichkeit aus. So als hätte sie sie hastig, womöglich aus dem Gedächtnis, notiert, damit sie ihr nicht entfallen. Andere wurden mit sicherer Hand fein säuberlich festgehalten, selbstbewusst, vielleicht auch von einem Original abgeschrieben. Nicht jede Vokabel erschließt sich mir mit meinem Schulitalienisch, manches muss ich erst im Online-Wörterbuch nachschlagen. Rechts neben Salz und Kräutern, Mehl und Olivenöl findet sich anstelle einer Maßangabe wiederholt die Abkürzung „q. b.“. Wenn ich ernsthaft vorhätte, eines der niedergeschriebenen Gerichte nachzukochen, müsste ich wohl erst hinter Nonnas persönliches Verständnis von *quanto basta* – so viel, wie es braucht – kommen. Auch das *Arancini*-Rezept ist mit QBS gespickt, was Mamas Kochleistung bei unserem Sonntagsessen für mich in ein ganz neues Licht rückt. Bei einem Wort nutzen mir alle konsultierten Wörterbücher nichts. Anfangs hatte ich angenommen, das Gericht – eine verlockend nach Sommer klingende *Peperonata* mit geschmorten Melanzani, Kartoffeln,

Peperonata di Luciana

Das geschmorte italienische Sommergemüse in einer mit
Melanzani und Kartoffeln angereicherten Variante, die Nonna bei
Luciana kennengelernt hat. Eine gute Mise en Place ist hier von Vorteil:
Damit die einzelnen Gemüse in diesem sommerlichen Gericht ihren
vollen charakteristischen Geschmack entfalten können, werden sie
nämlich zuerst getrennt voneinander gebraten.

(Ergibt 2 Portionen als Hauptgericht oder 4 Portionen als Antipasti)

1 Melanzani (Aubergine)	1 Tropea-Zwiebel (oder 1 rote Zwiebel)
Salz	1 Knoblauchzehe
400 g Kartoffeln, festkochend	5 EL Olivenöl
350 g reife Tomaten (außerhalb der Saison	1 Handvoll Basilikum
Tomaten in der Dose)	Pfeffer, frisch gemahlen
4 Paprika, rot und gelb	

1. Die Melanzani waschen und in grobe Würfel schneiden. In ein
Sieb geben und mit Salz bestreuen, um dem Gemüse Wasser und Bit-
terstoffe zu entziehen. Etwa 30 Minuten über einem Gefäß oder
der Spüle ziehen und abtropfen lassen. Die Kartoffeln in der Schale
12 bis 15 Minuten in einem Topf mit Wasser vorkochen.

2. Inzwischen die Paprikaschoten waschen, Kerngehäuse und
Trennwände entfernen, in Streifen schneiden. Die Tomaten je nach
Größe vierteln oder halbieren. Die Zwiebel schälen und in Spalten
schneiden. Den Knoblauch schälen und in Scheiben schneiden.

3. 1 Esslöffel Olivenöl in einer Pfanne erhitzen und die Paprikastreifen bei mittlerer Hitze etwa 10 Minuten braten, zwischendurch umrühren. Aus der Pfanne nehmen und beiseitestellen.

4. Die Kartoffeln schälen und in grobe Würfel schneiden. Wieder 1 Esslöffel Öl in die Pfanne geben und die Kartoffeln darin etwa 8 Minuten braten. Ebenfalls aus der Pfanne nehmen und beiseitestellen.

5. Die Melanzani in eine mit Küchenpapier ausgelegte Schale leeren und trocken schütteln. In 1 Esslöffel Öl etwa 6 Minuten braten. Zur Seite stellen.

6. In einem großen Topf 2 Esslöffel Olivenöl erhitzen und die Zwiebeln mit dem Knoblauch bei niedriger Hitze glasig dünsten. Die Tomaten zugeben und etwa 10 Minuten köcheln lassen.

7. Angebratene Paprika, Kartoffeln und Melanzani zu den Tomaten in den Topf geben, salzen und pfeffern. Alles etwa 10 bis 15 Minuten bei mittlerer Hitze zugedeckt köcheln lassen, zwischendurch umrühren – das Gemüse sollte gar sein, aber nicht verkocht. Am Ende der Garzeit die mit den Fingern zerzupften Basilikumblätter unterrühren.

Tipp: Wer es weniger rustikal mag, schält die Paprika vorab mit einem Sparschäler. Die Peperonata lässt sich mit Oliven, Kapern, Burrata oder Ziegenfrischkäse ergänzen und schmeckt warm so gut wie als kalte Antipasti – dafür sollte sie ein paar Stunden bei Zimmertemperatur durchziehen.

Paprika und Tomaten – ginge auf eine berühmte Köchin oder eine populäre Zubereitungsart zurück, doch dann war derselbe Name immer wieder am Ende unterschiedlicher Rezepttitel auftaucht: *di Luciana*. Wer war diese Luciana? Kam mir dieser Name nicht irgendwie bekannt vor? War ich ihr vielleicht sogar während meines Sommers in Rossano begegnet? Und in welcher Beziehung stand sie zu Nonna?

„Was machst du gerade?", will Patrick, dem das Kopfkissen in meinem Rücken nicht entgangen ist, wissen. Obwohl es in Dubai zwei Stunden später ist, wirkt er kein bisschen müde und scheint bester Laune zu sein. Ich schiele von seinem Gesicht am Display meines Handys zum aufgeschlagenen Rezeptheft auf meiner Bettdecke.

„Gar nichts." Dass ich abends um halb zehn nichts Besseres zu tun habe, als wie ein altes Hausmütterchen Familienrezepte zu studieren, würde er mir sowieso nicht glauben. Viel eher – so wie ich bei den Kochbuch-im-Bett-Lesern – vermuten, dass ich damit versuche, irgendetwas Anstößiges zu verschleiern.

„Lesen", bemühe ich mich um ein wenig mehr Glaubwürdigkeit und bringe mein Kopfkissen und mich in eine aufrechte Position. „Wie läuft's bei dir? Hast du inzwischen deinen Frieden mit dem arabischen Freund und Helfer gemacht?"

Bei unserem letzten Videotelefonat hatte sich Patrick über Dubais Polizei oder besser gesagt deren Fahrzeugflotte, die offenbar fast ausschließlich aus Luxuskarossen von Ferrari bis Lamborghini besteht, in Rage geredet.

„Alles gut", grinst er. „Gestern haben wir das erste Mal den McLaren 570S aus der Garage geholt." Weil er weiß, dass ich mit den Namen von Automodellen noch weniger anfangen kann als mit denen irgendwelcher D-Promis, wechselt Patrick unverzüglich das Thema und erzählt mir vom *Doorman* seines Hotels, mit dem er sich angefreundet hat.

„Der Typ ist echt gut drauf", schwärmt er über seinen neuen Kumpel und fügt als Beweis hinzu: „Er war 2007 dabei, als Aerosmith das erste Mal in den Vereinigten Arabischen Emiraten gespielt haben."

Diese Information haut mich zwar nicht gerade vom Hocker, aber ich freue mich ehrlich mit Patrick über seine neue Bekanntschaft. Zwischen seiner Suite und den Dienstfahrten hat Patrick von seiner neuen Heimat auf Zeit noch nicht viel mehr als den Burj Khalifa mit den musikalisch untermalten Wasserspielen davor und die Dubai Mall zu sehen bekommen. Sowohl von seinem Besuch des über achthundert Meter hohen Wolkenkratzers als auch vom stadtteilgroßen, protzigen Einkaufszentrum hatte er mir jeweils ein Foto geschickt, bei dem ich nicht recht wusste, was ich darauf antworten sollte. „Groß!", war der erste Kommentar, der mir zu beidem eingefallen war, gefolgt von „Schräg!", womit ich auf Patricks Preisvergleich von einem Liter Benzin und einem Liter Wasser reagiert hatte (ersterer kostet im Schnitt 50 Cent, während man für die gleiche Menge Wasser schnell mal 1,50 Euro hinlegt).

„Gibt's was Neues an der Weihnachtsfeier-Front?"

„Ja! Parov Stelar tritt auf und das Hotel Sacher übernimmt das Catering", rufe ich mit gespielter Begeisterung. Patricks Gesichtsausdruck zufolge wägt er gerade ab, ob es sich bei diesem Luftschloss nicht vielleicht doch um eine stabile Konstruktion handeln könnte.

„War ein Witz", kläre ich ihn auf. „Konstantin kennt einen DJ, der ganz okay sein soll. Fürs Essen hab ich noch immer niemanden auftreiben können." Patrick stößt einen solidarischen Seufzer aus.

„Wieso fragst du nicht Mari?"

„Hab ich längst. Sie hat mir ein paar Kontakte gegeben, aber die sind auch alle schon ausgebucht."

„Nein, ich meine, sie selbst. Was ist mit dem Restaurant, in dem sie arbeitet?"

„Weigelböcks Schickimicki-Laden? Der ist ein anderes Kaliber. Vom Preis mal abgesehen, kann ich mir nicht vorstellen, dass sie sich für ein Firmenevent hergeben."

„Dann red mit Horvath. Wie viel Zeit willst du noch auf eine Sache verschwenden, die mit deinem Job rein gar nichts zu tun hat?"

Ich senke den Kopf und klappe mit einer Hand das offene Rezeptheft zu.

„So viel, wie es braucht." *Quanto basta.*

27

Nicht verwandt, aber fast wie eine Schwester für Nonna, meinte Mama, nachdem ich sie mit Fragen zur ominösen Frau aus dem Rezeptheft gelöchert hatte. Sie selbst sei Luciana aber nur ein einziges Mal begegnet, beim Begräbnis. Ihr Nachname wollt Mama zwar nicht mehr einfallen („Irgendwas mit P... oder vielleicht T" – von wem ich mein schlechtes Namensgedächtnis geerbt habe, dürfte auf der Hand liegen), wohl aber, dass Nonna oft und immer sehr liebevoll über Luciana gesprochen hatte. Freundinnen seien die beiden schon lange gewesen, aber nachdem Mama nach Österreich gegangen war, dürfte ihre Verbindung noch inniger geworden sein.

„Das halbe Leben spielt sich in der Familie ab", hatte Mama erklärt. „Als alleinerziehende Mutter ohne Verwandte in der Nähe hat man es da nicht gerade leicht." Lucianas Verwandtschaft dürfte ähnlich groß gewesen sein wie ihr Rezeptschatz und offenbar war sie großzügig genug, beides mit ihrer Freundin Elisa zu teilen. Mama konnte sich daran erinnern, dass Nonna oft gerade von Luciana kam oder dass diese den Hörer abnahm, wenn sie am Festnetz bei ihr anrief. Und wenn niemand abnahm, was ebenfalls häufig vorkam, vermutete Mama automatisch, dass sie sich im belebten Haus von Lucianas Familie aufhielt, wo sie so viele Abende, sämtliche Feiertage und, falls es spät wurde, auch die eine oder andere Nacht verbrachte.

Obwohl mir bewusst war, dass Nonna allein lebte, wäre mir nie in den Sinn gekommen, sie hätte einsam sein können. Wenn wir in meinem Italien-Sommer morgens zur Kirche spazierten, schien sie jeden, dem wir unterwegs begegneten, zu kennen. Nach dem dritten Kirchgang dämmerte es mir, warum wir uns so viel früher als nötig auf den kurzen Weg machten. Nicht um uns möglichst gute Plätze zu sichern – Nonna und ich rutschten meist in eine Reihe im hinteren Drittel –, sondern um Zeit für einen Plausch mit den anderen Kirchgängerinnen und -gängern zu haben. Wenn wir im kleinen Laden mit der Aufschrift *Spezie* Pfeffer mahlen ließen, Zimt, Safran und leuchtend rote Chilischoten kauften, plauderte Nonna mit der kleinen, alten Dame hinter dem Tresen und erkundigte sich bei den restlichen Kunden nach deren Nichten und Schwägern, versicherte sich, dass die Großeltern wohlauf seien und dass es den Kindern in der Schule gefiel. Auf diese Weise konnte die Besorgung von ein paar Zutaten einen ganzen Vormittag füllen und sich, falls etwas vom geschwätzigen Fleischer auf unserer Einkaufsliste stand, schon mal bis über den Mittag hinziehen. Bei unserer sonntäglichen Einkehr im Caffè Tagliaferri gab es immer jemanden, der uns auf ein paar freundliche Worte zu seinem Tisch winkte. Selbst nahmen wir allerdings nie an einem Platz. Unser Stammplatz war die Theke, von der aus man alles im Blick hatte und jeden, der das Café betrat, mit einem herzlichen *Ciao, come va?* oder einem höflichen *Buongiorno!* begrüßen konnte. War an einem der Tische womöglich Luciana mit ihrer Familie gesessen? Jemanden, der eine so bedeutende Rolle in ihrem Leben spielte, hätte mir Nonna doch bestimmt vorgestellt, oder wenigstens hätte sie mir von ihrer besten Freundin erzählt. Hatte sie das?

Es ist schon eigenartig, welche Momentaufnahmen das Gedächtnis für aufbewahrenswert befindet. Ich erinnere mich an die sorgfältig gelegten Dauerwellen und klein gemusterten Kopftücher in den Sitzreihen vor uns in der Kirche. An den festen Händedruck des sakkotragenden Mannes, den mir Nonna als den Bürgermeister vorgestellt hatte. Die intensiven Düfte, die aus den großen Gläsern der Gewürzhändlerin aufstiegen, und das Kitzeln in der Nase vom frisch gemahlenen Pfeffer. Solche Details sind mir gestochen scharf in Erinnerung, während von Gesichtern und Namen nur Schemen übrig sind, wenn überhaupt. Andererseits käme wohl auch keiner auf die Idee, jemanden um Phantombilder von Menschen zu bitten, die er das letzte Mal vor über zwanzig Jahren als Kind gesehen hat.

28

Mit dem Sommerloch ist es wie mit dem Bewegungsdrang, der sich bei Schönwetter angeblich automatisch einstellt: Beides kenne ich nur vom Hörensagen. Mag sein, dass sich meine Kolleginnen und Kollegen aus Politik und Wirtschaft, meinetwegen auch Bildung und Sport im Juli und August auf der Suche nach berichtenswerten Ereignissen mehr als sonst anstrengen müssen, im Kulturressort herrscht in der Urlaubssaison Ausnahmezustand. Jedes Wochenende wetteifern unzählige Musik- und Filmfestivals auf pausenlos bespielten Freiluftbühnen um Besucher, dazu kommen die Festspiele, Festwochen und Festakte der einzelnen Bundesländer. Zwischen diversen Jazz-Frühschoppen und Sommernachtsgalas, dem ein oder anderen Aperitivo mit Doris und Luca, die inzwischen so unzertrennlich waren wie die Kreise und Tangenten in Doris' Lehrbüchern, und einem gelegentlichen Absacker mit Mari nach ihrem Arbeitsschluss war das Projekt Weihnachtsfeier in meinem imaginären Zu-erledigen-Stapel ganz nach unten gerutscht. Möglicherweise auch einen halben Meter tiefer in den Aktenvernichter für unliebsame Aufgaben, oops! Aus den Augen, aus dem Sinn. Bis zu diesem Dienstag, als Horvath mich darüber unterrichtet, dass unsere Runde drei zusätzliche Gäste zählen wird. Korrespondenten, die im Dezember in der Stadt weilen und trotz des Überangebots an Wiener Christkindlmärkten und Punschständen offenbar nichts Besseres zu tun haben, als unserer Weihnachtsfeier beizuwohnen.

Zehn Gründe, die Weihnachtsfeier deiner Firma zu besuchen:

1. Du hast dein gesamtes Erspartes für Geschenke und Weihnachtsdeko ausgegeben, und eine warme Mahlzeit ist nun mal eine warme Mahlzeit.
2. Du hast eine Wette mit deinen Teamkollegen verloren und bist vieles, aber kein schlechter Verlierer.
3. Deine Weihnachtsstimmung braucht dringend einen gehörigen Dämpfer, sonst stellst du den Christbaum womöglich schon zum Nikolaustag auf.
4. Mit zwei Promille im Blut ist die Truppe endlich erträglich.
5. Du hast einen Auftragsmord veranlasst und die Feier ist das perfekte Alibi.
6. „Damals auf der Weihnachtsfeier ..." ist so ziemlich der romantischste Anfang einer Liebesgeschichte, den du dir vorstellen kannst.
7. Du hast neue Kollegen, da gibt es keinen besseren Weg, um das Eis zu brechen als mit den Worten: „Wodka. Pur. Auf Eis!"
8. Wenn schon unbezahlte Überstunden, dann wenigstens mit Rahmenprogramm.
9. Die Gehaltserhöhung können sie dir verweigern, nicht aber die Gewichtserhöhung am Buffet.
10. Du bist das arme Schwein, das die Feier organisiert hat.

Ich mache mir zu den Extra-Gästen auffällig gewissenhaft eine Notiz auf einem Post-it und klebe es mir mittig an den unteren Rahmen meines Computerbildschirms. In der Hoffnung, unser Gespräch sei damit beendet und ich könne mich wieder der Verdrängungsarbeit zuwenden, die ich die letzten Monate so erfolgreich geleistet habe, lege ich meine Finger wieder auf die Tastatur. Leider macht die Chefredakteurin keinerlei Anstalten, sich zurück in ihren Glaskubus zu bewegen. Stattdessen lehnt sie sich gegen meinen Schreibtisch und stemmt die Hände in die Hüften.

„Wie läuft's denn mit der Organisation? Gibt's schon was, das wir der Geschäftsführung vorlegen können? Für die Einladung wäre ein kurzer Programmüberblick sicher auch nicht schlecht."

Shit. Shit. Shit. „Alles, was Sie sagen, kann und wird gegen Sie verwendet werden", hallt der Standardsatz amerikanischer TV-Police-Officers durch meinen Kopf. Das Recht zu schweigen wird, wenn ich Horvaths erwartungsvollen Blick richtig deute, in meinem Fall wohl ausgesetzt.

„Alles im Entstehen. Der Abend nimmt langsam Form an. Aber ich will noch nicht zu viel verraten", entgegne ich und hoffe, dass mein Pokerface derselben Maxime folgt. „Ich meine, wäre doch schade um die Überraschung, nicht?"

Horvaths rechter Mundwinkel zuckt und ihr Gesichtsausdruck springt wie ein Kippbild zwischen Skepsis und Belustigung hin und her, bevor sich wieder die gewohnte stoische Miene einstellt. In einer Woche soll ich der Chefetage die Eckpunkte der Feier in einem Meeting skizzieren.

Erst als ich durch die Glaswand sehe, wie sie wieder in ihren Chefsessel sinkt, merke ich, dass ich die letzten zwei Minuten den Atem angehalten habe. Auch wenn es bis zum Tag x-mas noch gute zweieinhalb Monate sind, läuft mir langsam, aber sicher die Zeit davon. Nachdem ich mir von quasi jedem Caterer und Gastronomen vom 1. bis zum 23. Wiener Bezirk eine Abfuhr

geholt habe, sind alle halbwegs vernünftigen Optionen ausge-
schöpft. Höchste Zeit also, die weniger vernünftigen in Betracht
zu ziehen.

Dreimal hätte ich unterwegs beinahe wieder kehrtgemacht. Das
erste Mal beim Einsteigen in die Straßenbahn, dann während
des Wartens an der Ampel und zuletzt, als die Glastür des Restaurants in Sichtweite kam. Diesmal spaziere ich natürlich nicht
durch die Vordertür hinein, so viel ist klar. Aber auch am Weg
durch den Hinterhof frage ich mich, ob ich mit meinem unan-
gekündigten Auftauchen nicht eine Linie überschreite und unsere Freundschaft überstrapaziere. Wer kreuzt denn ohne trifti-
gen Grund einfach so während der Arbeitszeit auf? Eifersüchtige
Ehepartner, Bewährungshelfer, skrupellose Verwandte. Nicht einmal Doris hatte mich jemals in der Redaktion besucht und auch
Patrick es nie weiter als bis zum Bordstein vor dem Eingang geschafft. Wahrscheinlich würde mich Mari für verrückt oder –
noch schlimmer – für eine Stalkerin halten und künftig nicht
mehr auf meine Anrufe reagieren. Tat sie allerdings auch jetzt
schon nicht. Zwischen unserem letzten Treffen auf ein paar Bier
am Donaukanal und heute liegen fast zwei Wochen, vier Anrufe und sechs Textnachrichten von mir. Allesamt unbeantwortet.
Es geht nicht nur um das Catering, ich mache mir eben Sorgen –
deshalb kann einem doch keiner böse sein, rede ich mir selbst gut
zu. Das mulmige Gefühl in meiner Magengrube beweist, dass es
sich dabei nicht bloß um eine Ausrede handelt. Ich bin ernsthaft
besorgt. Meine Augen suchen den Hinterhof ab. Keine rote Vespa weit und breit. Wahrscheinlich hat sie einfach nur die Öffis genommen, weist der rationale Teil meines Gehirns seinen gefühls-

duseligen Kompagnon in die Schranken. Die Tür zur Küche ist geschlossen. Anklopfen wäre eine Möglichkeit oder die Klingel für Lieferanten drücken. Beides Aktionen, zu denen meine Arme noch nicht bereit zu sein scheinen. Meine Hände bleiben in den Jackentaschen vergraben. Erst als mir in den Sinn kommt, dass jemand die Tür plötzlich von innen öffnen und mich beim Herumlungern davor erwischen könnte, was noch blöder aussehen würde, setzt sich meine rechte Hand in Gang. Ich ahne, dass ich es mir womöglich noch anders überlege, sollte mein Klopfen in der Geräuschkulisse einer betriebsamen Küche untergehen, und entscheide mich daher für die Klingel.

„Ich war zufällig in der Nähe ...", „Ist es grade schlecht? Sag ehrlich ...", „Ich war mir nicht sicher, ob ...", „Hallo Mari", bin ich noch damit beschäftigt, mir eine passende Begrüßung respektive Begründung zurechtzulegen, als die Tür aufgeht.

„Hey ... Raffi, richtig?"

Der blasse junge Kerl, den mir Mari bei unserer ersten Begegnung als Auszubildenden vorgestellt hatte, nickt verdutzt. Er schaut sich im Hinterhof um, wohl um zu sehen, ob ich allein oder in Begleitung hier bin. Einen Moment lang starren wir einander an. Der kann sich nicht an mich erinnern, dämmert es mir. Dass ich mir nach unserer einzigen Begegnung tatsächlich seinen Namen gemerkt habe, grenzt an ein Wunder.

„Sofia. Von der Zeitung, weißt du noch?", helfe ich ihm auf die Sprünge. Wieder ein Nicken, diesmal energischer.

„Sorry, dass ich störe, aber kannst du kurz Mari holen?"

Daraufhin setzt sich der Junge in Bewegung. Er blickt sich verstohlen um, macht einen Schritt hinaus in den Hof und zieht die Tür hinter sich ein Stück zu.

„Ist es gerade …", sehe ich die passende Gelegenheit für meinen vorhin einstudierten Satz gekommen, aber Raffi unterbricht mich mittendrin, leise, aber bestimmt: „Mari ist nicht da. Sie arbeitet nicht mehr hier. Seit einer Woche", wirft er mir die Information zu wie eine heiße Kartoffel, offenbar erleichtert, sie losgeworden zu sein. Als er keine Reaktion von mir bekommt, fischt Raffi sein Handy aus der Hosentasche.

„Willst du ihre Nummer?"

„Die hab ich, danke."

„'kay." Der Azubi zuckt mit den Schultern, hebt kurz die Hand und verschwindet wieder in der Küche. Krachend fällt die Tür hinter ihm ins Schloss.

29

Eine am Boden zerstörte Mari mit geschwollenen Augen, im Morgenmantel, übersät mit angetrockneten Ketchup- und Schokoladenflecken; eine abgedunkelte Wohnung, aus der verzerrte Death-Metal-Bässe dringen und einem eine Alkoholfahne oder Graswolke oder beides entgegenschlägt; Dartpfeile, die sich in ein an der Wand befestigtes Foto von Weigelböck bohren ... Ich weiß nicht, was ich erwartet habe, nur dass, was immer auf der Arbeit vorgefallen war, Mari stark zugesetzt haben muss. So stark, dass sie weder andere an ihrem Elend teilhaben lassen wollte noch die Energie aufbrachte, Anrufe entgegenzunehmen oder auf Nachrichten zu antworten. Im Gegensatz zu meinem Auftritt gestern vor dem Hintereingang des Restaurants hatte ich am Weg hierher keine Gewissensbisse. Schließlich hat Raffi mir einen guten Grund für meinen Überraschungsbesuch geliefert. Außerdem bin ich ziemlich erleichtert, weil ich heute Morgen spontan beschlossen habe, das ursprünglich für den musikalischen Rahmen veranschlagte Budget auf das Ködern eines Last-Minute-Caterers zu verwenden. Ich werde mich einfach selbst um die Playlist kümmern, ein Problem weniger. Nach der ganzen Odyssee ist es wohl das Mindeste, dass ich den verflixten Abend lang die Musik hören kann, die *ich* gut finde.

Die Überraschung scheint mir geglückt zu sein. Keine fünf Sekunden, nachdem die Glocke hinter der Tür ertönt ist, macht mir Mari auf.

„Sofia!?" Keine geröteten Augenlider, kein vollgekleckerter Pyjama, keine Flaschen und Dosen im Hintergrund. Doch keine so brillante Idee von mir herzukommen?

„Ich war im Restaurant", versuche ich, meine Stippvisite zu legitimieren, „Raffi hat's mir erzählt."

Die Verwunderung auf Maris Gesicht weicht einem vergnügten Ausdruck, der mich ähnlich irritiert wie das Innere der Wohnung. Von der Tür aus sieht sie aus wie bei meinem letzten Besuch. Als wäre alles normal. Als hätte die Bewohnerin nicht soeben den Job verloren, für den sie sich Tag und Nacht den Arsch aufgerissen hat, bei einem Chef, für den sie mehr als einmal in die Bresche gesprungen ist. Da mich Mari nicht hereinbittet, halte ich es für das Beste, einen schnellen Abgang zu machen.

„Bei dir scheint ja alles okay zu sein. Dann werd' ich mal wieder ..."

Bevor ich den Rückzug antreten kann, schlüpft Mari in ein Paar Sneaker und wirft sich ihre Jeansjacke über.

„Gehen wir ein Stück?"

„Ich hab einfach zu viel Zeit mit diesen Machos auf engstem Raum verbracht, weißt du", beantwortet Mari meine unausgesprochene Frage. „Als hätte ich irgendwann deren Ziele mit meinen eigenen verwechselt. Kennst du das? Ehe man sich's versieht, bist du am besten Weg zu einem Ziel, vom dem du selbst so nie geträumt hast." Während sie ihre Gedanken mit mir teilt, sieht mich Mari nicht an. Wir schlendern die geschäftige Brunnengasse zwischen Multikultimarktständen und Imbissbuden entlang, die die Luft alle paar Meter mit einem neuen Geruch anreichern. Gebratener Knoblauch, gegrillter Fisch, frisches Fladenbrot. In einem offenen Verkaufswagen zerlegt ein bulliger Mann eine Lammkrone mit einem Hackbeil und löst damit einen Anflug von Übelkeit in mir aus. Ich bin froh, dass Mari für ihre Kündigung selbst verantwortlich ist, und schäme mich gleichzeitig ein wenig, dass ich wie selbstverständlich angenommen hatte, Weigelböck hätte sie rausgeworfen. „Aber was ist passiert? Ich meine, du willst mir doch nicht weismachen, dass das eine spontane Eingebung war. Hat sich Weigelböck scheiße verhalten?" Machogehabe schön und gut, aber da musste doch noch was anderes dahinterstecken. Bestimmt braucht es mehr als ein paar dumme testosterongeladene Sprüche, damit jemand wie Mari das Handtuch wirft.

„Weigelböck kann ein egozentrisches Ekel sein. Aber er macht sein Ding schon gut. *Merhaba!*", Mari setzt ein freundliches Gesicht auf und winkt einem Gemüsehändler zu, der soeben eine Kiste Weintrauben auf die Ablage seines Marktstandes hievt. „Das ist es ja gerade. Es ist eben *sein* Ding."

Eigentlich sei nichts Außertourliches vorgefallen, berichtet mir Mari von ihrem letzten Arbeitstag. Die Schicht habe begonnen wie jede andere. Sie habe an einem puristischen Gericht mit Radicchio für das Herbstmenü getüftelt und ihm mit Uhudler-Gelee den – so dachte sie zumindest – letzten Schliff verpasst. Weigelböck habe allerdings andere Pläne gehabt. „Das würdest du *so* schicken?", habe er sie mit ruhiger Stimme gefragt und sei kurz verschwunden, um daraufhin auf ihrem Teller das volle Programm aufzufahren: Mit einer Ladung Gänseleber, Sanddornjus, Malzkrokant.

„Er ist ein großartiger Koch." Als ich Mari gerade darauf hinweisen will, dass sie mir nichts vormachen muss und ihrem ehemaligen Chef überhaupt schon lange genug die Stange gehalten hat, relativiert sie ihre Aussage „Wenn man auf die klassische Fünfsterneküche steht."

Nachdem sie anfangs jede Menge dazugelernt und in ihrem von den Kritikern gefeierten Chef eine Art Mentor gesehen habe, hätten sich ihre Vorstellungen von guter Küche immer weiter auseinanderentwickelt.

„Am liebsten hätte er aus mir einen Mini-Me mit Brüsten gemacht."

„Kein guter Plan, was?"

„Der schlechteste!", lacht Mari und die kleinen strahlenförmigen Fältchen um ihre Augen lassen keinen Zweifel – das Lachen ist echt. So unbekümmert habe ich sie seit unserem Trip zum Nova Rock nicht mehr erlebt. Wir gehen an einem Café mit geflochtenen Stühlen und gelben Sonnenschirmen vorbei, da bleibt Mari unvermittelt stehen. „Hörst du das?"

Zuerst nehme ich an, sie meint den jungen Händler, der unter „Spezial Kilopreis!"-Rufen ein Monster von einem Kürbis wie einen Pokal in die Luft stemmt, doch dann bemerke ich die Musik, die neben der Auslage mit Blechen voller Baklava aus der offenen Café-Tür dringt.

„Die türkische Helene Fischer?", ist das Einzige, das mir zu dem Lied einfällt, in dem eine dramatische Frauenstimme, begleitet von einer Akustikgitarre, lautstark ihr Leid klagt.

„Keinen blassen Schimmer, wer das ist und was sie da singt, trotzdem spürt jeder sofort, worum es geht. Auch ein Gericht muss ich nicht unbedingt verstehen, um davon berührt zu werden."

Die Frau setzt zu einem verzweifelten Crescendo an.

„*Das* berührt dich?"

„Dich etwa nicht?" Mari wirft mir einen verständnislosen Blick zu, als wäre ich die größte Kunstbanausin überhaupt.

„Ähm ... na ja ...", rudere ich zurück.

„Ich verarsch dich nur!", boxt mir Mari mit einem schiefen Grinsen in den Oberarm. „Ich frag mich einfach, wozu soll ich einen Gang so komplex machen, bis der Gast eine Bedienungsanleitung dafür braucht? Wir können sehen, riechen, schmecken – unsere Sinne erfassen gutes Essen ganz intuitiv. Diese krampfhafte Hirnwichserei macht nichts besser. Verstehst du, was ich meine?"

Ich nicke. Ich denke, das tue ich. Mehr als einmal haben Musiker nach einer längeren Schaffenspause oder einem Label-Wechsel zugegeben, dass ihre besten Alben die waren, auf denen sie herumexperimentiert, ziellos Ideen verfolgt und wieder verworfen hatten, statt bemüht die anspruchsvolle Musik zu machen, die man von ihnen erwartete.

Dort, wo die Brunnengasse endet, fängt der Yppenplatz an. Eine große Asphaltfläche mit Grüninseln, die sich am Wochenende in einen riesigen Freiluftmarkt verwandelt, auf den ich – die Langschläferin, die ich nun mal bin – es noch kein einziges Mal geschafft habe. Unter der Woche spielt sich das Leben in erster Linie in den ringsum dicht an dicht gedrängten Cafés ab. Obwohl es über die letzten Tage abgekühlt hat, sind die Schanigärten mit sonnenbebrillten, an Kaffeetassen und Spritzergläsern nippenden Wienerinnen und Wienern gefüllt, die die letzten Spätsommertage noch auskosten wollen. Mari und ich ergattern den Tisch eines Paares, das soeben aufbricht.

„Tut mir leid wegen der Funkstille", entschuldigt sich Mari über einem Bier. „Ich weiß wirklich zu schätzen, dass du dir Sorgen um mich gemacht hast." Erst einmal habe sie aber dringend eine Auszeit gebraucht. Um ihre Gedanken zu sortieren. Bis vor ein paar Tagen habe sie nicht in Worte fassen können, was genau passiert ist, geschweige denn, wie es dazu gekommen war.

Mari verschwindet kurz auf die Toilette.

„Und was willst du jetzt machen?", frage ich, als sie wieder gegenüber von mir Platz nimmt. In der Gastronomie werden eigentlich immer Leute gesucht. Das Online-Jobportal der Zeitung ist voll von Branchen-Inseraten, und viele Küchen- und Sous-Chefs, so musste ich im letzten Jahr feststellen, wechseln ihre Wirkstätten öfter als manche Promis ihre Reha-Kliniken. Allerdings bin ich nicht sicher, ob Mari überhaupt das Bedürfnis hat, so bald wieder in eine Kochjacke zu schlüpfen.

Mari lehnt sich in ihrem Stuhl zurück und nagt mit den Zähnen an ihrer Unterlippe. „Ganz ehrlich? Schlafen – zur Abwechslung auch mal nachts wie normale Menschen, mein' ich. Sonst … ich weiß auch nicht, samstags auf den Markt gehen zum Beispiel." Dabei blickt sie sich um und dreht ihre Handflächen in einer Präsentationsgeste nach oben. „Ich hab noch einige Urlaubstage offen. Und Weigelböck wird sich ganz sicher hüten, mich auf ein paar Restarbeitstage festzunageln. Nicht dass ich die anderen noch mit meiner Scheiß-auf-Chichi-Einstellung anstecke."

Nachdem sie ihr Schlafdefizit aufgeholt haben würde, werde sie bei ein paar Freunden und ehemaligen Kollegen durchklingeln. Irgendwo werde sie schon unterkommen, zeigt sie sich zuversichtlich. Als ich die Kellnerin um die Rechnung bitte, meint diese nur: „Schon bezahlt."

„Ich hab meinen Job hingeschmissen, ich bin nicht ausgeraubt worden!", reagiert Mari auf meinen verlegenen Gesichtsausdruck. Wir haben uns verabschiedet und ich will bereits die nächste Straßenbahnstation ansteuern, da dreht sich Mari noch einmal mit einem ungläubigen Lächeln im Gesicht zu mir um und fragt kopfschüttelnd: „Bist du wirklich extra meinetwegen ins Restaurant gefahren?"

30

Es gibt Abende, an denen ist nichts unmöglich. Die Wohnzimmerkonzerte von Julian und Aurélie sind berüchtigt dafür. Auf den Privatsoireen, die das Paar – er Konzertpianist, sie Chansonnière – regelmäßig in seiner Altbauwohnung über dem Naschmarkt für ein wechselndes, handverlesenes Grüppchen aus Musikbegeisterten, Künstlern und Freigeistern gibt, kann wirklich *alles* passieren. Je nachdem, wer sich unter den begabten Gästen befindet, kann es vorkommen, dass du spät abends mit einer gemalten Karikatur von dir selbst unterm Arm, einem maßgeschneiderten Parfum an Handgelenken und Ohrläppchen oder einem für dich persönlich gedichteten Haiku in der Tasche nach Hause gehst. Vielleicht wird wenig später ein Cocktail in einer Pop-up-Bar nach dir benannt oder ein Foto von dir geschossen, das in ein paar Monaten das Herzstück einer Ausstellung in der Galerie Westlicht bildet und, wer weiß, letztendlich zu einem Spitzenpreis an den Meistbietenden verkauft wird. Das Prinzip dieser Abendgesellschaften ist so einfach wie genial: Die Gastgeber tun, was sie am besten können – das an sturmhupende Autofahrer, über Kopfsteinpflaster klappernde Fiakerhufe und raunzende Kellner gewöhnte Wiener Gehör ihrer Gäste mit wundervollen Melodien und Liedern besänftigen –, während jeder von diesen seinerseits etwas beisteuert: eine kleine szenische Darbietung, ein Gedicht, handgenähte Anstecker für die Besucherinnen und Besucher, prächtige Blumengestecke oder Keramik für die Tafel, Fingerfood oder Desserts. Nicht-Künstlern wie mir bleibt immerhin das Aufstocken des Art-déco-Barwagens, der neben Julians imposantem Flügel den zweiten Mittelpunkt jeder Zusammenkunft bildet. Das eine oder andere Mal hatte ich auch schon Rezensionsexemplare von noch nicht erschienenen Alben oder Schallplatten-Fundstücke mitgebracht, die zu späterer Stunde im Anschluss an die Live-Musik aufgelegt wurden.

Sofia avec steht auf der Einladung – diesmal eine Karte mit Wasserfarben-Handlettering in warmen Wüstenfarben, höchstwahrscheinlich aus der Feder einer weiteren talentierten Seele aus dem Orbit von Julian und Aurélie. Ihr Freundeskreis ist der ultimative Beweis dafür, dass Talent seinesgleichen auf magnetische Weise anzieht.

Als ich Mari gefragt hatte, ob sie Lust hätte, mich zu „Aurelian", wie das Gespann innerhalb des Zirkels gerne genannt wird, zu begleiten, dachte ich schon, dass sie mit von der Partie sein würde. Wozu schließlich den durch die Kündigung endlich zurückeroberten Donnerstagabend zu Hause auf der Couch verschwenden? Umso mehr hatte mich überrascht, woran sie ihre Zusage knüpfte. Nachdem ich ihr den Kerngedanken des Abends erläutert hatte, bat mich Mari, mich bei Aurélie nach den Stücken zu erkundigen, die sie darzubieten planten. Offensichtlich war sie sehr viel wählerischer, was ihre Freizeitgestaltung und die darin konsumierte Musik betrifft, als ich es angenommen hatte.

Ich treffe Mari wie vereinbart beim Aufgang der U-Bahn-Station Kettenbrückengasse. Als sie die Treppe nach oben kommt, fällt mir zuerst ihre Frisur, dann die große graue Transportkiste in ihren Händen auf. Statt des strubbeligen Bubikopfs trägt sie ihre Haare heute locker nach hinten gekämmt, wodurch ihre dunklen Augen und Augenbrauen noch mehr zur Geltung kommen. Da mein hochprozentiges Mitbringsel in einer Tragetasche an meiner rechten Schulter baumelt, habe ich beide Hände frei und biete Mari an, an einer Seite der Box mitanzupacken.

„Lass nur, es geht schon", hievt sie das graue Ungetüm wie zum Beweis noch ein Stück höher. Am Weg zu Aurelians Wohnung fragt mich Mari, woher ich die beiden kenne und ob ich über einen von ihnen geschrieben hätte. Habe ich nicht. Eine befreundete Gesangstrainerin hatte mir Aurélie bei einem der von ihr organisierten Open-Stage-Abende für Singer-Songwriter vorgestellt. Ein Teil der Truppe, mich eingeschlossen, war im Anschluss in eine Bar weitergezogen, wo später auch Julian dazustieß. Das Open-Stage-Event ging bis 23 Uhr, unser gemeinsamer Abend endete erst in den Morgenstunden nach einem Katerfrühstück am Naschmarkt. Ungefähr so beginnen rund fünfzig Prozent aller guten Freundschaften, die in der einmaligen Zeit während des Studiums und dem Einstieg ins Berufsleben geschlossen werden. Die andere Hälfte entfällt auf die Uni oder den Arbeitsplatz, wobei es ebenfalls meist gemeinsam durchzechte Nächte sind, die Studien- und Arbeitskollegen zu Vertrauten werden lassen, die bis ins kleinste Detail über deine neueste *Amour fou* Bescheid wissen und dir mitten in der Nacht simsen, ob du auch gut nach Hause gekommen bist.

Als uns der Fahrstuhl im dritten Stock ins Stiegenhaus entlässt, erwartet uns Aurélie bereits an der Tür und begrüßt uns jeweils mit einer Umarmung, die sich angesichts Maris vorgelagerter Kiste etwas umständlich, aber keinen Deut weniger herzlich gestaltet. Ihre Alabasterhaut und die rotblonde Mähne verleihen Aurélie etwas Elfenhaftes. Ein kurzes Kräuseln der spitzen Nase, und es würde womöglich Elfenstaub über uns regnen. Dass ihr honigmelonengelbes Kleid die Inspiration für die Einladungskarte lieferte, ist so wahrscheinlich wie der umgekehrte Fall.

Wir sind nicht die ersten Gäste, wie das Knarzen des Fischgrätparketts aus dem Wohnungsinneren verrät und die sich im Flur stapelnde Herbstkollektion an Mänteln und Jacken bestätigt. Der großzügige Salon ist in weiches Kerzenlicht getaucht, welches von kleinen Spiegeln auf Kommoden und auf der Tafel zurückgeworfen wird, sodass der angenehme Eindruck entsteht, man wäre von zahlreichen flackernden Kaminfeuern umgeben. Die Installation eines Lichtkünstlers, weiht uns Aurélie ein und weist mit einem kleinen Kopfnicken auf einen Herrn im schwarzen Rollkragenpulli mit streng zurückgegelten Haaren. Ich fische meinen Beitrag zum Abend – einen Kräuterlikör aus einer Wiener Manufaktur, dessen detailreich verziertes Etikett mir besonders gut gefiel – aus der Tasche und stelle ihn zu den anderen Flaschen am gut bestückten Barwagen. Statt ihre Kiste, oder besser gesagt deren Inhalt, am zum Buffet umfunktionierten Sideboard abzustellen, bittet Mari Aurélie, ihr den Weg zur Küche zu zeigen, und kehrt einen Augenblick später mit leeren Händen zurück. Wir schnappen uns zwei von den Teegläsern, die neben den Flügeltüren auf einem Kupfertablett aufgereiht sind, und füllen sie mit dampfendem Tee aus dem danebenstehenden Samowar. Der Duft von Weihnachtsbäckerei steigt mir aus meinem Glas in die Nase. Wir nippen an unserem Chai und lassen die Szene auf uns wirken. Die Dahlien, die aus großen Vasen ragen, die sandfarbenen Teller am Tisch, die belebende Mischung aus alten Freunden und Menschen, die einander noch nie begegnet sind. Wo Maris Blick hängen bleibt, weiß ich, ohne ihm zu folgen: Juli-

ans Juwel. Ein schwarz glänzender Konzertflügel. Bösendorfer –
echte Wiener Klavierbaukunst, wie sein Besitzer nicht müde wird
zu betonen, wo doch der Großteil seiner Konkurrenten, pardon,
Kollegen, auf Steinway & Sons spielt und schwört. Heute leistet
dem edlen Stück ein Cellokoffer Gesellschaft.

„Guten Abend, die Damen!", legen sich von hinten zwei Arme
in dunkelblauem Samt um unsere Schultern. Julians phantom-
haftes Erscheinen lässt Mari zusammenschrecken und beinahe
den restlichen Inhalt ihres Teeglases über den Rand schwappen.

„Wie unhöflich von mir! Wir kennen uns noch nicht –
Julian."

Mari wechselt ihr Teeglas in die linke Hand, um mit der rechten die von Julian zu greifen.

„Mari. Ich hab gerade deinen Bösendorfer mit den Augen verschlungen." Erfreut, jemandem begegnet zu sein, der nicht nur
sein musikalisches Talent, sondern auch seine Kennerschaft zu
schätzen weiß, verwickelt er Mari in ein Gespräch über Anschlags-
nuancen und eine erweiterte Klangfarbenpalette, während er mit
ihr auf den dreibeinigen Gegenstand des Gesprächs zusteuert.

Meine Unterhaltung mit einer Textil-Künstlerin, die in ihren geknüpften Werken alte T-Shirts recycelt, wird von Aurélies
Stimme und den ersten Zeilen von *La vie en rose* unterbrochen.
So wie unsere verstummen auch die anderen Unterhaltungen, ehe
die erste Strophe zu Ende ist – und Edith Piaf in den Armen des
flüsternden Mannes liegt. Mit dem Beginn des Refrains stimmt
das Cello, das inzwischen aus seinem hartschaligen Kokon befreit wurde und seinerseits im Arm einer jungen Frau mit Dutt
liegt, in den Klassiker ein. Mari wirft mir vom anderen Ende des
Raumes einen anerkennenden Blick zu und formt mit ihren Lip-

pen ein Wow. Während eines Gedichts über „die luzide Wirklichkeit des Traumes", das ein Mann mit leuchtend oranger Brille und dazu passendem Schal vorträgt, suche ich Maris Gesicht erneut, kann aber weder sie noch Aurélie entdecken. Vielleicht zeigt ihr Aurélie gerade die zur Wohnung gehörende Terrasse, von der aus man einen atemberaubenden Blick über die Stadt hat. Als der orange Poet seinen Vortrag beendet hat, nimmt Julian auf der Klavierbank Platz. Höchste Zeit, dass die Wohnungsbesichtigung zum Ende kommt, den nächsten Programmpunkt möchte Mari bestimmt nicht verpassen. Da taucht wie aufs Stichwort Aurélie wieder auf und stellt sich neben den Flügel, um eine Ankündigung zu machen.

„Meine Lieben, als Nächstes erwartet uns ein Zusammenspiel der Sinne. Julian spielt uns die *Arabeske Opus 18* von Robert Schumann und Mari ..." – bei der Erwähnung ihres Namens streckt Aurélie in einer ballerinenhaften Bewegung einen Arm nach Mari aus, die im Durchgang zur Küche steht – „... serviert uns eine eigens dazu kreierte Komposition. Bitte lasst euch alle von ihr einen Teller geben, dann fangen wir an." Erst jetzt fällt mir auf, dass die Keramikteller vom Tisch verschwunden sind. Ich reihe mich in die Schlange ein, die sich bereits vor dem Durchgang gebildet hat. Deshalb wollte Mari unbedingt im Vorhinein wissen, welche Stücke uns heute Abend erwarteten – um sich ein Gericht dazu einfallen zu lassen.

„Ceviche", macht mich Mari mit der Kreation auf meinem Teller bekannt. „Ich hoffe, du magst Zander." In der Mitte glitzern rohe Fischstreifen in einer leuchtend gelben Marinade mit grünen Schlieren. Geschmückt werden sie von orangen Kaviarperlen und Kräuterblättchen, die eher salopp darüber gestreut wurden als penibel mit der Pinzette platziert – kein Weigelböck-Teller, so viel steht fest. Ich nehme mir aus dem Korb am Tisch eine Scheibe Brot und lehne mich an eine freie Wand. Als alle Teller einen Besitzer gefunden haben, eröffnet Julian sein Spiel. Seine langen Finger dabei zu beobachten, wie sie geschickt über die Tasten tänzeln, verliert wie ein guter Zaubertrick auch beim hundertsten Mal kein bisschen an Reiz. Ich will Aurélie gerade denselben bewundernden Blick zuwerfen, den Mari zuvor in meine Richtung geschickt hat, bekomme aber nur ihre Augenlider zu sehen. Aurélie ist nicht die Einzige, die ihre Augen geschlossen hat, stelle ich fest. Alles lauscht und kaut andächtig, während der verspielte Refrain von einem ernsteren Zwischenspiel abgelöst wird. Ich bestaune ein letztes Mal das leuchtende Farbenspiel am Teller, bevor ich mit meiner Gabel das erste Fischblatt herauszupfe und es durch die gelb-grüne Sauce ziehe. Das kühle, zarte Zanderfleisch. Julians sanfte Spielweise. Der punktierte Rhythmus. Das zitronige Prickeln auf der Zunge. Obwohl mir die Melodie des Refrains inzwischen vertraut ist, klingt die Wiederholung verändert, vielschichtiger. Im zweiten Teil schlägt das leichtfüßige Stück in e-Moll um, die Kaviarperlen in meinem Mund platzen – wehmütige Tränen auf meiner Zunge. So wie die wiederkehrenden Passagen scheint sich auch der Geschmack des Gerichts zu wandeln. Als würde sich einem mit jeder Gabel eine neue Nuance offenbaren. Töne und Aromen fließen wie verschlungene Ornamente immer mehr ineinander, bis ich nicht mehr unterscheiden kann, was ich eigentlich höre und was ich schmecke. Während das Stück in einer besonders zarten Coda ausklingt, hallt der letzte Bissen mit einer salzigen Frische nach, die meine Ohren und Geschmacksnerven auf ein Da Capo hoffen, warten, geradezu bestehen lässt. Mari lehnt am Türrahmen des Durchgangs und beobachtet das Geschehen aufmerksam wie ein Theaterregisseur, der während der Vorstellung aus der Bühnengasse ins Publikum lugt. Ein zufriedenes, wenn auch etwas ungläubiges Lächeln liegt auf ihrem Gesicht, das beim Austeilen der Teller noch angespannt wirkte.

„Mari!", wende ich mich an sie, während langsam wieder Bewegung in den kurzzeitig mucksmäuschenstillen Raum kommt.

„Das war ein ... perfektes ..." Ja, was eigentlich?

„Musik-Pairing?"

„Ja! Was? Ich meine, wie ...?"

Mari schüttelt den Kopf. „Es hat wirklich gut gepasst, oder?", grinst sie mich an, als könne sie es selbst kaum fassen. „Ehrlich gesagt war ich ganz schön nervös. Immerhin kannte ich nur das Stück. Ich wusste ja nicht, wie Julian die *Arabeske* interpretieren wird", sprudelt die Erleichterung aus ihr hervor.

Ich gieße uns etwas von meinem mitgebrachten Kräuterlikör in zwei Gläser mit Eis und wir stoßen auf die gelungene Einlage an. Inzwischen beginnt sich der Salon zu leeren. Nicht etwa, weil alle nach Hause gehen – Künstler sind fast ausnahmslos eine nachtaktive Spezies –, sondern weil sich die Runde wie immer zu späterer Stunde auf die Terrasse verlagert.

„Das hat wirklich gutgetan", meint Mari, nach dem Likör wieder gewohnt cool. „Die Reaktionen auf ihren Gesichtern zu sehen. Nicht nur die leeren Teller, die zurückkommen."

„So was solltest du machen, Mari. Dafür gibt's doch sicher ein Publikum. Und sind Küchenchefs nicht immer auf der Suche nach innovativen Ideen?"

Mari blickt zur Seite und geht zielstrebig auf den Flügel zu, als hätte sie jetzt lange genug damit gekämpft, sich seiner Anziehungskraft zu widersetzen. Ihre Finger gleiten zaghaft, fast ehrfürchtig über die Tasten wie über das Fell eines wilden Tieres.

„Ich hab da eine verrückte Idee", meint sie, den Blick weiter auf die Klaviatur gerichtet.

„Ich glaub nicht, dass wir das Teil hier unbemerkt rausschaffen können", erwidere ich grinsend.

„Was, wenn *ich* mich um das Catering für eure Feier kümmere?"

„Du?! Ganz allein meinst du?", versuche ich, meine Reaktion, die etwas zu ungläubig ausgefallen ist, abzuschwächen. „Versteh mich nicht falsch – ich hab größtes Vertrauen in dich als Köchin, aber das sind 160 Leute. Ist deine Küche dafür nicht etwas zu winzig?"

„Ich könnte ein kleines Team zusammenstellen." Maris Ruhe lässt keinen Zweifel daran, dass sie sich das, was ich für einen Geistesblitz gehalten habe, bereits gründlich durch den Kopf gehen hat lassen. Bei unserem Abschied am Yppenplatz hatte ich zugeben, dass meine Suche nach ihr im Restaurant nicht ganz uneigennützig gewesen war. Mari hatte daraufhin allerdings nur bestätigt, was ich längst befürchtet hatte: Weigelböck würde sich nicht für eine Firmenveranstaltung hergeben – schon gar nicht im Dezember, wenn das eigene Haus so voll sein würde wie die Geldbörsen seiner Gäste.

„Die Küche wäre kein Problem. Der Hungrige Hawara hat nur bis vierzehn Uhr warme Küche. Ich könnte mit David reden", lässt Mari nicht locker.

„Du meinst wirklich, du schaffst das?"

„Könnte sein, dass ich deine Hilfe brauche", blinzelt mich Mari zuversichtlich an. „Ein paar Hände mehr schaden nie."

„Du redest hier aber von *meinen* Händen. Ich wäre keine große Unterstützung, eher im Weg. Es sei denn, du brauchst kiloweise geriebenen Käse."

„Das wäre ein Anfang", meint Mari lächelnd. „Also, wo ist jetzt diese Wahnsinns-Terrasse, von der alle reden?"

31

Und wenn er lieber alle miteinander wiedersehen und Party machen möchte, als mit mir zu Hause rumzusitzen? Oder wenn er eigentlich nur schlafen will? Wenn er sich nach über vier Monaten mit dem, was auch immer die in Dubai so essen, nichts mehr wünscht als ein anständiges Wiener Wirtshausessen? Oder wenn er schon im Flugzeug gegessen hat? Immerhin hat Emirates den Ruf, einem im Gegensatz zu den meisten anderen Fluglinien tatsächlich Essbares in 10.000 Metern Höhe zu servieren ... Das ist Patrick!, gelingt es mir endlich, seinen Namen als Barriere zu nutzen und damit meinen Gedankenstrom zu unterbrechen. Es fällt mir schwer, dem Drang zu widerstehen, die Teller und Schalen am Couchtisch zum wiederholten Mal umzugruppieren, noch einmal den Deckel des Topfes am Herd zu lüften und in den Kühlschrank zu lugen. Normalerweise fühlen sich Gäste bei mir schon bevorzugt behandelt, wenn sie zwischen Leitungswasser *und* Bier wählen können. Patrick bekommt sogar etwas Selbstgekochtes aufgetischt – also von Mari selbst gekocht: das Ergebnis eines unserer Testläufe für das Weihnachtsfeiermenü. (Außer er hat entweder gar keinen Hunger oder aber Heißhunger auf Wiener Schnitzel, dann gibt es einen Plan B.)

Am Tag nach der Aurelianischen Soiree hatte ich Mari angerufen, um mich zu vergewissern, dass ihr Angebot auch bei Tageslicht ohne Julians Klaviermagie und Liköreinfluss noch seine Gültigkeit hat. Mit einem „Ja, klar!" war es besiegelt worden –

Mari würde das Catering übernehmen, abgestimmt auf meine Playlist.

Soll ich Musik anmachen? Oder besser nicht? Immerhin kommt Patrick direkt vom Flughafen und hat wahrscheinlich die letzten Stunden damit verbracht, den Triebwerkslärm und seine schnarchenden Sitznachbarn mithilfe der Dauerbeschallung über seine Kopfhörer auszublenden. Weil ich mich weder für einen Künstler noch eine Musikrichtung entscheiden kann, knipse ich das Radio an. Und ganz schnell wieder aus. Wenn ein paar Monate auf zwei verschiedenen Kontinenten das mit einer Freundschaft wie unserer anstellen, können Paare, die eine Fernbeziehung führen, wahrscheinlich gar nicht anders, als sich bei jedem Wiedersehen wie die neurotischen Charaktere in einem Woody-Allen-Film zu begegnen.

Da die Zeitung nächstes Jahr ihr vierzigjähriges Bestehen feiert und zwischen dem Weihnachtsfeiertermin und dem Jubiläumsjahr nur zwei Wochen liegen, habe ich mich für eine musikalische Zeitreise von ihren Anfängen in den späten Achtzigern bis heute entschieden. Maris Menü wird aus vier Gängen bestehen und von vier Songs, jeweils stellvertretend für ein Jahrzehnt, begleitet werden. Vier Songs auf einer Playlist, die für mehrere Stunden und, je nach Durchhaltevermögen und Tanzwut der Gäste, sogar bis in die Morgenstunden wird reichen müssen. Einen halben Samstag hatten Mari und ich damit verbracht, uns durch Reminiszenzen an unsere Kindheit und Pubertät zu hören („Wenn das Lied im Autoradio kam, hat meine Mutter immer so laut sie konnte mitgesungen."), Schul-Skikurse („Dazu hab ich mit Gernot getanzt, weil mir Katrin Robert weggeschnappt hatte.") und Live-Konzerte („Der Bass hat dermaßen in meinem Brustkorb gewummert, dass ich mich am Heimweg zweimal übergeben musste."). Die letzte Geschichte brachte Mari zum Grübeln.

„Kein Erlebnis, an das man ausgerechnet beim Essen erinnert werden möchte."

„Klar, aber wir können unmöglich wissen, was genau jeder einzelne der 160 Gäste mit einem bestimmten Song verbindet."

Mari tippte sich mit ihrem Daumen an die Unterlippe.

„Das nicht, aber wir können das Risiko für solche Überraschungen minimieren."

„Also nichts von The Police oder Cyndi Lauper?", verzog ich enttäuscht den Mund.

„Na hör mal, dann kann ich ja gleich Schnitzelsemmeln und Pommes auftischen!"

„Aber wenn ich den Leuten nur mit dem Singsang von Sigur Rós in deren Fantasiesprache komme, kann damit auch keiner was anfangen", gab ich zu bedenken.

„Müssen sie doch gar nicht. Je weniger persönliche Assoziationen vom Zusammenspiel der Musik mit den Gerichten ablenken, desto besser."

„Und was ist mit B-Seiten und genialen Coverversionen?"

„Die könnten klappen."

Nachdem wir eine erste Songauswahl beisammenhatten, war Mari mit zwei großen Tragetaschen bewaffnet zur „Inspirationssuche" auf den Markt gegangen. Ich tüftelte weiter an der Liste, ohne mich im Geringsten darüber zu ärgern, dass die Hälfte meines wohlverdienten Wochenendes gerade dabei war, für Horvaths Fleißaufgabe draufzugehen. Im Gegenteil.

Eben gelandet, am Weg zur S-Bahn, kontrolliere ich zum wiederholten Mal Patricks letzte Textnachricht. Sie wurde vor vierzig Minuten abgeschickt, er müsste also jeden Moment da sein. Schon verrückt, dass unsere Abschiedsfeier bei Luca und Mario fast ein halbes Jahr her ist. Gerade als mir der Gedanke kommt, ich könnte noch in ein anderes T-Shirt schlüpfen, klingelt es an der Tür. Auf eine etwas zu stürmische, etwas zu lange Umarmung folgt das obligatorische Wie-war-dein-Flug?-Danke-ganz-okay!-Viel-los-in-der-Bahn?-Halb-so-wild.-Komm-erst-mal-rein.-Gern!-Pingpong, das nahtlos zu dem Teil übergeht, bei dem sich dein Gegenüber in ein Suchbild verwandelt, in dem es die Unterschiede zum Referenzbild von der letzten Begegnung auszumachen gilt. Da der Rest von Patrick unter einer Daunen-jacke, Mütze und Schal verborgen ist, fallen mir als Erstes sein Dreitagebart und die sonnengebräunte Haut im Gesicht auf. Die Augenringe zählen nicht, beschließe ich – die gibt es auf Inter-kontinental-Flügen zum Jetlag gratis dazu. Plötzlich beunruhigt davon, welche Veränderungen Patrick wohl an mir feststellen würde, flüchte ich mich kurzerhand hinter die Kühlschranktür.

„Bier? Ich hab Ottakringer, eine Art Wiener Guinness, ein IPA von einer Kärntner Mikrobrauerei ..."

Patrick entscheidet sich für das Ottakringer, schält sich aus seiner Jacke und lässt sich mit einem zufriedenen Seufzer auf die Couch fallen. Mit jedem gewechselten Satz finden wir mehr und mehr in unseren gewohnten Rhythmus. Eine Geschichte fließt in die andere, bis sie sich wieder einstellt, die alte Vertrautheit. Un-ser Wiedersehen fühlt sich an, wie wenn man am ersten kühlen Tag nach einem langen Sommer in den verwaschenen Lieblings-hoodie hineinschlüpft. Auch wenn er zwischenzeitlich in der hintersten Ecke des Kleiderschranks verschwunden war, war er immer da.

Trotzdem werde ich das Gefühl nicht los, dass irgendetwas anders ist. Als hätten wir beide die Rollen getauscht. Patrick hat die Beine hochgelegt, wie ich es immer im Patmobil getan habe, und erzählt von der Rund-um-die-Uhr-Arbeitsmentalität, die Dubai zum reinsten „Disneyland für Business People und Workaholics" mache. Während er mir am Handy Fotos von Autos, Villen und Clubs zeigt, die allesamt aus einem Hip-Hop-Video stammen könnten, changiert sein Gesichtsausdruck zwischen Faszination und Ekel. Auf übertriebenen Schnickschnack reagiert Patrick noch allergischer als ich. Einmal hatte Doris ihn zu einer Besorgung ins Nobel-Kaufhaus Steffl im ersten Bezirk mitgenommen. „Auf Etage vier, in der Kinderabteilung mit den niedlichen Mini-Gucci-Sakkos und Armani-Kleidchen, hat er mich einfach stehen lassen und gesagt, er wartet lieber draußen", hatte mir Doris später immer noch ganz perplex erzählt.

Unglücksszenario Nummer 3: *Was, wenn er sich in Dubai so wohl fühlt, dass aus ein, zwei Jahren am Ende sechs oder sieben werden* hatte ich gleich nach Patricks erstem Anruf von meiner imaginären Worst-Case-Liste gestrichen. Unglücksszenario Nummer 4: *Der neue Job erweist sich als so genial, dass er nie wieder woanders etwas anderes machen will* wurde die Woche darauf verworfen, als feststand, dass er für seinen Arbeitgeber quasi rund um die Uhr auf Abruf bereitstehen musste. Die Tatsache, dass mir Patrick jetzt gegenübersitzt, spricht eindeutig dafür, dass auch Unglücksszenario Nummer 1: *Ein Autounfall* und Nummer 2: *Eine Verhaftung wegen seiner großen Klappe* bisher nicht eingetreten sind.

„Wer war *das?*" Ohne Patricks Antwort abzuwarten, reiße ich ihm das Handy aus der Hand und wische mit meinem Zeigefinger zweimal nach rechts, um zum vorletzten Foto zurückzukommen. Ein Selfie von Patrick auf einer Strandparty. Mit einer Brünetten im Arm.

„Das", antwortet Patrick und legt, während er sich sein Handy zurückholt, eine dramatische Pause ein, „ist Franzi." Bevor er auf die Forderung meiner geweiteten Augen nach Kontext eingeht, entsteht eine weitere.

„Sie ist aus der Schweiz. Hotelmanagerin – nicht von meinem Hotel. Wir haben uns bei diesem Abend für Expats aus der DACH-Region getroffen." Als wäre damit alles gesagt, nimmt Patrick einen Schluck von seinem Bier und lehnt sich auf der Couch zurück.

„Und?" Er müsste doch wissen, dass ich ihn nicht so einfach vom Haken lasse. Wieso ziert er sich also so? Nachdem er sein Bier abgestellt und das Handy zur Seite gelegt hat, lehnt sich Patrick mit abgewinkelten Ellenbogen auf seine Knie. Er legt die Hände zusammen.

„Und ... ich glaube, ich mag sie. Sehr sogar." Das war also Nummer 5. Ich fasse es nicht, dass ich ausgerechnet dieses Unglücksszenario übersehen habe – *was, wenn er sich dort verliebt?* Ja, was wenn? Von dieser Eröffnung überrumpelt, greift meine Hand reflexartig nach der Flasche vor mir, um mir für meine Reaktion etwas Zeit zu verschaffen. Nach einem großen Schluck zwinge ich meinen Körper aus der kurzzeitig eingetretenen Schockstarre und beuge mich zu Patrick nach vorne.

„Das freut mich für dich." Wie bei einem Lügendetektortest warte ich auf ein konträres Signal aus meiner Magengrube oder meinem Brustkorb, aber ... nichts – keine Enge im Brustkorb, nicht mal ein Kloß im Hals. Erst als die Worte meine Lippen verlassen haben, wird mir bewusst, dass sie wahr sind. Ich freue mich wirklich – für einen von uns beiden.

„Hast du uns eigentlich was zu essen bestellt, oder sind die da nur Deko?", steuert Patrick unser Gespräch aus der Sackgasse und zeigt auf die leeren Teller am Couchtisch.

„Du wirst es nicht glauben: Ich hab sogar was gekocht! Also dabei geholfen."

Froh, seine volle Bewegungsfähigkeit wiedererlangt und etwas zu tun zu haben, wirbelt mein Körper herum Richtung Herd. Mari hatte die gesamte letzte Woche unterschiedliche Rezepte zu diversen Achtziger-Jahre-Hits ausgetüftelt. Vier verschiedene Vorspeisen waren beim gestrigen Probekochen in unsere engere Auswahl gelangt. Eine davon – eine Flusskrebs-Bisque – wartet im Topf darauf, aufgewärmt und mit Kastanien-Schöberl bestückt zu werden. Um das Jakobsmuschel-Tatar von Kühlschrank- auf Zimmertemperatur zu bringen, sollten laut Mari ein paar Minuten genügen.

„Das riecht herrlich. Was ist das?", will Patrick wissen.

„Das ...", diesmal mache ich mir die Pause als dramaturgisches Mittel zunutze, „... sind *Crystal Japan* und *This Must Be The Place.*"

32

„Ich denke, wir haben hier die neue Miss en Place. Was meinst du, Raffi?"

Völlig ins Führen des respekteinflößend scharfen Gemüsemessers vertieft, bemerke ich erst jetzt, dass Mari direkt hinter mir steht und über meine Schulter zufrieden meine Ausbeute an geschälten Zwiebeln, fein gewürfelten Karotten und Sellerie und getrennten Eiern mustert. Raffi, der genau wie Alex seinen Weigelböck-freien Tag dafür geopfert hat, um mit uns in der Küche des Hungrigen Hawara ein Vier-Gänge-Menü aus dem Ärmel zu schütteln, streift die mehligen Hände an seiner Kochjacke ab und bezieht hinter meiner anderen Schulter Stellung.

„Nicht übel, Sofia!" Sein Blick wandert von den vollen Gastronorm-Behältern vor mir zur Uhr an der Wand. „Und das in knapp zwei Stunden."

Zwei Stunden? Von den monotonen Handgriffen, den wiegenden Bewegungen der Klinge und dem gleichmäßigen Tok-Tok-Tok am Schneidebrett in einen seltsam meditativen Zustand versetzt, habe ich jedes Zeitgefühl verloren. Bis auf die Musik im Hintergrund – Missy Elliot – gibt es in diesem Schuhkarton von einer Küche nicht viel Ablenkung. Ich frage mich, wie man irgendetwas Kreatives zustande bringen soll, wenn man tagein, tagaus nichts als Edelstahl und champignonbraune Fliesen zu Gesicht bekommt – vom langen Stehen und der energieraubenden Konzentration auf Gefahrenquellen wie Messer, Gasherdflam-

252

men, bedrohlich brodelnde Saucen und rutschige Gemüescha-
len am Boden einmal ganz abgesehen. Nicht, dass ich mich beklagen will. Dass David eingewilligt hatte, uns seine Restaurant-
küche den gesamten gestrigen Ruhetag und heute ab fünfzehn
Uhr nach dem Mittagsgeschäft für die Catering-Vorbereitungen
zu überlassen, ist ein wahrer Glücksfall, der nur durch die Nähe
des Lokals zur Redaktion übertroffen wird. Lediglich drei Straßenbahnstationen liegen dazwischen. Trotzdem hätte ich in dieser Woche einen Teleporter gut gebrauchen können. Die letzten
Tage waren ein einziges Hin und Her zwischen der Brücke und
dem Kulissen-Depot. Von der Redaktionssitzung zur Anlieferung
der Möbel durch den Eventausstatter, vom Verlegen der Verlänge-
rungskabel für die Lautsprecher und mobilen Herdplatten zum
Telefoninterview mit einem Clubbesitzer, von 3200 in die Tastatur gehämmerten Zeichen über das Lebenswerk eines neunzig-
jährigen Komponisten zum Einkühlen von gefühlt gleich vielen
Wasser-, Wein- und Bierflaschen in die vom Getränkecatering mit-
gelieferten Kühlschränke. Obwohl sich die Zeit, die ich meinem
eigentlichen Job gewidmet habe, so gut wie halbiert hat, ist zu
meinem großen Erstaunen kein Artikel auf der Strecke geblieben.
Nicht ein Abgabetermin, bei dem ich Horvath um eine Verlänge-
rung der Gnadenfrist bitten musste. Am Parkinsonschen Gesetz –
das in etwa besagt, dass eine Aufgabe immer genau so viel Zeit in
Anspruch nimmt, wie einem dafür zur Verfügung steht – dürfte
was dran sein. Aber nicht nur das, auch das Schreiben selbst geht
mir momentan leichter von der Hand. Statt durch die Doppel-
belastung – denn komplett hatte mich Horvath natürlich doch
nicht freispielen können – nur noch auf Sparflamme zu laufen,
habe ich auf mir unerklärliche Weise mehr Energie als vorher. In

den vergangenen Wochen habe ich mich mehr als einmal dabei ertappt, wie ich nachts im Bett wie unter Strom anekdotische Gedankensplitter zu einer Band oder einem Song ins Handy tippe, zuversichtlich, dass Mari sie in Aromen übersetzen und zu einem köstlichen Mosaik zusammenfügen würde.

Da uns im Kulissen-Depot nicht einmal eine improvisierte Kochnische zur Verfügung steht, muss der Großteil der Komponenten, die morgen den Weg auf die Teller der Gäste finden sollen, heute vorbereitet werden. Um keine Zeit zu verlieren, hatte Mari fein säuberlich wie in einer Partitur notiert, was jeder von uns vieren zu tun hat. Außer für das Schälen, Putzen und Schneiden bin ich in erster Linie für das Abwiegen und Abmessen von Zutaten abgestellt. Meine anfängliche Nervosität und die Berührungsängste mit den einschüchternd scharfen Messern sind inzwischen voller Konzentration gewichen. Mit feinem Mehlstaub überzogen, mit pinken Rote-Rüben-Flecken besprenkelt und mit Eiklar benetzt, sieht meine Schürze den Seiten von Nonnas Rezeptheft immer ähnlicher. Kaum habe ich einen Behälter gefüllt, wird er – Sisyphos lässt grüßen – von Raffi, Alex oder Mari konfisziert und wieder durch einen leeren ersetzt. Was auf mich noch zu Beginn unserer Nachmittagsschicht wie die Quadratur des Kreises gewirkt hat, nimmt in den vielen dampfenden Töpfen, im unermüdlich laufenden Konvektomat und den bis zum letzten Zentimeter ausgereizten Arbeitsflächen langsam Gestalt an.

Fokussiert wie der Einsatzleiter einer entscheidenden militärischen Operation, dreht Mari ihre Runden durch die Küche, rührt hier, tastet dort, kostet, würzt nach, kostet erneut. Wir haben rund die Hälfte unserer To-do-Liste abgearbeitet, als die Lautstärke der Musik auf einmal hochgedreht wird. Mari hat einen Kochlöffel zum Mikrofon umfunktioniert und stimmt durch den Raum tanzend in Missy Elliots Refrain ein: „*This is for my people, my party people. This is for my people, my motherfucking people* ...*"* Raffi wirft ihr einen amüsierten Blick zu, legt den Pürierstab aus der Hand und gibt einen Moonwalk zum Besten, der Michael Jackson mit Stolz erfüllt hätte und ihm anerkennenden Applaus von Alex einbringt. Der schnappt sich Schöpfkelle und Schneebesen und legt damit auf Arbeitsfläche und Deckeln ein Trommelsolo hin.

„*C'mon, c'mon, get down, get, get on down*", schmettert mir Mari entgegen, sodass ich nicht anders kann, als mich mit wippenden Knien und hochgestreckten Armen an der spontanen Einlage zu beteiligen. Als der Song zu Ende ist, regelt Mari mit einem Seufzer, halb erschöpft, halb befriedigt, die Musik wieder runter. Der Dancefloor nimmt wieder die Gestalt des grauen Küchenbodens an und wir kehren pflichtbewusst an unsere Kochstationen zurück. Bevor nicht sämtliche Bausteine für alle vier Gänge abgefüllt und verpackt sind, ist an Nachhausegehen nicht zu denken. Die Warmhaltebehälter für den Transport der vorgekochten Gerichte hatte Mari von einem Ex-Kollegen ausleihen können. Worauf oder worin wir die Gerichte anrichten sollten, war bis vor einer Woche noch ein großes Fragezeichen. Die ernüchternden Preise und das langweilige Angebot diverser Geschirrverleiher hatten mich bereits Pappteller à la Kindergeburtstag in Betracht ziehen lassen, bevor mir die rettende Idee kam. Die meisten Foodstylisten haben ein regelrechtes Arsenal an Geschirr, um die für Rezeptstrecken und Kochbücher abzulichtenden Speisen möglichst abwechslungsreich in Szene zu setzen. Eine Foodstylistin, mit der das Wochenendmagazin des *Plafond* in der Vergangenheit hin und wieder zusammengearbeitet hatte, hatte schließlich zugesagt und uns das komplette Inventar ihres Ateliers für den Abend überlassen.

„Äh, Mari", unterbreche ich einen ihrer Kontrollgänge, um mich über den nächsten Punkt auf meiner Aufgabenliste zu erkundigen, „was heißt ZBT?"

„Die Zitronen-Baiser-Tarte. Ah, Moment!" Mari wandert mit ihrem Zeigefinger die an der Bonschiene befestigten Zettel ab. Als sie findet, wonach sie gesucht hat, tippt sie mit den Fingerspitzen dagegen.

„Voilà!", reicht mir Mari ein handgeschriebenes Rezept.

„*Ich* soll das Dessert machen?", dämmert es mir.

„Wenn du dich genau ans Rezept hältst, kann eigentlich nichts schiefgehen. Die Eier dafür hast du ja schon getrennt."

33

Am Weg zum Kulissen-Depot fühle ich mich schwindelig wie nach einer Runde mit dem Ringelspiel im Prater und kurzatmiger als Axl Rose ohne sein Sauerstoffzelt. Als ich am Veranstaltungsort der Weihnachtsfeier ankomme, ist Mari schon da und räumt mit Raffi Edelstahlbehälter aus einem Lieferwagen. Vor dem Eingang hat sich eine Traube aus Mädchen und Jungs in weißen Hemden und schwarzen Hosen gebildet. Keine Schüler auf Internatsausflug, sondern die Servicekräfte von der Personalagentur. Im hinteren Bereich des Hauptraumes sind zwei Praktikanten damit beschäftigt, die Waren für den alljährlichen Geschenkebazar auszulegen. Die Produktmuster und Probeexemplare, die im Laufe eines Jahres in die Redaktion flattern, würden selbst den Lagerraum so mancher Boutique sprengen. Immerhin hatten sich die einzelnen Ressorts schon vor Jahren darauf geeinigt, die angesammelten Luxus-Kosmetik-Tiegel, Designer-Handtaschen und futuristischen Kleinmöbel in den Dienst der guten Sache zu stellen. Seither wird das durch den internen Verkauf hereingespielte Geld an eine karitative Einrichtung gespendet. Den stolzen Sümmchen, die in der Vergangenheit auf diese Weise zusammengekommen waren, zufolge dürfte der Großteil der Kollegenschaft jemanden kennen oder mit jemandem verwandt sein, den Maxi-Vasen und Mini-Handtaschen unterm Weihnachtsbaum in einen Freudentaumel versetzen.

Ich hole meinen Laptop aus der Tasche und lege ihn auf dem Stehtisch ab, den ich des direkten Blicks auf den Durchgang zur improvisierten Vorbereitungsküche wegen eigens hier habe platzieren lassen. Mit meiner insgesamt fast neunstündigen Playlist sollte uns die Musik heute Abend nicht ausgehen. Die Arbeit auch nicht, fürchte ich, während ich zwischen den Tischreihen hindurch zurück zum Eingang haste.

„'kay, bin dann mal weg. Ich fass es nicht, dass ich das verpasse!", schüttelt Raffi den Kopf und verabschiedet sich mit einem „Toi, toi, toi!" zu seiner Schicht im Restaurant. Auf Raffi müssen wir leider verzichten, aber glücklicherweise konnte Mari einige ihrer ehemaligen Küchenkollegen aktivieren. Ich helfe Mari beim Reintragen der letzten Behälter und trommle dann die Jungs und Mädels vom Service zusammen, um mit ihnen den genau getakteten Ablauf des Dinners durchzugehen. Als sämtliche Fragen geklärt sind und alle wissen, was sie zu tun haben, wird es Zeit für einen letzten Soundcheck. Ich flitze zurück Richtung Laptop, aber wo ...? Der Stehtisch steht noch an Ort und Stelle, auf der Tischplatte befindet allerdings nur noch ein einsames HDMI-Kabel.

„Das ist also Horvath?!", wundert sich Mari und starrt abwechselnd mich und die Stelle, an der die Chefredakteurin vor einem Augenblick noch gestanden ist, mit großen Augen an. „Nach allem, was du erzählt hast, hab ich sie mir irgendwie ..., na ja, diktatorischer vorgestellt."

„Nicht alle Diktatoren tragen Schnauzer. Manche bevorzugen Föhnfrisuren."

Horvath war eine Stunde vor Beginn der Feier unangekündigt im Kulissen-Depot aufgetaucht – wohl um sicherzugehen, dass ihre Musikredakteurin den Veranstaltungsort nicht in einen dieser versifften Underground-Clubs verwandelt hat, in denen ich ihrer Meinung nach meine freien Abende verbringe. Statt uns mit Fragen zu löchern oder Last-Minute-Sonderwünsche zu deponieren, hatte sie Mari freundlich die Hand geschüttelt und beteuert, wie sehr sie sich schon auf das Dinner freue. Zu meiner Erleichterung wollte sie auch keinen Blick auf die Songauswahl werfen, sondern stöckelte der Servicemitarbeiterin hinterher, die sie um eine „kleine Kostprobe" vom Prosecco angeschnorrt hatte.

„Auch die Herzkönigin hat mal einen guten Tag", murmle ich und setze die Suche nach meinem verschollenen Laptop fort. Obwohl ich mir mehr als sicher bin, wo ich ihn gelassen habe, klappere ich pflichtschuldig den Lieferwagen und die Küche ab, schiebe Edelstahlbehälter zur Seite, klettere hinter Lautsprecher und lüfte sogar Tischtücher. In weniger als einer halben Stunde ist mit den ersten Gästen zu rechnen. Wenn ich nicht bald herausfinde, wo das Teil abgeblieben ist, verwandelt sich unser musikalisches Menü noch in meinen Leichenschmaus.

„Alle mal herhören, bitte!", bemühe ich mich, nicht selbst wie die jähzornige Monarchin aus Alice im Wunderland zu klingen, obwohl ich inzwischen gute Lust hätte, ein paar Köpfe rollen zu lassen. „Hat irgendjemand meinen Laptop gesehen? Schwarzer Acer, Uraltmodell, Deckel voller Aufkleber?" Einige vom Service zucken mit den Schultern. Eine Küchenhilfe schüttelt den Kopf. Der Barkeeper füllt unbeirrt weiter Eis in Eimer.

„Bei den Taschen", ertönt ein zaghaftes Stimmchen aus der Ecke des Geschenkebazars. Das dazugehörige Mädchen kommt langsam zwischen den Tischreihen zum Vorschein. „Er stand da so unbeobachtet, darum hab ich ihn ins Zimmer zu den anderen

Wertsachen gebracht", rechtfertigt sich die Praktikantin, ihr Kopf hochrot. „Nicht, dass ihn noch jemand mitgehen lässt." Als ob irgendwer so bescheuert wäre, einen sperrmüllreifen Computer Baujahr 2008 zu klauen, wenn ein paar Meter weiter der heiße Scheiß von La Mer, Gucci und Furla offen herumliegt! Erleichtert und von der arglosen Naivität des Mädchens gerührt, beiße ich mir auf die Zunge und sage stattdessen: „Sehr aufmerksam! Holst du ihn bitte wieder her?"

Mari stößt ihre Faust in Freddie-Mercury-Manier in die Luft – das Zeichen dafür, dass gerade die letzten Portionen angerichtet werden und der Service loslegen kann. Ich nicke der Serviceleiterin bestätigend zu und beobachte, wie unsere Armee in Schwarz-Weiß mit der Vorspeise bewaffnet ausschwärmt. Mein Bauch kribbelt, als wäre meine Magengrube mit Knallbrause gefüllt. Als vor jedem Gast ein Teller steht, macht auch die Serviceleiterin einen auf Queen-Frontman. Los geht's! Ich lasse den laufenden Song leise ausklingen und spiele den ersten auditiven Gang ein. Beim Gedanken daran, dass besonders gierige Gäste ihr Tatar, trotz meiner Anleitung, bereits vor Beginn des dazugehörigen Songs verschlungen haben könnten, verkrampfen sich meine Finger über dem Touchpad. Horvath hatte die Gesellschaft willkommen geheißen, sich bei allen für ein herausragendes Jahr bedankt und sich einen Witz über die außergewöhnliche „Kulisse" nicht verkneifen können. Danach hatte sie mir ein „herzliches Dankeschön" für die Organisation des Abends ausgesprochen, das nahelegte, ich hätte mich freiwillig für diese ehrenvolle Aufgabe gemeldet, und das Mikro an mich weitergereicht. Die strapaziösen letzten Wochen, das Kochen gegen die Zeit und dann auch noch die Sache mit dem Laptop dürften meine Cortisol-Reserven erschöpft haben. Obwohl ich den Mittelpunkt normalerweise meide wie glühende Kohlen, haben meine Knie nicht einmal gezittert, als ich bereit für den Feuerlauf vor die Gäste getreten bin.

„Als gedruckte Zeitung und als Online-Publikation sind wir in erster Linie ein visuelles Medium. Und doch sind es die Geschichten, denen es gelingt, *alle* unsere Sinne anzusprechen, uns auf einer tieferen verbindenden Ebene zu berühren, deren Links wir als Lesezeichen speichern und über Social Media teilen, die wir ausgeschnitten und fein säuberlich gefaltet über Monate, wenn nicht Jahre in unseren Portemonnaies und in unseren Herzen mit uns herumtragen. Das Menü des heutigen Abends ist eine Hommage an die Kunst des Geschichtenerzählens, der sich der *Plafond* seit der Gründung des Blattes 1976 verschrieben hat. Jeder Gang besteht aus einem Gericht und einem begleitenden Song aus den vergangenen vier Jahrzehnten unseres Bestehens. Ich wünsche Ihnen allen einen inspirierenden Abend und guten Appetit!"

Während die Anfangsakkorde der Coverversion von *This Must Be the Place* erklingen, stelle ich mir vor, wie die Gäste ihre Gabeln mit Jakobsmuscheltatar an die Lippen führen. Der Song ist das erste wirkliche Liebeslied, das Talking-Heads-Frontman David Byrne geschrieben hat, das Gericht unser erster Versuch, die Gäste einzukochen. Das zarte Muschelfleisch verschmilzt mit der Frische und Säure von Molke und grünem Apfel ebenso wie die üppigen Geigenklänge mit der klaren Stimme von Kaoru Ishibashi alias Kishi Bashi zu … *einem kaleidoskopischen Ganzen*, schießt mir amüsiert mein erster Restauranttest durch den Kopf. Zumindest auf die Reaktionen auf den mir zugewandten Sitzplätzen habe ich von meinem Stehtisch aus freie Sicht. Gehen dort die Mundwinkel nach oben? *Guess I must be having fun.* Gilt das zustimmende Nicken unserer gelungenen Speisen- und Musik-Paarung oder bloß einer lustigen Bemerkung des Gegenübers?

Während der Service das Geschirr zu anderen Klassikern der Achtziger einsammelt, husche ich kurz in die Küche. Dort finde ich Mari und ihre Brigade konzentriert über eine Straße aus Tellern gebeugt, die auf zusammengeschobenen Tischen quer durch den ganzen Raum verläuft. Wie bei Fließbandarbeitern sitzt jeder Handgriff. Während die einen vorgewärmte Teller aufreihen, klopfen andere mit kleinen Hämmern Salzteigkugeln auf, die dann von Kollegen mit Estragon-Vinaigrette beträufelt und einem Klecks Meerrettich-Crème-Fraîche versehen werden. Ich schenke Mari und der Crew zwei Daumen nach oben und schieße überdreht zurück zum Laptop, bereit Liz Phair mit *Canary* ins Rennen zu schicken. Auf ihrem Debütalbum war die Künstlerin mit dem Patriarchat in der Rockmusik hart ins Gericht gegangen. Wollen wir hoffen, dass das Feedback unserer Gäste gnädiger ausfällt. Während Liz Phair mit flacher, flüsternder Stimme das Elend ihres Alltags entblößt, brechen Konstantin und die Kollegen den harten Salzmantel auf und legen darunter dunkelrote Herzen frei. Zwischen den hellen Krusten blitzen Rote Beten hervor, und einige gelbe – eine Anspielung auf den titelgebenden Piepmatz, die Mari und ich uns nicht verkneifen konnten. Ich stelle mir vor, wie sich der intensive Geschmack der im Teigmantel gebackenen Rüben mit den Klavieranschlägen langsam hochschaukelt. Die Damen aus der Buchhaltung haben ihre Augen geschlossen und kauen hingebungsvoll. Fühlen sie bloß mit der

Protagonistin mit *(I put all your books in an order)*, oder spüren sie, wie sich die nussig-erdige Komposition, angestiftet von der leichten Meerrettichschärfe, einem Crescendo nähert, um dann im letzten Moment einen Rückzieher zu machen? *Death before Dawn*. Der Russland-Korrespondent leckt an seiner leer gegessenen Salzteighülle und erntet dafür einen skeptischen Blick seiner Sitznachbarin. Zwei Gerichte geschafft, zwei liegen noch vor uns – darunter auch „mein" Dessert. Zuerst ist der Hauptgang an der Reihe: Ente auf einer Hagebuttenreduktion mit Karottenpüree. Die Ausgelassenheit der Klaviertakte von *The Way We Get By* springt sofort auf die Stimmung im Raum über. Einige Kollegen schließen sich dem Händeklatschen im Song an und werfen ihre Köpfe in den Nacken. So ähnlich hatte ich beim Probekochen auch reagiert. Die kratzige Stimme von Britt Daniel wirkt wie ein Verstärker für das Mundgefühl und führt dazu, dass die knusprige Haut der Keulen gefühlt mit ein paar Dezibel mehr zwischen den Zähnen kracht. Die süß-saure Hagebutte spielt dazu das Tamburin. Und dann ist da noch die Geheimzutat. Auf Maris Hot Sauce ist Verlass. Das hat sie mit den Indie-Rockern aus Texas gemeinsam – während ihres gut zwanzigjährigen Bestehens haben Spoon mit keinem einzigen Album danebengehauen.

Auch Horvath scheint von der knusprig-scharfen Kombination ganz angetan. Die Chefredakteurin schmachtet das Stück Ente auf ihrer Gabel an, als wäre sie gerade im Begriff, etwas Verbotenes zu tun – was sie je nach aktuellem Diätregime höchstwahrscheinlich auch ist. Abgesehen von Prosecco, doppelten Espressi und rohem Fisch, den sie in Form von Sashimi wie ein Seelöwe verschlingt, hat sich so gut wie jedes Lebensmittel schon einmal auf ihrer schwarzen Liste wiedergefunden. Der würzige

Duft lässt meinen Magen grummeln und erinnert mich daran, dass ich den ganzen Abend noch nichts gegessen habe. Später!, versuche ich ihn mit einem großen Schluck Bitter Lemon zu vertrösten. Erst gilt es, mit dem süßen Finale dafür zu sorgen, dass den Gästen dieser Abend – um dem Titel des begleitenden Songs gerecht zu werden – *Forever* in Erinnerung bleibt.

Als die letzten Dessertteller von flinken Händen abtransportiert worden sind und ich die Playlist auf automatisch gestellt habe, fällt mir ein Stein vom Herzen. Es muss einer im Format dieser Hinkelsteine gewesen sein, die Obelix so gerne auf die Römer schleudert.

„Sen-sa-tio-nell, Sofia!", ertönt es hinter mir und eine Sektflöte schwebt vor meiner Nase. Charlotte streckt mir strahlend das Glas entgegen.

„Die Belegschaft kann direkt froh sein, dass diese Eventfirma pleitegegangen ist." Ich nehme den Prosecco entgegen und stoße mit der Kollegin an. Aufgekratzt und erleichtert lasse ich meinen Blick durch den Raum wandern. Er fällt auf Konstantin, der am Tisch der Sales-Abteilung eingekesselt wird wie das Lamm von einem Rudel Wölfe. Geeicht von Geschäftsessen und Networking-Veranstaltungen, ist es den werten Kolleginnen und Kollegen in den vergangenen Jahren sogar gelungen, Tech-Helmut – die Trinkfestigkeit in Person – unter den Tisch zu saufen. Aus dem Augenwinkel sehe ich, wie Anzeigen-Linda einige Schnaps-Gläser auf einem Tablett balanciert. Ich kippe den Rest meines Proseccos hinunter, wünsche Charlotte noch viel Vergnügen und mache einen Satz auf die Runde zu. Konstantin blinzelt mich mit glänzenden Augen an. Ein paar Shots dürfte der Gute schon intus haben, aber noch ist es nicht zu spät.

„Darf ich ihn mir mal kurz ausleihen?", flöte ich der Truppe entgegen und zerre den leicht konsternierten Konstantin auf die improvisierte Tanzfläche zwischen Geschenkebazar und Toiletten. Wer hätte gedacht, dass der meist unter riesigen Kapuzenpullis versteckte Körper zu dermaßen geschmeidigen Bewegungen fähig ist? Mit jedem Achtzigerjahre-Ohrwurm füllt sich die Tanzfläche mehr. Als Falco sein *Rock Me Amadeus* zum Besten gibt, ist jeder Zentimeter von wippenden, stampfenden und herumwirbelnden Kolleginnen und Kollegen besetzt. Konstantins Moves sind nicht unbemerkt geblieben, eine Praktikantin schiebt sich im Gedränge gekonnt zwischen uns und beansprucht den ungeahnten Patrick Swayze für sich. Obwohl es bis zur Bar nur wenige Meter sind, brauche ich für die Strecke eine gefühlte Ewigkeit, weil mir alle paar Schritte jemand den Oberarm tätschelt, die Hand zum Abklatschen entgegenstreckt oder mir Kommentare zum Essen oder zur Musikauswahl ins Ohr brüllt. Als ich es fast geschafft habe, schnappt sich einer von Horvaths Ehrengästen meine Hand, gratuliert mir zum gelungenen Abend und bringt mich mit einer Pirouette von meinem Weg ab.

„Schieß los, wie ist es gelaufen?", will ein aufgeregter Raffi wissen. Nicht genug, dass er bei den Vorbereitungen mit angepackt hat, die treue Seele hat es sich auch nicht nehmen lassen, nach seiner Schicht im Restaurant zusammen mit Alex zurückzukommen, um uns zu helfen, das ärgste Chaos zu beseitigen.

„Ganz gut", stapelt Mari tief und reicht ihm eine der Bierflaschen, die ich ins Hinterzimmer mitgebracht habe.

„Machst du Witze? Wir haben das Ding gerockt!"

„Für Sofias verrückte Tarte gab's sogar Standing Ovations",

grinst Mari und häuft Karottenpüree mit Sauce auf einen Teller. Auch wenn wir beide wissen, dass der Applaus am Ende des Dinners dem ganzen Menü gegolten hat, glühen meine Wangen vor Stolz. Kaum waren die ersten Bissen der Zitronen-Baiser-Tarte zur Stakkato-Melodie und dem dreistimmigen Harmoniegesang von HAIM verputzt, war der ganze Raum mit Händen und Besteck in die lebhafte Percussion eingestimmt. Besser als mit der kitzelnden Säure der Zitronencreme hätten wir die Funkgitarrenriffs des kalifornischen Schwesterngespanns nicht übersetzen können. Weil mir beim Testen des Rezepts aber die Ironie aus dem Song über eine Beziehung mit dem Status „kompliziert" abgegangen war, hatte ich Mari gefragt, ob wir im Teig eventuell noch eine Zutat ergänzen könnten. Erst stand ihr die Skepsis ins Gesicht geschrieben, als ich mit einer Packung Fruit Loops vom Supermarkt zurückgekommen war, aber dann meinte sie: „Das könnte tatsächlich hinhauen."

„Leute! Wir haben's geschafft!", sprudelt die Begeisterung zwischen zwei Löffeln Püree aus meinem vollen Mund. Das muss die Euphorie nach Küchenschluss sein, die Mari beschrieben hatte.

„Cheers!" Alex hebt feierlich seine Flasche und wir lassen unsere mit einem lauten Klonk dagegenstoßen.

„Willst du nicht lieber mit deinen Kollegen feiern?", fragt Mari.

„Klar. Tu ich doch schon."

34

Wenn Horvath sagt „Alle Achtung, Sabato!", handelt es sich
in 99,9 Prozent der Fälle um einen Seitenhieb auf:

- meine Fähigkeit, Artikel eine Hundertstelsekunde vor Re-
daktionsschluss abzugeben.
- meine Unfähigkeit, zwischen dem Dresscode einer Redaktionssitzung und dem eines Marilyn-Manson-Konzerts zu
unterscheiden.
- die rein statisch eigentlich unmöglichen Zeitungs-, Notiz-
buch- und Papierstapel auf meinem Schreibtisch, die den
amtierenden Jenga-Weltmeister vor Neid erblassen lassen
würden.
- die geschmackliche und geruchliche Kongenialität meines
langjährigen Lieblingssnacks, bestehend aus Cabanossi und
Nacho-Cheese-Dip aus der Dose.
- peinliche Sendungen in meiner Büro-Post. (Der Sieg geht
an den *Naked-Santa*-Adventskalender eines neu eröffneten
Wiener Gay-Clubs).
- wutentbrannte Kommentare und Leserbriefe zu einem pro-
vokanten Artikel aus meiner Feder.
- die peinlichen Klingeltöne à la *Barbie Girl* und *Me So Horny,*
die Patrick in einer irrwitzigen Phase regelmäßig heimlich
in meinem Handy aktiviert und auf maximale Lautstärke
gestellt hatte.

Mein Sarkasmus-Detektor muss kaputt sein. Als die Chefredakteurin am späten Vormittag an meinen Schreibtisch tritt und ihren Sager platziert, schlägt er weder bei ihrem dank Eyeliner und Rouge ohnehin schon schwer lesbaren Gesichtsausdruck noch ihrer Stimmlage an. Diesmal scheint Horvath es tatsächlich ernst zu meinen.

„Egal, mit wem ich gesprochen habe, alle waren begeistert vom Dinner gestern."

Einige hatten ihrer Begeisterung mir gegenüber direkt Ausdruck verliehen. Gleich nach dem letzten Gang war ein Anzugträger vom Vorstand an den Stehtisch gekommen und hatte mich zu dem „außergewöhnlichen Bankett" beglückwünscht. Seine Frau würde regelmäßig Matineen veranstalten und hätte Bedarf für ein so kreatives Catering wie unseres, hatte er erklärt und mir seine Visitenkarte zugesteckt. Später an der Bar war die Rothaarige aus der Buchhaltung (eine der bei *Canary* voll und ganz ins Essen vertieften Ladys) auf mich zugekommen und wollte wissen, ob wir solche Dinner auch für Hochzeiten ausrichten würden. Wären wir konkret für einen Samstag im August buchbar?

„Diese Entenkeulen ...", für einen Augenblick werden Horvaths strenge Gesichtszüge weich, „ich werde nie wieder – wie hieß die Band noch gleich? – hören können, ohne dass mir das Wasser im Mund zusammenläuft."

Die Anerkennung meiner Chefin lässt mich meine pochenden Schläfen und brennenden Augen für einen Augenblick vergessen. Vom Adrenalinüberschuss der vorangegangenen Stunden aufgekratzt, hatten Mari, Raffi, Alex und ich unser Bestes gegeben, die vom Getränke-Catering zurückgelassenen und bereits bezahlten Drinks ihrer Bestimmung zuzuführen.

„Danke. Ich geb das Kompliment gerne an Mari weiter."

Horvath nickt gedankenverloren. „Wenn das nicht unsere eigene Veranstaltung gewesen wäre, würde ich dich oder sonst wen
auf eine Geschichte darüber ansetzen."

„Apropos", schlagartig sind die kantigen Züge zwischen Augenbrauen, Wangenknochen und Kinn wieder zurück, „schaffst
du die Gospel-Geschichte bis übermorgen? Ich würde sie gern in
die kommende Ausgabe vorziehen."

Das Pochen dehnt sich hinter meiner Stirn aus. Ich versichere
ihr, dass sie den überarbeiteten Beitrag morgen in ihrem E-Mail-
Postfach vorfinden wird. Wenn ich das trotz Kopfschmerzen
hinkriege, habe ich mehr als ein „Alle Achtung!" verdient, finde
ich. Kaum dass mir Horvath den Rücken zukehrt, kündigt mein
Handydisplay einen unbekannten Anrufer an.

Auch der Name, den mir eine freundliche Männerstimme
am anderen Ende der Leitung nennt, sagt mir nichts. Sein Bruder sei auf unserer Weihnachtsfeier gewesen, erklärt er. Eindeutig
nicht so lange wie ich, vermute ich, sonst hätte er inzwischen wohl
kaum die Zeit und Energie gefunden, um seiner Verwandtschaft
davon zu berichten. Jedenfalls habe dieser ihm von den raffinier-
ten und zugleich bodenständigen Gerichten vorgeschwärmt. Meine Aufmerksamkeitsschwelle liegt heute wirklich reichlich hoch,
trotzdem ist es den Worten „Betriebsleiter", „Neueröffnung" und
„neues Küchenteam" irgendwie gelungen, sie zu überwinden.

Keine halbe Stunde, nachdem ich ihm Maris Nummer geschickt habe, leuchtet diese auch schon auf meinem Handy auf.
Ich weiß nicht, was mich mehr überrascht, dass Mari, obwohl
sie aktuell keine beruflichen Verpflichtungen hat, bereits wach
ist oder dass innerhalb weniger Minuten mehr Worte aus ih-

rem Mund purzeln als aus meinem im Laufe eines normalen Vormittags.

Wie sich herausstellt, betreibt der Bruder des von unserem Menü entzückten Gastes bereits zwei Restaurants in der Innenstadt und plant derzeit seinen dritten Streich – am liebsten mit Mari als neuer Küchenchefin.

35

Mamas Augen treten hervor, als hätte ich ihr gerade einen Geld-koffer aus der Millionenshow anstelle eines Kuchens überreicht. „Selbst gekauft?", fragt sie mehr anerkennend als spöttisch und bedient sich damit eines Running Gags, den ihre beste Freundin und liebste Tarock-Partnerin Trudi für sich gepachtet hat. Trudi, die bei uns ein und aus geht, seit ich mit dem Bobby-Car durchs Wohnzimmer gerumpelt bin, ist dafür bekannt, dass sie lieber in die nobelsten Konditoreien der Stadt pilgert und dort tief ins Portemonnaie greift, als in der Küche einen Finger, geschweige denn Kuchenteig zu rühren.

„Selbst *gebacken*!", halte ich dagegen und staune über die Ge-nugtuung, die ich dabei verspüre. Von meinem laut Raffi „krimi-nell guten" Dessert für unser Menü bestärkt (mit einigen Bier in-tus waren Schlagzeilenwitze à la „Musikredakteurin auf frischer Tarte ertappt" und „Tarteort Weihnachtsfeier" nur so aus dem Jungen herausgesprudelt), hatte ich spontan beschlossen, Mama an ihrem Geburtstag mit einem selbst gemachten Kuchen aus Nonnas Rezeptheft zu überraschen.

Mama führt den Teller mit der zartgelben Torte mit beiden Händen an ihr Gesicht und schließt andächtig die Augen. Dann inhaliert sie den zitronigen Duft so geräuschvoll durch die Nase, als würde sie sich aufs Kerzenauspusten vorbereiten. Die Ker-zen! Darauf habe ich vollkommen vergessen. Andererseits, macht man das jenseits der sechzig überhaupt noch? Wie viele Kerzen sind angemessen, wenn man aus dem an beiden Händen abzählbaren Kindesalter raus ist? Eine für jedes Jahrzehnt? So viele, wie es braucht, um daraus die Zahl der Lebensjahre zu formen? Egal, zu spät.

„Crostata di ricotta e limone?", haucht Mama mit halb geöffneten Augen und einem seligen Lächeln, was sie leicht beschwipst aussehen lässt.

„... di Luciana", füge ich mit einem Nicken hinzu. Beim Blättern durch Nonnas Lieblingsgerichte hatte ich zu meiner großen Freude entdeckt, dass das betreffende Rezept von Luciana nicht nur Mamas heißgeliebte Zitrusfrüchte, sondern außerdem verhältnismäßig wenige QBs enthält. Wie groß konnte der Unterschied zwischen Maris Zitronen-Baiser-Tarte und einem kalabresischen Ricotta-Zitronenkuchen schon sein? Wie mühsam sich eine kaum zehn Zeilen lange Anleitung, gepaart mit einer überschaubaren Zutatenliste gestalten? Also hatte ich mir kurzerhand eine Tarteform von Mari geborgt und surfte weiter glückselig auf den hohen Wellen dahin, die unser Dinner aufgeworfen hatte. Mit dem Selbstvertrauen einer frischgebackenen Volljährigen, die beim ersten Mal im Casino das Anfängerglück ereilt, hatte ich am Backtag alle Zutaten gewogen und portioniert vor mir bereitgestellt. Mama konnte ich schlecht um ein paar Früchte oder Marmelade aus ihrem Vorrat fragen, ohne die Überraschung zu verderben, aber inzwischen hatte ich ja selbst Kontakte in den Süden und mich bei Luca und Mario mit Primofiore-Zitronen eingedeckt. Nonnas handschriftliche Aufforderung, *una fontana con la farina* zu errichten, hatte mich kurz aus dem Konzept gebracht, eine Bildsuche im Netz ergab aber glücklicherweise, dass nicht der Bau eines Miniatur-Brunnens, sondern ein-

fach eine Mulde in einem Haufen aus Mehl und den übrigen trockenen Zutaten gefordert war – so wie für Mamas *Cururicchi*. Nach kurzem Verkneten ließ sich die krümelige Masse zwar nicht ausrollen, aber ganz passabel mit den Händen in die Form drücken. Die Füllung war fertig, der Backofen vorgeheizt. Die unschönen Fingerabdrücke im Teigboden – Indizien, die den Tarteverdacht klar erhärteten, wie Raffi wohl sagen würde – hatte ich unter einer großzügigen Schicht Ricotta-Zitronen-Creme begraben.

„Ich hol Teller und Gabeln!", verkündet Papa, nachdem er mich mit einem Kuss auf die Stirn begrüßt hat, und marschiert federnden Schrittes davon. Seit dem Abschluss seiner Physiotherapie demonstriert er bei jeder sich bietenden Gelegenheit, dass sein 66-jähriger Körper so einwandfrei in Schuss ist „wie eine gut geölte Maschine".

„Wegen Luciana ...", meint Mama, „ich hab da was gefunden." Sie stellt die Tarte zwischen die von Papa eilig aufgedeckten Teller auf den Tisch und wendet sich zur Tür.

„Das kannst du doch später noch ...", ruft ihr Papa ungeduldig hinterher, aber die Gemahlin befindet sich schon außer Hörweite.

„Kaffee?", wendet er sich an mich und verschwindet, ohne meine Antwort abzuwarten, in der Küche. Als wolle sie lieber ein Auge auf mich haben, schleicht Alma auf leisen Pfoten ins Wohnzimmer. Zu meiner Überraschung faucht mich das Angoraknäuel heute nicht an, sondern macht es sich neben mir auf der Sitzbank gemütlich. Meinetwegen, zeigen wir uns an Mamas Ehrentag eben beide von unserer besten Seite. Almas Schnurren verschmilzt mit dem Brummen der Kaffeemaschine.

Crostata di Ricotta e Limone

*Am liebsten möchte man Lucianas duftenden Zitronenkuchen
ganz frisch aus dem Ofen naschen, aber etwas Geduld lohnt sich: Als ich
ihn für Mama gebacken habe, habe ich ihn über Nacht stehen lassen.
Am nächsten Tag ist der Teig noch zarter und der Kuchen umso saftiger.
Ein hochwertiges, möglichst mildes Olivenöl ist für ein köstliches
Ergebnis das A und O.*

(Für eine Form mit 24 Zentimeter Durchmesser)

Für den Teig:

1 unbehandelte Zitrone
1 Ei
1 Eigelb
300 g italienisches Weizenmehl (Type 00)
100 ml Olivenöl nativ extra
100 g Vollrohrzucker
1 Päckchen Backpulver
1 Prise Salz

Für die Füllung:

1 unbehandelte Zitrone
2 Eier
250 g Ricotta (oder Topfen bzw. Quark)
100 g Zucker

1. Für den Teig die Zitrone mit heißem Wasser abwaschen, gut abtrocknen und Zesten rundherum abreiben. Ei und Eigelb verquirlen. Mehl, Zucker, Backpulver und Salz mischen, auf die Arbeitsfläche geben und in der Mitte eine Mulde formen. Eier, Olivenöl und Zitronenabrieb in diese Mulde geben. Alles grob mit den Fingern verkrümeln und zügig zu einer bröckligen Masse verarbeiten. Alternativ alle Zutaten rasch mit dem Handmixer oder im Standmixer verrühren. Den Teig in die Tarteform geben und mit einem kleinen Teigroller oder mit den Händen an Boden und Rand festdrücken.

2. Für die Füllung die Zitrone mit heißem Wasser abwaschen, gut abtrocknen und Zesten abreiben. Zitrone auspressen. Die Eier trennen. Eigelb und Zucker mit dem Handmixer zu einer cremigen Masse rühren. Ricotta unterrühren. Je nach Säuregehalt den ganzen oder halben Zitronensaft und die Zesten unterrühren. Das Eiweiß separat steif schlagen und unterheben.

3. Den Backofen auf 180 °C Ober-/Unterhitze vorheizen. Die Ricotta-Zitronen-Füllung auf den Crostataboden geben und verstreichen. Die Crostata in den Backofen geben und ca. 30 Minuten backen.

Tipp: Zum Backen und für Marmelade sind italienische Zitronensorten mit hoher Saftkonzentration, milderer Säure und aromatischer Schale empfehlenswert. So wie die aromatische, süß-säuerliche Sfusato Amalfitano, die saftig-milde Rocca Imperiale oder die süßlich-frische Interdonato – eine Kreuzung aus Zitrone und Zitronatzitrone. Alle Zitrusfrüchte haben im Winter Hochsaison. Zum Verarbeiten im Sommer am besten im Winter Schalen und Saft einfrieren.

Fotos ist in schwarzen Marker-Blockbuchstaben auf der kleinen Schachtel zu lesen, die Mama am anderen Ende des Tisches abstellt.

„Nachdem du mich wegen Luciana gefragt hast, sind mir Nonnas alte Fotos eingefallen. Papa und ich haben sie damals auf der Suche nach einem Bild für die Todesanzeige durchgesehen." Da die Box bis zum Rand mit unsortierten, hoch- und querformatigen Fotos gefüllt ist, dauert es eine Weile, bis Mama findet, was sie mir zeigen will. Mit einem „Da haben wir's!" reicht sie mir ein knittriges Schwarz-Weiß-Foto, das zwei schlanke, junge Frauen in kurzen Strickpullis und knielangen Karoröcken zeigt. Um Nonnas vertraute Züge in einem der beiden Gesichter zu erkennen, muss ich nicht erst die Beschriftung auf der Rückseite lesen. *Elisa & Luciana, 1965.*

Nonna, die ihre Freundin um einen Kopf überragt, hat ihren Arm um Lucianas Schulter gelegt und schaut mit leicht zusammengekniffenen Augen, wahrscheinlich gegen die Sonne, in die Kamera. Lucianas Augen waren in der Sekunde, als der Fotograf den Auslöser betätigt hatte, gerade geschlossen, wodurch das breite Lächeln zwischen ihren langen, dunklen Locken noch auffälliger wird. Zwei Freundinnen vor einer bewachsenen Pergola. Wahlschwestern, wie Mama sagt. Wie das Gesicht der jungen Frau wohl aussehen würde, wenn man es durch eine dieser Foto-Apps laufen ließe, die jedes Porträt auf Knopfdruck um Jahrzehnte altern lassen? Ich versuche, es mir vorzustellen, aber das Bild in meinem Kopf will sich nicht ganz scharf stellen lassen. Stattdessen drängen sich andere verblasste Momentaufnahmen dazwischen. Zitronengelbe Klappstühle in einem schattigen Innenhof, auf denen zwei Frauen schwatzend frische Bohnen aus ihren Schoten pulen. Die sanfte, aber entschiedene Stimme der Frau, die mich am Kirchenvorplatz an der Hand hält und den anderen Kindern zuruft: *„Questa è Sofia. Lasciatela giocare con voi!"* Lasst sie mitspielen. Der fröhliche Gesang, dem ich in einer heißen Nacht verschlafen auf den Balkon folge, wo mich Nonna und ihre Freundin in ihre Mitte nehmen, die bloßen Fußsohlen gegen das kühle Balkongitter gestemmt. Und schließlich Nonna, die sich mit einer Serviette den Mund abwischt und *„Era squisito, Luciana, squisito!"* – köstlich war's – ruft.

„Willst du nicht endlich deine Torte anschneiden?", drängt Papa und überreicht Mama mit feierlicher Geste ein großes Messer.

Als jeden Teller ein großzügiges Dreieck ziert, stelle ich mir Nonna und Luciana beim Nachmittagskaffee vor. Die zwei Frauen in Nonnas *soggiorno*. Die bestrumpften Füße zum alten Holzofen ausgestreckt, der mir während der Sommermonate als Versteck für gefundene Schätze wie marmorierte Murmeln und zu Blumen gefaltetes Stanniolpapier gedient hatte. In lebhafte Gespräche vertieft. Der kleine Raum aufgewärmt vom Holzfeuer und unbeschwertem Lachen.

„Mmmh. Sofia, die Crostata ist perfekt!", lobt mich Mama und klingt für meinen Geschmack ein wenig zu überrascht. Papa pflichtet ihr bei, indem er sich ein zweites Stück auf den Teller hievt.

„Denkst du, dass Luciana noch lebt?"

„Gut möglich", meint Mama zwischen zwei Bissen. „Immerhin ist sie um einige Jahre jünger als Nonna."

Ich lege das Foto beiseite und lasse meine Gabel durch die luftige Ricotta-Zitronen-Creme gleiten. Die sandigen Teigkrümel lösen sich im Mund fast von selbst auf.

Was hatte Küchenchef Maksut Keskin in seinem Restaurant in Istanbul über unsere Ahnen gesagt? „Wir können nicht in ihre Schuhe schlüpfen, aber aus ihren Töpfen essen." Oder hatte Arzu in ihrer Übersetzung von „Fußstapfen" und „Tellern" gesprochen? Jedenfalls war es darum gegangen, dass seine Kreationen stets von einem traditionellen Rezept oder einer Zubereitungstechnik seiner Vorfahren inspiriert sind. „Um eine Verbindung zu denen zu schaffen, die vor uns hier waren." Deshalb wäre das Bewahren von althergebrachten, überlieferten Rezepten und Aromen auch so wichtig. „Sie sind ein wichtiger Teil unserer DNA." Auf der Pressereise hatte ich dem Monolog des Küchenchefs keine weitere Aufmerksamkeit geschenkt. Jeder Koch, der etwas auf sich hält (oder eine PR-Beraterin mit Doppelnamen hat), wartet schließlich mit einer Geschichte auf, einer Philosophie, einem religionsgleichen Manifest, zu dem sich seine Anhänger bekennen können. Kein Wort davon hatte den Weg in meine Notizen gefunden, nichts war in meinen Artikel über *Die Stadt der 1001 Vorspeisen* eingeflossen. Am Esstisch meiner Eltern, über Nonnas Ricotta-Zitronen-Crostata und das Foto mit Luciana gebeugt, erscheinen mir die Worte des türkischen Küchenchefs mit einem Mal bedeutsam und wahr.

„Habt ihr gewusst, dass das mit den Geschmackszonen auf der Zunge Humbug ist?", wirft Papa ein und zaubert unter dem Tisch eine *Welt der Wunder* hervor. „Das war ein Übersetzungsfehler, angeblich." Der Zeigefinger, mit dem er energisch auf die Titelseite tippt, verleiht der bahnbrechenden und völlig überraschenden Enthüllung, der Mama und ich beiwohnen dürfen, zusätzliches Gewicht. „Wir können auf der ganzen Zunge *alles* schmecken!"

36

Mit vollem Mund spricht man nicht. Also schaufeln Patrick und ich unaufhörlich das Popcorn in uns hinein, das ich nach einem Online-Rezept mit Limettenzesten und Cayennepfeffer gewürzt habe. Jeder in eine Ecke der Couch gequetscht. Die Wiedersehensfreude schneller runtergekühlt als eine Flasche Wodka im Gefrierfach. Wir kauen, als hinge unser Leben davon ab. Auf Reden haben wir beide keine große Lust mehr. Das überlassen wir den Majoren Moritz Eisner und Bibi Fellner, die gerade über einem grausigen Leichenfund in einem Wiener Randbezirk die Stirn runzeln. Eigentlich hätte es ein gemütlicher Tatort-Abend werden sollen, wie früher.

Warum hat Patrick auch damit anfangen müssen? Was bildet er sich überhaupt ein? Ich hab schon eine Horvath, die mir vorschreibt, was ich zu tun und zu lassen habe. Für einen zweiten Chef sehe ich keinen Bedarf, besten Dank auch! Schön, vielleicht hatte ich ein wenig übertrieben, als ich ihm unser Weihnachtsfeier-Dinner als ganz großen Wurf beschrieben und mit den unzähligen Anfragen danach geprahlt hatte. Mea culpa. Aber das gibt ihm noch lange nicht das Recht, hinter meinem Rücken – und dem von Mari – irgendwelche Steine ins Rollen zu bringen. Wie ist er auf die Idee gekommen, dass *das* ganz genau das wäre, was ich eigentlich will? Hatte ich irgendwelche falschen Signale gesendet? Bisher wusste ich über Patricks Arbeitgeber nur, dass er der Boss einer internationalen Investmentfirma ist, die anscheinend in Start-ups und innovative Projekte in der Hotellerie und Gastronomie investiert. Und dass er sich seine Chauffeure sorgfältig auswählt.

Hat Mari den Ausschlag gegeben? Wohl kaum. Patrick hat sie nur ein einziges Mal getroffen. Die beiden hatten sich sofort verstanden und, wie sich herausstellte, sogar einen gemeinsamen Bekannten. Die Welt ist ein Big-Brother-Container, auch wenn es sich momentan eher nach Dschungelcamp (Holt mich hier raus!) anfühlt. Aber wer würde nach einer einmaligen Begegnung gleich für jemanden die Hand ins Feuer legen? Patrick, natürlich. Einfach so bei seinem Chef vorzupreschen und mich vor vollendete Tatsachen zu stellen. Das Funkeln in seinen Augen, die Wucht, mit der er mir die vermeintlich großartigen Neuigkeiten atemlos entgegengeschleudert hat. Ohne einen Schimmer, dass er, anstelle eine Konfettikanone zu zünden, mit scharfer Munition hantierte.

„Wenn ihr einen überzeugenden Businessplan abliefert, könnte er sich vorstellen, in euer Catering-Business zu investieren."

Wann genau hatte sich meine Rette-die-Weihnachtsfeier!-Aktion zu einem „Business" entwickelt, dem man so was wie einen Plan unterstellen kann? Wir haben Berufe, Verpflichtungen, Karrieren, die wir uns selbst ausgesucht und hart erarbeitet haben. Wir sind keine Drittsemester, die ihre Vorlesungen schwänzen, um in einem Kellerabteil mithilfe eines Algorithmus aus Flipchart-Kritzeleien, Energydrinks und dem richtigen Mindset ein Start-up zusammenzuschrauben. Ich habe endlich meinen richtigen Job zurück. Den Job, dessentwegen ich meine Zwanziger damit verbracht habe, in fiebrigen Schreibanfällen nächtelang Notizblöcke zu füllen. Den Job, den ich meinen Eltern und anderen Baby-Boomern gegenüber immer verteidigt habe, wenn diese unverhohlen darüber staunten, dass man so lange studieren, so viel arbeiten und trotzdem nicht mehr als eine bessere Bürokraft verdienen kann. Für den ich gute Miene zu Konzerten von Bands gemacht habe, deren schenkelklopferische Namen nur durch ihre peinliche Darbietung übertroffen wurden. Und für den ich Menschen interviewt habe, die nicht nur nichts annähernd Wertvolles zu sagen, sondern auch kein Problem damit haben, dieses Nichts auf eine halbstündige Selbstbeweihräucherung auszudehnen.

Ich liebe meinen Job. Weil ich nie etwas anderes machen wollte und weil ich verdammt noch mal gut darin bin. Andere *arbeiten als* Dolmetscher oder im Eventbereich. Ich *bin* mit jeder Faser Musikjournalistin. Patrick weiß das alles. Zu wissen, dass er es besser als jeder andere weiß, facht meine abglimmende Wut erneut an, sodass ich ihr mit einem aufgebrachten Schnauben Luft machen muss. Der dabei aufgewirbelte Cayennepfeffer kitzelt mich in der Nase und lässt mich dreimal hintereinander niesen.

„Gesundheit!", wünscht mir Patrick, ohne den Blick vom Bildschirm zu lösen. Ich stelle die bis auf einige Maiskorn-Blindgänger leergegessene Schale ab und verschränke die Arme vor der Brust. Die obduzierte, eisgekühlte Leiche im Fernsehen ist ab sofort mein Vorbild.

Was hatte er sich nur dabei gedacht? Wir hatten kaum drei Sätze miteinander gewechselt, schon war er mit dem Angebot seines Chefs herausgeplatzt. Kein Was-hältst-du-von?, kein Wenn-du-möchtest. Kein vorsichtiger Konjunktiv II, stattdessen Futur I in seiner Absolutheit. Als wäre alles bereits abgemacht. Ihr werdet für ihn einen Businessplan erstellen. *Du wirst ab der übernächsten Ausgabe sein Ressort übernehmen.*

Inzwischen hat auch Patrick seine Popcornportion geleert und wischt sich die öligen Finger an seiner Jeans ab. Die zwei Fernseh-Kommissare kehren auf der Suche nach Zeugen in ein Wirtshaus ein. Ich muss an Mari denken. Hatte ich Patrick nicht bei unserem letzten Telefonat von ihrem neuen Posten erzählt?

„Ganz gut", hatte Mari meine Frage danach neulich abgeschmettert. Die Arbeitszeiten, das Publikum, die Schäumchen und Sößchen, um die man an einer Innenstadt-Adresse offensichtlich nicht herumkommt, im Prinzip Weigelböck in Grün. Mintgrün wie das Logo des Lokals und die Metrofliesen hinter der Bar. Und eben mit Mari statt Weigelböck. Charlotte hatte auf meinen Tipp hin als eine der ersten über das „Kleinod in der City" berichtet und Mari und ihrem Team Rosen gestreut.

Was würde Mari von Patricks Vorschlag halten? Würde sie ihn als Einmischung in Angelegenheiten, die ihn nichts angehen, sehen? Als Türöffner zu, ja wer weiß wozu? Oder als lächerliches Was-wäre-wenn-Gedankenspiel?

Welcher Koch malt sich nicht aus, wie er seinen eigenen Laden führen würde? Ich erinnere mich an unseren Abend im Pub, an dem wir über ihren perfekten Arbeits-Soundtrack gesprochen hatten. Ob die Sauteusen unter ihrem Kommando inzwischen zum Takt von Missy Elliott, The Donnas und Lily Allen geschwenkt werden? Bei der nächsten Gelegenheit werde ich sie fragen. Alles in allem hätte die Sache für Mari nicht besser laufen können. Auch wenn es nicht *ihr* Laden ist. Fixe Stelle, eigenes Team, gute Kritiken.

Wenn es Mari, uns beiden wirklich am Herzen gelegen wäre, hätten wir dann nicht selbst alle Hebel in Bewegung gesetzt, um unsere Idee weiterzutreiben? Den Typ mit der Matineen-Gattin angerufen oder uns die Sache mit dem Hochzeits-Catering zumindest durch den Kopf gehen lassen, statt beide Angebote mit demselben beschämten Lächeln abzutun, das für Komplimente von offensichtlich befangenen Verwandten reserviert ist?

„Einen Versuch wär's doch wert", hatte mich Patrick kleinlaut zu beruhigen versucht. Na klar, neben zwei Vollzeitjobs. Ohne jede Ahnung von gesetzlichen Formalitäten, geschweige denn einer Vorstellung von möglichen Umsätzen und Kosten. Niemand wäre so geisteskrank, ohne konkrete Zahlen in ein Unternehmen zu investieren, das kaum realer ist als die Kaufläden, in denen wir als Kinder Holzäpfel und Mini-Milchflaschen an unsere Puppen und Teddys verscherbelt haben. Mit meiner Berufswahl habe ich mich nicht nur *für* Worte, sondern konsequent *gegen* Zahlen entschieden. Einzig den Zahlen auf meinem Gehaltszettel stehe ich positiv gegenüber. Und müsste ich nicht als *Unternehmerin* – wie das schon klingt! – ausgerechnet auf mein sicheres Monatsgehalt verzichten?

Mit ihrem Einsatz für die Weihnachtsfeier hat mir Mari den Hals gerettet. Vielleicht bin ich jetzt an der Reihe, mich zu revanchieren. Wozu Mari unnötig Kopfzerbrechen bereiten? Jetzt, wo alles wie am Schnürchen läuft. Wie bei unserem alten Autoradio, wenn nach beharrlichem Drehen am Regler endlich eine UKW-Frequenz mit gutem Empfang gefunden war, stellt sich das Rauschen in meinem Kopf mit einem Mal ein. In dem stillen Vakuum formt sich ein Gedanke, ganz klar und eindeutig.

Als Eisner und Fellner den Täter, dessen Motiv mir ebenso wie die restliche Handlung der Folge entgangen ist, schließlich abführen, steht mein Entschluss fest. Ich werde Mari nicht mit irgendwelchen Luftschlössern alles, was sie erreicht hat, madig machen. Ich werde die Sache auf sich beruhen lassen. Die Option, die womöglich, sicher, höchstwahrscheinlich gar keine ist, für mich behalten. Ohne dass ich sie laut ausgesprochen habe, regelt diese Entscheidung meinen Herzschlag von Drum and Bass auf Kuschelrock herunter.

„Gibt's eigentlich so was wie SOKO Dubai?", halte ich Patrick einen versöhnlichen Strohhalm hin, den er mit einem verhaltenen Lächeln dankbar annimmt.

37

Vorm Würstelstand sind alle gleich. Die Frau im Pelzmantel, die wahrscheinlich eben aus Turandot kommt und deren Begleiter zu den Sacherwürsteln zwei Gläser Schampus bestellt, die beiden Mittzwanziger, die sich beim Warten eine hitzige Diskussion über ein Computerspiel liefern, der am Tresen lümmelnde Mann in oranger Warnweste, bei dem nicht klar ist, ob sein Arbeitstag demnächst anfängt oder – den leeren Bierflaschen vor ihm nach zu hoffen – gerade ausklingt, die drei viel zu luftig bekleideten japanischen Mädchen, die skeptisch eine Burenwurst sezieren, ein in Dubai stationierter Chauffeur auf Heimaturlaub, eine Spitzenköchin nach Arbeitsschluss und eine Musikjournalistin mit einem Geheimnis. Dank der ringsherum aufgestellten Heizpilze ist der Würstelstand hinter der Staatsoper auch im Winter gut besucht. Auf halbem Weg gelegen zwischen Maris Arbeitsplatz und der Bar, in der Patrick und ich am früheren Abend mit Robert und Marlene verabredet waren, hatte er sich als Treffpunkt angeboten. Die sensationellen Käsekrainer, für die der Imbiss stadtbekannt ist und die Patrick, wie er beteuert, im Exil mehr vermisst als jedes Schnitzel, haben uns die Entscheidung erleichtert. Nach dem holprigen Start am Tatort-Abend war es uns beiden gelungen, das Ruder herumzureißen, sodass wir das Beste aus der knappen gemeinsamen Zeit machen konnten. Schon übermorgen heißt es für Patrick wieder Abflug. *Maasalaamah!*

285

„Darauf hab ich mich schon den ganzen Abend gefreut!" Mari stellt unsere zweite Runde Käsekrainer mit extra Senf und Kren zwischen den Biergläsern auf dem Stehtisch ab und reibt sich halb vorfreudig, halb fröstelnd die Hände.

„Kommt wahrscheinlich nicht oft vor, dass jemand aus einem Gourmet-Restaurant kommt und Sehnsucht nach *ana Eitrigen mit an Bugl und an Sechzehnerblech* verspürt", mutmaßt Patrick im schönsten Wiener Dialekt.

„Wenn du dich da mal nicht täuschst", meint Mari mit vollem Mund und ausgestrecktem Zeigefinger.

„Ich würd's jedenfalls keinem übelnehmen, wenn er nach einem Menü bei uns einen Abstecher hierher macht. Zur Auflockerung", fügt sie nach einem großen Schluck aus ihrem Glas hinzu.

Patrick hat mir versprochen, die Sache mit seinem Chef auf sich beruhen zu lassen, und sich die Worte „Businessplan", „Investment" und „Selbstständigkeit" verkniffen wie die verbotenen Begriffe auf einer Spielkarte bei einer Runde Tabu. Allerdings begegnet er heute zum ersten Mal seit unserem Schweige-Contest auf meiner Couch Mari, was mich ein klein wenig nervös macht.

„Harter Tag?", schicke ich vorsichtig in Maris Richtung.

„Welcher nicht?", entgegnet sie verdrossen und leckt sich etwas Senf vom Daumen. Offensichtlich nicht der beste Zeitpunkt, um Patrick vor Augen zu führen, wie überflüssig sein gut gemeinter Vorschlag war.

„Ich wette, *du* bekommst von deinen Arbeitgebern nicht bis ins kleinste Detail vorgeschrieben, wie du deinen Job zu machen hast", wendet sie sich an Patrick.

Dieser verabsäumt es nicht, mir einen vielsagenden Blick zuzuwerfen, bevor er antwortet.

„Wenn du die Wahl von Route und Geschwindigkeit meinst, da hab ich freie Hand. Viel mehr Spielraum bleibt aber auch nicht."

„Und die Musik?", lässt Mari nicht locker. „Suchst du aus, was während der Fahrt läuft?"

„Kommt drauf an. Manchmal."

Mari seufzt in ihre halbleere Flasche, klaubt unsere leer gegessenen, mit Fett- und Senfflecken besprenkelten Pappteller zusammen und stopft sie in den Mülleimer unter dem Tresen. Am Rückweg zu unserem Tisch schüttelt sie ihren ganzen Körper wie bei einer Lockerungsübung durch. Als wäre es ihr gelungen, den Tag und ihre schlechte Laune damit abzuschütteln, setzt Mari ein fröhliches Gesicht auf.

„Jetzt mal was wirklich Wichtiges", meint sie konspirativ über ihre abgestützten Ellenbogen und verschränkten Finger hinweg. „Tortenecken oder Baumstämme?"

Zu Hause weiß ich nichts mit mir anzufangen. Um ins Bett zu gehen, bin ich zu überdreht, zum Lesen zu unkonzentriert. Auf der Suche nach einer Beschäftigung bleibe ich bei der Fotobox hängen, die ich mir bei meinem Besuch zu Mamas Geburtstag ausgeliehen und auf dem Boden neben der Couch deponiert habe. Sie habe noch keine Gelegenheit gehabt, alles durchzusehen, aber falls ich Lust hätte, könnte ich ja eine Vorauswahl für ein Fotoalbum treffen. Ob wohl auch ein Bild von Nonna und mir dabei ist? Nicht, dass ich mich erinnern könnte, für eines posiert zu haben.

Unter dem Deckel stapeln sich Schwarz-Weiß-Aufnahmen mit Zackenrand und Polaroids, dazwischen ragen glänzende Farbfotos hervor – die Evolution der Fotografie, außerhalb ihrer Reihenfolge. Bei den alten Kinderfotos kann ich nicht sagen, ob es sich um Nonna, verwandten oder auch nur entfernt bekannten Nachwuchs handelt. Da ist Nonna mit Mama als Kleinkind an der Hand. Nonna als junge Frau in einem Schürzenkleid. Die Gesichter auf sämtlichen Porträts sagen mir nichts, genauso wenig wie die Hochzeitsgesellschaft, in der ich Nonnas Gesicht wie in einem Wimmelbild erst entdecken muss. Zwischen gestellten sepiafarbenen Fotos finden sich Schnappschüsse in Farbe und mit Zeitstempel. Ein Blumenstrauß auf einer Kommode. Ein verschwommener, schwingender Rock. Bei einem Foto erkenne ich nichts und bin unsicher, ob es überbelichtet ist oder ich es nur falsch halte. Erst nachdem ich es mehrmals nach allen Seiten gedreht habe, taucht vor meinen Augen eine nackte Schulterpartie samt Schlüsselbein auf, an die sich ein Lockenkopf schmiegt. Ein Selfie aus einer Zeit, bevor Selfies erfunden waren.

Die Locken kenne ich. Auf dem Bild, das Mama mir gezeigt hat, waren sie tiefschwarz, auf diesem sind sie grau, trotzdem bin ich fast sicher, dass sie derselben Frau gehören. Luciana. Auf der Suche nach einem Anhaltspunkt drehe ich das Bild um. Und tatsächlich: Da steht etwas. Mit Nonnas ausladender Handschrift im Rezeptbuch haben die kantigen Buchstaben und das ungestüme Kursiv allerdings nichts gemein. *Bello E Impossibile.* Der Titel von Gianna Nanninis Achtziger-Jahre-Hit? Nein, halt, was eigentlich ein O sein müsste, ist ganz eindeutig ein A. *Bella E Impossibile.* War der Italo-Schlager zum Zeitpunkt der Aufnahme gerade im Radio gelaufen? Und der Buchstabenfehler? Wahrscheinlich ein bloßes Versehen. Oder? Wenn die Notiz nicht von Nonna selbst stammt, gilt sie ihr vielleicht. Die nackte Schulter, das angeschnittene Kinn muss ihres sein. Sonst wäre sie, wären wir jetzt wohl kaum im Besitz dieses Bildes.

Bella E Impossibile. Nonna und Luciana. Sieht fast so aus, als hätte Nonna in ihrer Freundin mehr gefunden als die kleine Schwester, die sie nie hatte.

38

„Wie endloses Nachsitzen", hatte Charlotte einmal genörgelt, als es bei der Produktion einer Kultur-und-Genuss-Sonderbeilage spät geworden war und sie ihren Babysitter um vier Überstunden mit Nachtzuschlag anflehen musste. Wie *Kevin allein zu Haus*, denke ich mir, als ich mich auf der menschenleeren, halbdunklen Brücke umschaue. (Also in der ersten Hälfte des Films, bevor Kevin seine Großfamilie samt Grobian-Cousin zu vermissen beginnt und sich als vor dem Fernseher Makkaroni mit Käse mampfender König der Welt fühlt.) Die letzten Tage während Patricks Besuch hatte ich einige Punkte auf meiner To-do-Liste vernachlässigt, deren bereits nach hinten verschobene Frist morgen früh abläuft.

Im oberen Stock halten ein paar Schichtler aus der Online-Redaktion die Berichterstattung im Netz und sich selbst mithilfe von Koffein am Laufen, auf meiner Etage kann ich um diese Zeit tun und lassen, was ich will. Laut Musik hören ohne Kopfhörer, Texte editieren ohne BH, die Füße am Tisch. Theoretisch auch kauen mit offenem Mund. Dafür bräuchte es allerdings Kekse, Schnitten, Schokoriegel oder wenigstens einen dieser zähen gesunden Müsliriegel, die Konstantin ständig mümmelt, seit ein ganzer Karton davon als Werbegeschenk am Empfang abgegeben wurde. Vielleicht liegen ja noch welche in der Küche. Von wegen, der Appetit kommt beim Essen – nachdem ich sämtliche Kästchen und den Kühlschrank durchstöbert habe, bin ich noch hungriger als zuvor. Neben einer Nachfüllpackung Süßstoff und einer Schachtel Knäckebrot hat die Suche nur einen fettarmen Joghurt, beschriftet mit dem Namen einer Kollegin, zutage gefördert. Als müsste man sich Sorgen machen, dass sich irgendwer angesichts der am Becher angepriesenen *natürlichen Bifiduskulturen* nicht beherrschen kann. Entweder arbeiten in unserer Redaktion die asketischsten Menschen der Stadt oder die größten Gierschlunde überhaupt. Fassungslos, dass im ganzen Haus nichts Zuckerhaltiges auffindbar sein soll, trete ich vor mich hin fluchend den Rückzug zu meinem Platz an. Nach einem Schlenker auf halbem Weg komme ich vor dem Platz von Charlotte zum Stehen. Könnte doch sein, dass über die letzten Wochen ein paar interessante Muster eingetroffen sind. Die Proben einer Confiserie oder eines Bonbon-Herstellers schon vor Augen scanne ich in freudiger Erwartung das Regal. Fehlanzeige. Neben Spirituosen und Weinen werden die Fächer von erlesenen Konserven, Chutneys und Gewürzen vereinnahmt. Nicht gerade die erste Wahl, um den nächtlichen Heißhunger nach Süßem zu stillen. Das ist der 24/7-Supermarkt am Franz-Josefs-Bahnhof allerdings auch nicht. Seit dem *Pan-di-Stelle*-Fiasko habe ich jedes Mal ein mulmiges Gefühl, wenn ich durch die vollgestellten Gänge gehe. Als könnte hinter jedem deckenhohen Regal ein Italien-Display mit Keksen lauern und irgendwelche unvermuteten Dämme in mir zum Einstürzen bringen.

Wenigstens eine Nougatcreme oder Marmelade muss bei dem ganzen Zeug doch dabei sein! Nicht bereit aufzugeben, nehme ich die einzelnen Gläser noch einmal genauer unter die Lupe. Das, was einer Süßigkeit am nächsten kommt, ist eine Dose mit kandierten Oliven. Kandierte Oliven? Klingt, als müsste man schwanger sein, um darauf Appetit zu entwickeln. Ganz hinten in einer Ecke neben zwei kleinen Kartons, aus denen Holzwolle hervorquillt, fällt mein Blick auf eine vertraute Gusseisenteekanne und ein Päckchen Tee. Eddis Teeset. Wahrscheinlich hatte Charlotte auch nicht gewusst, wohin damit. Als ich meine Hand nach dem Griff der Kanne ausstrecke, entdecke ich das dazugehörige kleine Holztablett und die unförmigen Schalen. Eddi hat seine Sachen nie abgeholt. Extra wegen einer Teekanne mit Zubehör einen Flug oder eine mehrstündige Fahrt nach Wien auf sich zu nehmen, wäre schon etwas übertrieben, aber Eddi hat seit seiner Abreise vor inzwischen eineinhalb Jahren keinen Fuß mehr in die Redaktion gesetzt. Sämtliche Unterlagen waren nach Frankreich geschickt worden, letzte ausstehende Artikel von ihm per E-Mail eingegangen. Obwohl Eddis Hon Gyokuro Hoshino kein einziges Kriterium einer nächtlichen Nascherei erfüllt, nehme ich den Beutel mit den getrockneten Blättern mit in die Küche und schalte den Wasserkocher ein.

Eddi wird es mir nicht übelnehmen. So mühelos wie er in seinen nächsten Lebensabschnitt geschlüpft ist. Wie in ein neues Outfit. Anprobiert, zufrieden, gleich anbehalten und die alten Lumpen einfach in der Umkleide liegen gelassen. Bereit für einen Neuanfang an einem anderen Ort, mit einem anderen Job, anderen Menschen, die obendrein eine andere Sprache sprechen. Was es wohl für so einen Schritt braucht? Die große Liebe auf den ersten Blick, wie man sie nur von der Kinoleinwand kennt? Genug Wein, dass das Bild deines bisher gezeichneten Lebenswegs wie ein Aquarell verschwimmt? Einen strafrechtlichen Haftbefehl? Vor einer Weile habe ich eine Dokumentation über Gesetzesbrecher gesehen, die unter einer anderen Identität auf Neuseeland oder Sri Lanka noch mal von vorne angefangen hatten. Natürlich wurden sie früher oder später von ihrer Vergangenheit eingeholt, sonst gäbe es keine eineinhalbstündige Sendung darüber. Die meisten hatten allerdings nicht den Eindruck erweckt, sie würden die abenteuerliche (und rechtswidrige) Zusatzrunde auf der Rennbahn des Lebens bedauern.

Einen Versuch wär's doch wert. Patrick hat leicht reden. Für ihn war es offenbar auch keine große Sache, sich aus der Selbstständigkeit heraus an ein moralisch zweifelhaftes Unternehmen zu verkaufen und seinen Wohnsitz von der lebenswertesten in die teuerste Stadt der Welt zu verlegen. Bin ich die Einzige, die ein Problem mit derartigen Veränderungen hat?

Während ich in der Kanne den Tee aufbrühe, kocht in mir das schlechte Gewissen hoch. Nicht wegen Patrick. Mari gegenüber. Was, wenn unsere Idee wirklich das Zeug zu einem eigenen Business hat? Wie oft kriegt man so eine Chance? Obwohl ich Mari die angekündigte Gefälligkeit eines Unbekannten – mehr ist das mündliche Angebot von Patricks Chef schließlich nicht – mit den besten Absichten vorenthalten habe, habe ich das Gefühl, sie zu hintergehen. Als würde man eine unverhoffte Schwangerschaft im Alleingang abbrechen, ohne dem Partner die Chance zu lassen, ein Wörtchen mitzureden. Heißt es nicht immer, die letzte Entscheidung bei so was liegt bei der Mutter? Was, wenn es zwei Mütter gibt?! Oh Gott, allein für den geschmacklosen Vergleich einer Abtreibung mit einer fallen gelassenen Geschäftsidee würden mich Horvath und Mütter wie Charlotte steinigen! Zu Recht. Was stimmt bloß nicht mit mir? Wieder am Schreibtisch gieße ich etwas von dem blassgrünen dampfenden Tee in eine Schale. Beim Pusten steigt mir der zarte Duft in die Nase und bringt mein Gedankenkarussell kurzfristig zum Stehen. Dann melden sich meine empörten Geschmacksnerven. Als würde man das abgestandene Wasser aus einer Blumenvase erhitzen und trinken! Wäre ich an Eddis Stelle gewesen, hätte ich das Zeug bestimmt auch zurückgelassen. Während meine Geschmacksnerven weiter protestieren, tippen meine Finger bereits eine Nachricht an Mari:

Lust auf ein Feierabendbier und was zu essen, wenn du fertig bist? Es gibt was, worüber wir reden müssen.

39

„Unseren ersten Tourplan hätten wir also", meint Mari und zeichnet mit dem Zeigefinger ein Häkchen in die Luft. Die letzte Viertelstunde haben wir damit verbracht, abwechselnd die größten Festivals und wichtigsten Festspiele Österreichs aufzuzählen. Dann wären da noch diverse Matineen, die Ballsaison – und natürlich die großen Weihnachtsfeiern, die an diesem lauen Abend allerdings noch in weite Ferne gerückt erscheinen. Nach dem gewohnheitsmäßig durchwachsenen April haben Grau und Kälte endgültig die Bühne geräumt. Der Frühling gibt sein erstes Gastspiel und wir haben auf unseren Bänken die besten Plätze. Weinstöcke laufen den grünen Hügel vor uns hinunter zur Skyline von Wien, die von der untergehenden Sonne in blutorangenrotes Licht getaucht wird. Die Stadt liegt uns zu Füßen. Und irgendwie tut es die Welt in diesem Augenblick auch.

„Nur schade, dass das mit den durchgefeierten Silvesternächten in Zukunft nichts mehr wird", seufze ich gespielt nostalgisch.

„Wieso?", schluckt Mari bereitwillig meinen Köder.

„Wie sollen wir sonst das Catering fürs Neujahrskonzert der Philharmoniker hinbekommen?"

Seit wir uns beim mitten in den Weinbergen gelegenen Popup-Heurigen eingefunden haben, sprudeln die Ideen aus uns heraus wie das eiskalte Wasser aus dem altmodischen Sodasiphon, mit dem Mari gerade unser zweites Glas Gemischten Satz aufspritzt.

„Ein *Line-up-Lunch* am Nova Rock direkt am Gelände vor der Hauptbühne, das wär's. Mit Gerichten, abgestimmt auf die später auftretenden Acts. Der Sound wäre der Wahnsinn!", fantasiere ich.

„*Line-up-Lunch* – gefällt mir! Was wir dann auf jeden Fall brauchen, sind gedruckte Menükarten im Stil eines Line-ups. Und als Kontrast zum Festival-Setting: weiße Tischtücher, Weinkühler, Tafelsilber, Blumenschmuck, das ganze Pipapo, versteht sich."

„Unbedingt! Die Tickets dafür sind natürlich streng limitiert", füge ich wichtig hinzu.

„Sowieso! Wenn spontan Jared Leto auftaucht und wissen will, wie die neue Single von *Thirty Seconds to Mars* am Teller rüberkommt, würden wir eventuell eine Ausnahme ausmachen", grinst Mari.

„Wenn der dein Essen erst mal probiert hat, bucht er uns glatt für ihre nächste Tour!"

Auf diesen fantastischen Businessplan erheben wir feierlich unsere Gläser und prusten los wie zwei Schulmädchen.

„Wenn wir bis zum ersten Auftritt das Feld geräumt haben müssen, bleibt uns womöglich sogar noch Zeit für die eine oder andere Show. Ich meine, wenn wir schon mal dort sind …"

„Das will ich doch hoffen! Quasi zwei Fliegen mit einer Klappe."

Nachdem ich Mari in das Angebot von Patricks Chef eingeweiht hatte, war mir der Grund, warum ich mich so dagegen gesträubt hatte, noch bewusster geworden: Meine Entscheidung für unser Catering-Business wäre eine gegen den Musikjournalismus, eine Sache der Unmöglichkeit für mich. Und ein grober Denkfehler, wie ich dann feststellte. Wieso musste es ein Entweder-

oder sein? Wer sollte mich davon abhalten, beides zu machen? Ich werde *immer* über Musik schreiben. Ob im Redaktionsteam des *Plafond* oder als Freie. Wenn Horvath den Schock darüber, ihre langjährige Redakteurin zu verlieren, erst einmal verdaut hat, wird die Erleichterung über die neu gewonnene, verlässliche freie Mitarbeiterin überwiegen. Mit zwei Spritzern intus scheint mir das völlig plausibel.

„Wir brauchen ein einheitliches Outfit für unser Team!", kommt es mir in den Sinn.

„Aber nicht so was Uniformartiges, oder?"

„Ich hab eher an coole T-Shirts gedacht. Mit irgendeinem witzigen Spruch. So wie ... *I'm with the band,* nur ..."

„I'm with the brigade!", ruft Mari so laut, dass sich das Paar am Nebentisch, in seiner romantischen Betrachtung des Sonnenuntergangs jäh unterbrochen, erschrocken zu uns umdreht.

„Woohoo", proste ich meiner Geschäftspartnerin anerkennend zu.

Nach einem großen Schluck entkommt Mari ein dermaßen lauter Rülpser, dass die Stimmung unserer Sitznachbarn jetzt endgültig versaut sein dürfte. Wir brechen in den nächsten Lachanfall aus.

Mari wischt sich eine Träne aus dem Augenwinkel, stützt sich mit den Ellbogen auf den Tisch und lässt ihren Blick über die Stadt schweifen, in der gerade die Lichter angehen.

„Jetzt brauchen wir nur noch einen richtig guten Namen."

„Den haben wir doch längst."

Mari zieht fragend eine Augenbraue nach oben und guckt mich erwartungsvoll an.

„Was hältst du von *Miss en Place?*"

EPILOG

Es ist mein erster richtiger Urlaub seit einem halben Jahrzehnt und die erste gemeinsame Reise mit Mama seit diversen Ausflügen, von deren Erinnerungsfotos einem noch meine Zahnspange entgegenglitzert. Dementsprechend haben wir uns viel vorgenommen:

- Die Sonntagsmesse in Rossano besuchen, im Caffè Tagliaferri einen Kaffee auf Nonna trinken und Blumen an ihrem Grab niederlegen.
- Luciana mithilfe des Fotos (dem unverfänglichen, das sie in Pulli und Karorock zeigt!) ausfindig machen, sie ins beste Restaurant der Stadt ausführen und ihrer Beziehung zu Nonna auf den Grund gehen.
- Uns zur besten *Sfogliatella* Kalabriens durchkosten. (Würde mich nicht überraschen, wenn wir sie im Caffè Tagliaferri finden.)
- Zwei Packungen extra scharfe *'Nduja* besorgen – eine für Papa, eine für Mari.
- Den Kofferraum mit einem Jahresvorrat *Pan di Stelle* füllen – für mich.
- Patrick ein Selfie von uns vor jedem Autogrill, an dem wir haltmachen, schicken.
- Doris und Luca in Catanzaro besuchen, wo die beiden die Sommerferien verbringen. *(Wie bleibt ein Mathematiker beim Schwimmen trocken? – Er leitet das Wasser ab!* hatte Doris auf die Postkarte geschrieben, die sie mir gleich nach ihrer Ankunft bei Lucas Familie geschickt hat.)

Als ich in die Einfahrt meiner Eltern einbiege, bin ich schweiß-
gebadet. Die Klimaanlage im geleasten Fiat 500, den ich mir als
Starthilfe ins neue Kapitel meines Leben gegönnt habe, kann
nichts dafür. Obwohl der Temperaturunterschied zwischen drinnen und draußen ganze zehn Grad beträgt, glüht meine Haut
und mein T-Shirt klebt an meinem Rücken. Als hätte mein Körper die in meinen Augen aufsteigenden Freudentränen direkt zu
sämtlichen Poren umgeleitet. Kurz nach der Stadtgrenze hatte
sich mein Handy gemeldet. Anstelle der erwarteten Stimme meiner nervösen und, was die Wahl ihres Kofferinhalts betrifft, stark
verunsicherten Mama dröhnte Patricks Stimme aus den Laut-
sprechern.

Er wolle mir nur eine gute Reise wünschen, hatte das Gespräch ganz harmlos begonnen. Und was wäre ein Roadtrip ohne
den passenden Soundtrack? Er habe für uns die perfekte Playlist
für die 1600 Kilometer lange Autofahrt erstellt. Was wir darauf
finden würden, konnte ich mir schon vorstellen – alle Italo-Hits
aus Mamas, womöglich sogar ein paar aus Nonnas Jugend.

„Ach ja, noch was", hatte mir Patrick fast beiläufig den Termin für seinen nächsten Wienaufenthalt im Herbst mitgeteilt.
Für das, was danach kam, musste ich trotz Freisprecheinrichtung
rechts ranfahren.

„Wie lange bleibst du?", lautete meine übliche Frage.

„Ist ein One-way-Ticket."

„Mhm, aber wie lange bleibst du?", hatte ich vom Verkehr
und den vor mir liegenden zwei Urlaubswochen abgelenkt geant-
wortet. „Warte. Du meinst ..."

Sobald ich den Motor abgestellt hatte, schaltete ich mein Handy
auf Videoanruf um, wofür ich mit meinen plötzlich zittrigen

Händen drei Anläufe brauchte. Patrick stand das Vergnügen über meine völlige Überrumpelung ins Gesicht geschrieben.

„Wenn das eine Verarsche ist ...", warnte ich ihn.

„Ich mein es ernst."

„Aber dein Job ... Und was ist mit Franzi?"

„Sie geht zurück in die Schweiz. Wir ... das mit uns hat nicht funktioniert. Clash of Cultures sozusagen." Bevor ich weitere Fragen hinterherschieben konnte, hatte mir Patrick das Wort abgeschnitten. „Ihr braucht doch bestimmt noch einen Fahrer. Wenn Miss en Place richtig abhebt, oder?"

Noch während ich warte, bis Mama mit Papa sämtliche vorgekochte Mahlzeiten im Kühlschrank und Tiefkühler durchgegangen ist und ihm die entsprechenden fachgemäßen Aufwärmmethoden vermittelt hat, schlägt mir das Herz bis zum Hals. Patrick kommt nach Hause.

Italien. Als das erste Autobahnschild unser Ziel ankündigt, rollt eine Welle der Gelassenheit über mich. Die Erschöpfung von den unzähligen Arbeitsstunden der letzten Monate, die Nervosität und unterschwellige Angst, die mit der Gründung von Miss en Place einhergegangen sind, die Aufregung rund um Patricks Rückkehr, die Vorfreude auf die bevorstehenden Tage, aber auch die Ungewissheit, was es in mir auslösen wird, wenn ich das erste Mal neben Mama an Nonnas Grab stehe, die besorgte Hoffnung, dass Luciana wohlauf ist und es uns gelingen wird, sie aufzuspüren, all das ist mit einem Mal wie weggeblasen. Als hätte jemand den Stecker gezogen und das emotionale Hintergrundrauschen in meinem Kopf verstummen lassen. Da sind nur noch das leise Brummen des Motors und Mama, die am Beifahrersitz im Reise-

führer blättert und die Melodie von *Se Bastasse Una Canzone*
mitsummt. Mama missinterpretiert meine ungewöhnliche Wort-
kargheit als Gedankenverlorenheit.

„Deinen Reisepass hast du dabei?", fragt sie besorgt. „Und die
Reservierungsbestätigung vom Albergo? Weißt du eigentlich, wo
bei diesem neuen Gefährt das Pannendreieck und das Erste-Hilfe-
Set verstaut sind? Nicht, dass ich davon ausgehe, dass wir sie
brauchen werden, Gott bewahre, aber falls es eine Kontrolle gibt."

Während Adriano Celentano passend zum blauen Himmel
über uns zu *Azzurro* ansetzt, wandert mein linker Mundwinkel
nach oben, gefolgt vom rechten.

„Sofia?"

„Keine Sorge, es ist alles an seinem Platz."

Bonus: Der Soundtrack für die Italien-Reise

Via Con Me – Paolo Conte

L'Italiano – Toto Cutugno

Volare – Domenico Modugno

Felicità – Al Bano & Romina Power

Mamma Maria – Ricchi e Poveri

Senza Una Donna – Zucchero

Laura Non C'e – Nek

Non Succederà Più – Claudia Mori

Sempre Sempre – Al Bano & Romina Power

Sarà Perché Ti Amo – Ricchi e Poveri

La Cosa Mas Bella – Eros Ramazotti

Tu – Umberto Tozzi

Azzurro – Adriano Celentano

Marina – Rocco Granata

A Far L'Amore Cominicia Tu – Raffaella Carrà

Tu Vuo Fà L'Americano – Renato Carosone

Un Raggio Di Sole – Jovanotti

Bello E Impossibile – Gianna Nannini

Se Bastasse Una Canzone – Eros Ramazotti

Tu Sei L'Unica Donna Per Me – Alan Sorrenti

Gloria – Umberto Tozzi

Tornerò – I Santo California

GRAZIE MILLE !

Als Erstes möchte ich mich ganz herzlich bei Heike Bräutigam und Christian Seiler vom Christian Seiler Verlag bedanken – für euren Mut, euer Vertrauen und euer Gespür für die Geschichte von Sofia Sabato.

Vielen Dank an Kera Till, die diesem Buch und Sofia ein Gesicht gegeben hat, und die coolsten Kopfhörer überhaupt.

Danke an das buero8 für die gelungene Gestaltung, Judith Heimhilcher für den Satz und Amelie Soyka für das Korrektorat.

Ich danke meinen fabelhaften Testleserinnen Anna Grubauer, Maria Niederwieser, Lisa Sans und Daniela Wiebogen für eure Zeit, wertvolles Feedback und schokoladige Nervennahrung – für euch soll's *Pan di Stelle* regnen!

Herzlichen Dank an Brigitte und Domenico Pugliese von Casa Caria für das Teilen eures Wissens über und eurer Leidenschaft für Zitrusfrüchte.

Danke, Brini Fetz, für die Behind-the-Scenes-Einblicke in die originellen Food Events vom Sweet Sneak Studio.

Molte Grazie meinem Lehrgangsleiter David Szanto und meinen Mitstudent*innen von der Università degli Studi di Scienze Gastronomiche. Von den vielen neuen Perspektiven rund ums Thema Esskultur, die ihr mir eröffnet habt, zehre ich noch heute.

Ein besonders großes Dankeschön gilt meiner Familie, die in ihrem Leben immer Platz für mich und meine Träume macht:

Christoph fürs Mitlesen von einem Kapitel zum nächsten, fürs Mitfiebern, Mitfeiern und Testkochen der Rezepte, für jeden gemeinsamen Tag und deine immer perfekte *Mise en Place.*

Meiner Mama, Franziska Krobath, für die Liebe zum Lesen, die in mir den Wunsch zu schreiben geweckt hat, und für einfach alles.

Die Veröffentlichung dieses Romans wurde vom Land Niederösterreich durch einen Druckkostenzuschuss unterstützt.

Alle Rechte vorbehalten.

© CSV Christian Seiler Verlag, Wien/Fahndorf 2021
Coverillustration: Kera Till, München
Covergestaltung & Layout: buero8, Wien
Satz: Judith Heimhilcher, Wien
Korrektorat: Amelie Soyka, Köln
Druck & Bindung: CPI books GmbH, Ulm
ISBN 978-3-9519829-4-6